고잉 홈

문지혁 소설집

고잉 홈

초판 1쇄 발행 2024년 2월 22일

지은이 문지혁
펴낸이 이광호
주간 이근혜
편집 김필균 이주이 허단 방원경 윤소진 유하은
마케팅 이가은 최지애 허황 남미리 맹정현
제작 강병석
펴낸곳 ㈜문학과지성사
등록번호 제1993-000098호
주소 04034 서울 마포구 잔다리로7길 18 (서교동 377-20)
전화 02)338-7224
팩스 02)323-4180(편집) 02)338-7221(영업)
전자우편 moonji@moonji.com
홈페이지 www.moonji.com

ISBN 978-89-320-4258-9 03810

고잉 홈

문지혁 소설집

문학과지성사

차례

에어 메이드 바이오그래피

Air-made Biography

1. 나는 지금 JFK공항 라운지에 앉아 있다. 시간은 오전 11시 17분. 테이블 위에는 조금 전 주문해 온 피자 두 조각이 놓여 있다. 3분 전쯤 아이패드를 꺼내 타이핑을 하기 시작했는데, 앞에 앉은 아내의 표정이 별로 좋지 않다. 배가 아픈가? 아니면 두통? 피자가 별로인가? 슬쩍 넘겨보니 아내는 아직 피자에 손도 대지 않았다. 너무 맛없어 보이는 피자의 비주얼만으로 기분이 상한 걸까? 내 피자 이론에 따르면 겉으로 맛없어 보이는 피자도 실제로 먹어보면 얼마든지 맛이 있을 수…… 아니다. 방금 한입 먹어봤는데 이건 쓰레기다. 워싱턴 스퀘어파크 근처에 있는 벤스 피자가 생각난다. 3달러면 끝내주는 페퍼로니피자를 먹을 수 있는데. 지금 입안에서 돌아다니는 건 싸구려 냉동 치즈와 돌덩

이 같은 도우뿐이다. 그때 갑자기 아내가 울먹거린다. 아무래도 저건 피자 때문이 아닌 것 같다.

2. 이 여행을 기록해야겠다고 생각한 건 공항으로 운전을 해 오면서부터다. 우리가 사는 뉴저지에서 뉴욕 끄트머리까지, 도로 위에 지뢰처럼 파여 있는 악명 높은 포트홀들을 피하면서 거의 두 시간 가까이 곡예 운전을 하는 동안 아내는 아무 말 없이 창밖만 바라보았다. 장인어른이 위독하다는 소식을 듣고 한국에 가는 길이니 그럴 법도 했다. 아내는 무슨 생각을 하고 있을까? 아내만 마음이 복잡한 건 아니었다. 코비드19 팬데믹 상황이라 재택근무 중이기는 했지만, 나도 회사의 남은 휴가를 다 몰아서 썼다. 15일. 웃긴 건, 우린 외국인이라 한국에 도착하면 2주간 어딘가에서 격리를 해야 한다는 점이다. 쿼런틴 끝나면 바로 돌아와야 하는데 가는 게 의미가 있을까? 내가 묻자 아내는 덤덤하게 말했다. 부모가 죽었을 경우는 격리 안 해. 나는 항변했다. 아직 장인어른이 돌아가신 건 아니잖아. 아내는 고개를 돌리며 말했다. 돌아가실 거야. 우리가 가는 동안.

3. 따라서 이 로그는 장인어른의 죽음을 향해 떠나는 아내와 나의 여정에 관한 기록이다. 무슨 의미가 있을까 싶기

도 하지만, 언젠가 쓸모가 있겠지. 화성에서 조난당한 식물학자도 로그를 써서 지구에서 떼돈을 벌지 않았는가. 멋있는 말을 덧붙이자면, 기록은 살아남은 사람들의 의무라고 누가 말한 것 같다. 뭐, 아무려면 어때. 하지만 화성 식물학자의 로그가 어떻게 시작되었는지를 생각하니 정신이 번쩍 든다.

'아무래도 좆됐다.'

4. "이제 보딩해야 하지 않아?"

아이패드 너머로 아내가 말한다. 눈화장이 살짝 번졌는데 말해줄까 말까 고민하는 사이 아내가 마스크를 쓰고 먼저 일어난다. 반 이상 남은 피자는 아내 손으로 쓰레기통에 옮겨진다. 나는 보딩 패스를 찾기 시작한다. 있어야 할 자리에 보이지 않는다. 보딩 패스에는 늘 발이 달려 있기 때문이다. 젠장, 이걸 어디에 뒀지?

5. 발 달린 보딩 패스는 아내의 가방 앞주머니에 들어가 있었다. 아내는 제멋대로 도망친 보딩 패스를 혼내기는커녕 공개적으로 나를 비난했다. 사람들이 동양 여자에 대해 갖고 있는 환상 중 하나는 그들이 순종적이고 나긋나긋하리라 생각하는 것이다. 나 역시 아내를 만나기 전에 그런

편견이 없었다고 한다면 거짓말이겠지. 하지만 보라. 알아들을 수 없는 자신의 모국어로 내 눈앞에서 나를 저주하고 있는 이 매력적이고 위협적인 호랑이를. 호랑이가 언어를 바꿔 말한다.

"당장 아이패드 꺼."

6. 팬데믹 이후 비행기를 타는 건 처음이다. 뉴스에서만 봤던, 좌석 사이가 한 칸씩 비워진 비행기의 실내 풍경이 낯설다. 마치 유령을 위한 자리 같다. 산 자들은 대개 죽은 자들을 배려하지 않는다. 그들은 살아 있다는 이유만으로 지독히 이기적이다. 하지만 지금 내가 탄 비행기는 절반의 승객과 절반의 유령을 태운 채 날아가는 중이고, 나는 이 절반의 비어 있음이 썩 마음에 든다. 살아 있는 것도 아니고 죽은 것도 아닌, 공중에 있는 것도 아니고 땅에 있는 것도 아닌, 미국도 아니고 한국도 아닌 이 시공간. 마침 기내의 조명이 꺼지고 인위적으로 만든 밤이 시작된다. 오직 비행기 안에서만 지속되는 어둠. 죽음을 향해 미끄러져 가는 기분이 든다. 살짝 차가워진 공기에 팔뚝 위로 구스범프스가 오도독 올라온다. 나는 비로소 호철에 관해 생각한다.

7. 미스터 호철 리. 장인어른은 1942년에 태어났다. 도시

이름을 잊어버렸는데(G로 시작한다는 것만 기억난다), 지금은 북한 지역에 있는 도시에서 태어났다고 했다. 내 예상과 다르게 장인어른은 자신의 유년 시절을 선명하게 기억하지는 못하는 것 같았다. 하지만 적어도 그에게 G라는 도시는 언제나 돌아가고 싶은, 그러나 영원히 돌아갈 수 없는 어떤 공간을 의미하는 것만은 분명했다. 술을 마시면 그는 종종 어릴 때 자주 불렀다는 노래를 한국어로 흥얼거렸다. 하나 둘 셋 넷…… 내가 알아들을 수 있는 건 오직 숫자뿐이었는데, 그는 이 노래 제목이 'Children's March'라고 했다. 1950년에 나도 알고 있는 그 유명한 한국전쟁이 일어났고, 그때 호철은 북한군을 피해 남한으로 피란을 왔다. 가족이 다 같이 내려온 거라서 최악의 상황은 아니었지만 이동 중에 동생 하나를 잃어버렸고 그게 호철에게는 일종의 트라우마로 남았다. 전쟁이 끝난 뒤 호철의 가족은 휴전선과 가까운 항구 도시(한 칸 건너 옆자리에서 아내가 도시의 이름을 알려준다. "우리가 지금 가고 있는 공항 이름인데 그것도 몰라?" 그러나 그녀의 발음은 정확히 들리지 않고 나는 또 놓쳐버리고 만다)에 정착했다. 그곳에서 거칠고 혼란스러운 사춘기를 보내고 난 뒤 그는 이십대 후반에 미국으로 혼자 건너왔다.

8. "근데 호철은 미국에 왜 온 거야?"

"파더-인-로라고 해줄래?"

"오케이, 파더-인-로. 와이?"

"나도 몰라. 물어볼 때마다 맨날 바뀌니까. 언제는 성공하고 싶어서, 언제는 실연을 당해서, 언제는 미국 영화 때문에…… 왜 물어보는 건데?"

"아, 그냥 궁금해서."

"그놈의 아이패드 이제 좀 덮지그래? 잠이라도 자둬."

9. 실은 나도 물어본 적이 있다. 왜 미국에 왔느냐고. 호철은 웃으며 말했다.

"메이비 투 미트 유."

그때 표현은 하지 못했는데, 호철의 말은 꽤 감동적이었다. 말도 안 되는 이야기지만 호철이라면 정말로 미래를 내다보고 미국행을 결심했을지도 모른다는 생각마저 들었다. 만나야 할 사람을 만나기 위해. 그게 꼭 내가 아니라도.

10. 미국에 도착한 한국 청년은 닥치는 대로 일을 했다. 그가 처음 머물렀던 곳은 뉴욕 퀸스의 플러싱. 지금은 중국인이 더 많지만 예전에는 뉴욕 사는 한국인 대부분이 플러싱에 살았다. 그는 왜 하와이나 LA로 가지 않았을까? 잘 모

르겠다. 어쨌든 그는 뉴욕에서 미국 생활을 시작했고 한국으로 돌아가기 전까지도 이 뉴욕-뉴저지 지역을 벗어나지 않았다. 많은 이민자가 그렇듯 그도 식당 버스보이에서부터 시작해 이런저런 허드렛일을 하다가 홀 서버가 되고, 웨이터가 되고, 마침내 매니저가 되는 과정을 겪었다. 한인 가게에서만 일을 했기 때문에 영어는 거의 늘지 않았고 대신 현금은 빠르게 늘었다. 당시 호철은 살던 월셋집이 몇 개월, 몇 년 사이로 점점 더 넓어지는 재미로 일을 했다고 말했다. 돈이 모이자 나중에는 '따블백'(그는 더플백을 꼭 이런 식으로 발음했다)에 지폐를 가득 넣어 자동차 딜러 숍에 간 뒤 그 자리에서 메르세데스를 몰고 나오기도 했다고 자랑삼아 늘어놓은 적도 있다. 그러다 함께 식당을 차리자는 동업자를 만나게 되는데, 결과적으로 그는 사기꾼이었다. 호철은 그 '악마'(이 단어를 말할 때 호철의 눈동자는 항상 불타올랐다) 때문에 그때까지 모은 돈을 전부 날렸다.

11. 호철이 태권도 사범 일을 하게 된 것은 그즈음이었다. 태권도라고는 한국에서 군대 시절 배운 게 전부였지만, 동네 태권도장에서 사범 보조 아르바이트 일을 하면서 본격적으로 수련을 시작했다. 그때까지만 해도 태권도로 돈을 벌어 먹고살 거라고는 상상조차 해본 적 없었는데, 궁지

에 몰리니 몸으로 할 수 있는 일에 몰두하게 되었다. 무도가 깊어지면서 육체뿐 아니라 병들었던 마음도 조금씩 회복되어갔다. 무엇보다 식당으로는 절대 돌아가고 싶지 않았다. 얼마 후, 때마침 미국에서 태권도를 비롯한 동양 무술 붐이 일었고 호철이 'Sabum'으로 일하던 도장도 크게 확장을 하게 되었다. 성실하고 정직하게 일한 덕분에 관장의 신뢰를 얻고 있었던 호철은 새 도장 하나를 통째로 맡게 되었는데 그로부터 몇 년 후, 하루에 말보로를 두 갑씩 피우던 관장이 폐암으로 갑자기 세상을 떠나면서("미국 담배가 그렇게 독해. 적당히 피웠어야 했는데……") 다른 몇 개의 도장까지 물려받아 경영하기 시작했다. 60세에 모든 도장을 정리해서 격투기 프랜차이즈 사업체에 넘기기 전까지 그는 오랜 시간을 태권도 사범이자 도장의 관장, 그랜드 마스터로 살았다.

12. 하지만 내가 아는 호철은 슈퍼마켓 가이였다. 북부 뉴저지의 레오니아라는 한적한 동네에 'Grand Master's Grocery'라는 청과물 가게가 있는데, 거기 가면 언제나 낚시 조끼 비슷한 걸 입고 카운터에서 캐셔를 보고 있는 호철을 만날 수 있었다. 가게는 늘 한국 사람들로 붐볐고 호철은 물건을 사서 나가는 손님들의 뒤통수에 대고 특유의 호

탕한 목소리로 외치곤 했다. 해버 원더풀 데이!

13. 컬럼비아대학에서 조이를 만나 연애를 시작하면서 나는 종종 레오니아에 있는 조이네 집에 초대를 받아 놀러 가곤 했다. 호철과 호철의 아내는 그때마다 나를 환대하며 한국식 정찬을 대접했다. 갈비찜과 잡채라는 내 인생 최고의 음식을 알게 된 것도 그때였다. 호철의 아내는 말이 거의 없었지만 호철은 쉬지 않고 떠들었다. 처음 그의 집에 갔을 때, 호철은 초록색 병에 들어 있는 한국식 위스키를 권하면서 취하면 자고 가라고 했다. 나는 위스키를 잘 마시는 편이었으므로(아이리시를 절대로 무시하지 말라!) 호기롭게 그가 주는 잔을 받아 마시다가 어느 순간 정신을 잃고 말았다.

14. 눈을 뜨자 낯선 침대에 내가 누워 있었다. 창밖으로 어슴푸레 푸른빛이 비쳤다. 머리가 깨질 듯이 아팠다. 나는 이마를 짚으며 일어나 밖으로 나갔다. 내가 자고 있던 방은 2층 손님방인 것 같았다. 어디선가 부스럭거리는 소리와 향긋한 냄새가 나서 홀린 듯이 아래층으로 내려갔다. 계단 벽을 따라 '그랜드 마스터 호철 리'의 이름이 새겨진 트로피와 상장 들이 진열되어 있었다. 소리와 냄새의 진원지는

키친이었고, 키친에서는 미세스 리가 계란 요리를 하고 있었다. 내가 헛기침을 하자 그녀가 나를 돌아보더니, 처음으로 말을 했다.

"굿모닝."

15. 여기까지 썼는데 불이 켜졌다. 조이는 이불을 목 바로 아래까지 끌어올린 채 눈을 감고 있다. 앞쪽에서 승무원들이 기내식을 준비하는 듯 소란스럽다. 나는 이제야 잠이 쏟아진다. 젠장……

16. 조이가 내 오른쪽 귀를 세게 잡아당기는 바람에 잠에서 깼다. 잠깐 눈을 감았던 것 같은데 몇 시간을 잤는지 모르겠다. 눈앞의 스크린에서 내가 탄 비행기가 어느새 한반도를 통과하고 있다. Incheon. 영어의 인치 같기도 하고 독일어의 일인칭 대명사 같기도 한 이름이다. 인쉐언. 인치온. 맞는 발음을 찾기 위해 이렇게 저렇게 말해본다. 알파벳으로 표기해놓은 한국어는 읽기가 쉽지 않다. 내가 조이의 한국 이름을 아직까지도 정확히 발음하지 못하는 것처럼. 보딩 패스를 다시 확인한다. 내가 정확하게 발음할 수 있는 표기는 하나뿐이다. ICN.

17. Junghee Lee. 조이의 한국 이름이다. 중히? 융이? 쩡후이? 조이는 내가 자신의 이름을 어떻게 발음해도 무조건 틀렸다고 했다. 그냥 하지 마. 저스트 콜 미 조이. 조이는 모음을 길게 늘여 발음했다. 플리이이이즈. 뭐야, 나더러 애인의 이름조차 발음 못하는 바보가 되라고? 처음에는 오기가 생겨서 계속했지만 결국 그만두고 말았다. 조이가 그걸 진심으로 원하지 않는다는 느낌 때문이었다.

느낌이 확신으로 바뀐 건 결혼 전 찾아간 호철네에서였다. 평소처럼 기분 좋게 갈비찜에 코리안 위스키를 먹고 마시고 있는데 조이가 갑자기 머리가 아프다며 2층 자기 방으로 올라가버렸다. 그날 저녁까지 조이의 컨디션은 매우 멀쩡했기 때문에 의아했지만, 호철과 미세스 리는 신경 쓰지 말고 계속 먹으라고 했다. 눈앞에 놓인 고기와 술을 거의 다 먹어 치웠을 때쯤, 미세스 리마저 피곤하다며 안방으로 들어가버렸다. 호철과 단둘이 식사를 한 일이 없는 것은 아니었지만 그날은 뭔가 분위기가 이상했다.

"이제 말할 때가 된 것 같군. 아워 시크릿."

꽤 많은 술을 마셨지만 한 번도 취한 모습을 본 적 없는 호철이 말했다. 여전히 형형한 눈빛이었다. 비밀이라니, 알코올 덕분에 잔뜩 이완됐던 몸이 긴장했다.

"조이는 우리가 입양한 딸이야. 25년 전에."

오랫동안 아이가 생기지 않았던 호철 부부는 한국에서 아이를 입양했다. 사진 속 아이의 눈빛을 본 순간 호철이 확신했고, 한국에 가서 아이를 안은 순간 호철의 아내가 확신했다. 아이의 이름은 이정희. 심지어 성도 같았다. 부부는 둘로 가서 셋으로 돌아왔다. 아이의 개명에 관해 작은 의견 다툼이 있었지만, 언젠가 아이가 스스로 선택할 수 있게 해주자는 아내의 의견이 받아들여졌다. 부부는 아이에게 '기쁨'이라는 새 영어 이름을 붙여주는 것으로 자신들의 소임을 다했다고 생각했다.

"괜찮겠나?"

호철이 물었고, 나는 솔직히 조금 바보 같은 질문이라고 생각했다. 조이가 호철 부부의 생물학적 딸이 아니라는 사실이 우리의 결혼에 어떤 문제가 된단 말인가? 나는 대답 대신 내가 진짜로 궁금한 것에 관해 물었다.

"정말 대단한 우연의 일치군요. 성이 같았다니."

그러자 호철은 약간 당황한 듯 머뭇거리다가, 이내 미간을 찌푸리며 말했다.

"무슨 소리야. 한국 사람의 절반은 이씨라고."

18. 결혼은 일사천리로 진행되었고…… 벌써 5년이 흘렀다. 그사이 큰일이 두 번 있었다. 하나는 3년 전에 미세스

리가 갑자기 세상을 떠난 것. 췌장암 진단을 받고 1년을 넘기지 못했다. 호철과 조이는 당연히 크게 상심했고 나 역시 마찬가지였다. 음식만 받아먹을 게 아니라 미세스 리와 더 많은 이야기를 나누었어야 했다. 더 자주 먼저 말을 건네지 않은 것이 너무 후회스러웠다.

다른 하나는 작년에 호철이 한국으로 돌아가겠다고 선언한 것이다. 조이는 당연히 아버지를 말렸다.

"아빤 이제 미국 사람이야. 한국은 아빠가 알던 한국이 아니고. 아무리 고국이라지만 몇십 년 만에 돌아가서 적응할 수 있을 것 같아? 제발 말 좀 들어. 코로나 끝나면 여행이나 다녀오라고."

그날 저녁에는 미세스 리를 대신해 내가 갈비찜을 했는데, 맛이 영 별로였다. 레시피는 그대로였지만 뭐가 빠진 건지 가운데가 텅 빈 것 같은 맛이었다. 식사 내내 우리는 호철과 말씨름을 했고, 호철은 늘 두 그릇 이상씩 먹던 밥을 반 공기도 먹지 못하고 남겼다.

"다 끝났어. 한국에 돌아가야 해."

설거지하려고 그릇을 싱크에 넣고 있는데, 등 뒤에서 호철이 말했다. 조이는 화장실에 갔는지 자리에 없었다.

"노 웨이. 그렇게 말하지 마세요. 그동안 미국에서 장인어른이 얼마나 많은 일을 해냈어요? 그랜드 마스터, 태권도 도장, 슈퍼마켓, 가족, 사업, 네트워크, 기부, 봉사, 그리고 조이까지…… 장모님 돌아가신 건 마음 아프지만 그래도 장인어른에겐 장인어른만의 인생이 있잖아요. 이렇게 포기할 거예요?"

다 끝나지 않았다고 말하고 싶었는데, 말하다 보니까 감정이 올라와서 약간 화난 것처럼 톤이 높아졌다. 호철은 정물처럼 놓여 있던 코리안 위스키를 한 잔 따르더니, 내 쪽으로 고개를 돌리며 말했다.

"낫씽. 브래드, 유 노?"

호철은 잔을 비웠다.

"디스 이즈 오올 낫씽."

19. 비행기가 고도를 낮추기 시작한다. 공기의 압력과 흐름이 달라지고 새로운 세계로 진입하는 하강의 과정. 나는 늘 이 순간이 미묘하게 불쾌하다. 죽을 것 같은 두려움과 새로 태어나는 설렘이 좁디좁은 내 안에서 앞다투어 날갯짓하는 느낌이다. 마침내 기체가 땅에 닿고 우리는 한반도 남쪽의 작은 섬에 도착한다. 소프트 랜딩을 하는 것으로 보아 기장은 한국 사람인 것 같다. 살았다는 안도 속에서 한 자리 건너 옆자리를 돌아보니 휴대폰을 든 조이의 얼굴이 딱딱하게 굳어 있다. 저 마음을 알 것 같다. 더블린에서 엄

마가 죽었다는 이메일을 열던 순간의 나도 비슷했다. 문자나 댓글, 이메일이나 DM으로 누군가의 부고를 전할 수 있게 된 세계란 얼마나 잔인한가. 마침내 조이의 휴대폰 화면에 불이 들어온다. 조이는 말없이 자신의 휴대폰을 나에게 건네고, 나도 문자를 확인한다. 보낸 사람은 호철의 여동생, 그러니까 조이의 고모다.

—아빠 상태 호전됐어. 돈 워리.

20. 공항에서 서류 확인과 PCR 검사를 마치고 격리 시설로 이동한다. 방호복을 입은 사람들이 빨간색 종이가 들어 있는 명찰을 나눠 주고 우리와 처지가 같은 외국인들을 버스에 태워 어딘가로 데려간다. 한 시간쯤 달렸을까? 도착한 곳은 낯선 호텔이다. 다시 인적 사항을 확인하고, 체온을 재고, 소독하고, 격리 관련 모니터링 앱을 깔고, 방을 배정받는다. 하얀 방호복과 마스크를 착용한 사람들만 보면 내가 마치 한국이 아니라 화성에 도착한 외계인이라도 된 것 같다. 우리를 현실로 돌아오게 해주는 건 카드 결제다.

"숙박 비용은 하루에 100달러씩, 2주간 총 1,400달러입니다."

21. 식사는 하루 세 번 준다. 아침 8시, 점심 12시, 저녁

6시. 안내 방송이 나오면 문 앞에 놓인 도시락을 가지고 들어와 먹는다. 객실 내 흡연은 금지. 수건은 10개만 주고 추가할 수 없다. 사실 다른 건 다 필요 없다. 와이파이가 된다면 그걸로 충분하다.

22. 급성 패혈증으로 중환자실에 들어갔던 호철은 일반 병실로 옮겨질 만큼 상태가 호전되었다고 했다. 다만 면회를 하려면 우리가 격리 해제되어야 하는데, 호철의 국적도 아직 미국이라서 법적으로 한국 내 가족으로 인정되지 않는 게 문제였다. 돌아가신다 해도 격리 면제를 받아 나가는 게 가능할까 싶었다. 어쩌면 조이는 처음부터 이 모든 걸 알고 있었을까?

내 옆방에 배정된 조이는 하루에도 몇 번씩이나 나에게 전화를 하거나 문자를 해서 화풀이를 했다. 정부 관계자에게 계속해서 연락을 해봐도 별다른 수가 생기지 않는 모양이었다.

—그러면 청와대에 국민청원이라도 해보시든가요.

조이는 특히 이 말에 뚜껑이 열렸는지, 똑같은 문장을 몇 번이나 곱씹으며 분통을 터뜨렸다. 청와대가 뭐야? 통화 중에 내가 묻자 아내는 신경질적으로 답했다.

—니네 나라에도 있잖아. 화이트 하우스. 우린 블루 하우

스라고. 몰라?

조이의 나라도 미국이기 때문에 이 말은 시작부터 틀렸지만, 어쨌든 나는 그 이름이 조금 이상하다고 생각했다. '블루' 하우스라니. 누구든 하루라도 들어가 있으면 우울해질 것만 같은 집이었다.

그날 저녁, 넷플릭스를 보다 지쳐 텔레비전을 틀어보니 현지 뉴스는 온통 코비드19 소식이었다. 그러다 갑자기 한국 대통령이 등장하더니 그가 사는 집 사진이 화면에 잡혔다. '블루 하우스'의 지붕 색깔을 보자마자 나는 중얼거렸다. 뭐야, 저건 블루가 아니잖아. 틸teal이지.

23. 우리는 호텔에서 2주간의 격리(라기보다는 휴식)를 마쳤고, 나는 〈오징어 게임〉을 비롯해 넷플릭스 드라마 열 시즌을 클리어했으며, 호철은 퇴원했다. 휴가는 15일이고 복귀 날에는 클라이언트 회사와 중요한 미팅이 예정되어 있었기 때문에 나는 바로 돌아가는 비행기를 타야 했다. 조이는 어쩔 수 없이 한국에 혼자 남아 호철을 돌보기로 했다. 계속 옆방에 묵고는 있었지만 퇴소 날 2주 만에 얼굴을 보니 조이가 반가웠다. 나를 보자마자 그녀는 말했다.

"내가 인천공항까지 바래다줄게."

24. 뉴욕을 떠날 때처럼 우리는 공항 식당가에 들어가 함께 밥을 먹었다. 달라진 점이 있다면 조이는 남고 나는 떠난다는 것, 그리고 지금 눈앞에 맛없는 피자 대신 갈비찜과 흰 쌀밥, 그리고 코리안 위스키가 놓여 있다는 것이었다. 조이는 밥맛이 없다면서 내가 열심히 갈비를 뜯는 동안 내 아이패드를 가져가더니, 그동안 써놓았던 이 로그를 찬찬히 읽었다. 원래 내가 붙여두었던 제목은 '홈 메이드 바이오그래피'였는데, 아내는 아이패드를 돌려주면서 말했다.

"비행기 타고 왔다 갔다만 했는데 무슨 홈이야? '에어'라고 해야지."

나는 거기에 동의했고, 문서 맨 위로 올라가 제목을 수정했다. 그런 다음 마지막으로 남아 있던 코리안 위스키 한 잔을 입에 털어 넣었다. 이번에도 보딩 패스를 어디에 뒀는지 생각이 나지 않았다.

고잉 홈

Going Home

1

현이 밀레니엄파크 근처에서 검은색 혼다 파일럿을 찾았을 때, 차에는 아무도 없었다. 비가 꽤 내리고 있었기 때문에 우산과 짐을 함께 들고 서 있기가 불편했다. 공원 쪽 울창한 식물들 사이로 옅은 비린내 같은 것이 올라왔다. 주머니에서 종이로 접은 유니콘을 꺼내 만지작거리고 있는데 어디선가 검은색 정장을 입은 여자 한 명이 차 쪽으로 다가오면서 알은체를 했다. 여자의 우산 밑에서 회색 연기가 피어올랐다.

"구현 씨?"

현이 고개를 끄덕이자 여자는 담배를 우산 든 손으로 옮겨 쥔 채 조수석 문을 열었다.

"타세요."

안쪽을 들여다보니 차 뒤편에는 의자가 접힌 채 몇 대의 카메라와 두 대의 노트북 컴퓨터와 거기 연결된 이름 모를 기계들이 트렁크 쪽까지 잔뜩 설치되어 있었다. 짐을 놓으려고 했는데. 캐리어를 들고 있던 현은 난감한 표정을 지을 수밖에 없었다.

"이거 실을 데가 없을까요?"

현이 묻자 여자는 담배를 바닥에 던진 뒤 신고 있던 플랫슈즈로 비벼 끄면서 말했다.

"다리 앞에 두시면 되겠네."

여자는 우산을 접고 반대편 도로 쪽으로 나가 운전석에 올랐다. 캐리어를 다리 사이에 밀어 넣으며 현은 이 여행이 쉽지 않을 것임을 직감했다. 이럴 줄 알았어. 돈 5백 달러가 공짜일 리가 없지.

2

현이 공고를 발견한 것은 그저께 밤 헤이코리안 사이트에서 나가기 위해 막 홈 버튼을 눌렀을 때였다. 눈앞에 잔상처럼 뉴욕, 모집, 사례금이라는 세 단어만 남은 채 화면은 구글 검색창을 보여주고 있었다. 현은 서둘러 뒤로 가기 버튼을 눌렀다.

<AI 실험 참가자 모집>

—뉴욕 그랜드 센트럴 역까지 라이드 제공

—성인 대상 (남녀 불문)

—탑승 중 편안하게 이야기해주실 분

—사례금 $500 (CASH)

이상한 실험이라고 생각했다. 아무것도 안 하는데 5백 달러를 준다고? 시카고에서 뉴욕까지 차를 태워주고도? 현이 제일 먼저 떠올린 건 도시 괴담이었다. 차를 탈 때는 제 발로 걸어서 타지만 눈을 떠보면 차가운 수술대 위에 누워 배가 열려 있는 건 아닐까? 돈을 현금으로 주는 것도 그렇다. 받는 입장에서는 물론 좋지만, 주는 쪽에서 세금을 피해야 할 어떤 목적이 있는 걸까? 대체 무슨 실험이기에? 한번 삐딱하게 보기 시작하니 모든 것이 의심스러웠다.

그렇지만 쉽게 게시물에서 빠져나가지 못한 건 두 가지 이유 때문이었다. 어쨌든 뉴욕에 돌아가야 한다는 것. 그리고 당장 돈이 필요하다는 것. 원래 현이 타려고 했던 그레이하운드 버스는 뉴욕까지 요금이 111달러였고, 그마저도 중간에 오하이오에서 한 번 갈아타야 했다. 걸리는 시간은 총 24시간 40분. 공항까지 오가는 차편, 대기 시간, 요금을 생각하면 비행기는 아예 선택지에 없었다. 간혹 운 좋게 라이드를 구해 뉴욕까지 가는 사람들 사례를 듣기도 했지만 현에게는 현실성 없는 얘기였다.

그런데 라이드를 해주면서 돈까지 주다니.

이건 단순히 5백 달러를 버는 게 아니라, 실제로는 원래 들었어야 할 돈까지 최소 6백 달러 이상을 버는 장사였다. 이 돈이면 델리 가게 아르바이트를 2주 쉬거나, 아니면 장바구니에 석 달째 들어 있는 아이패드를 살 수 있었다. 어느 쪽이든 현의 심박수를 높이기엔 충분했다.

현은 공지 아래 적힌 연구소 전화번호를 눌렀다. 깨진 액정 사이로 신호음이 울리기 시작했다.

3

"화장실은 다녀오셨죠? 출발합니다."

현이 대답하기도 전에 여자는 D 버튼을 누르고 좁은 도심을 빠져나가기 시작했다. 중형 SUV의 육중한 몸체가 도로 위로 미끄러지듯 움직였다.

"제가 해야 하는 게 있나요?"

현이 묻자 여자는 전방을 주시한 채 말했다.

"연구소에서 말 안 해주던가요?"

현은 잠시 머뭇거렸다. 뭐라고 설명해주는 것 같기는 했는데 그의 아이폰 스피커가 들쭉날쭉하게 울리는 바람에 제대로 듣지 못한 부분이 많았다. 돈이 생기면 전화기부터 바꿔야 하나?

"네."

"상관없어요."

여자가 말했다.

"두 가지만 기억하시면 돼요. 첫번째는 계속해서 말을 하시는 거고요. 두번째는 하는 말이 2차든 3차든 어떤 방식으로 가공되어 연구에 사용될 수 있음을 인지하시는 거예요."

그사이 차가 넓은 도로에 들어섰고 여자는 핸들에서 손을 뗀 채 몸을 뒤로 돌려 노트북 하나를 다리 위에 올렸다.

"아니, 운전대……"

조수석에서 현이 손가락으로 핸들을 가리키자 여자는 현을 바라보았다.

"이런 거 처음 봐요? 한 10년 전부터 되던 건데. 테슬라 있죠, 자율 주행. 그런 거예요. 이젠 아무 자동차 회사나 다 이 정도는 해요."

차는 누구의 도움도 없이 능숙한 핸들 조향으로 눈앞의 커브를 돌아 나갔다. 민망해진 현은 고개를 돌려 다시 앞을 봤다. 안전벨트를 다시 한번 세게 잡아당기는 것 말고는 달리 할 수 있는 게 없었다.

4

"열두 시간 동안 두 번 쉴 거예요. 운전은 하실 필요 없고, 이야기만 하시면 돼요. 제가 질문하는 것에 대해. 대단한 건 아니고요."

한동안 노트북만 들여다보던 여자가 입을 열었다. 열두 시간? 센터페시아의 내비게이션 화면을 보니 뉴욕 그랜드 센트럴 역까지 남은 시간은 11시간 57분이었다. 갑자기 남은 시간이 막막하게 느껴졌다.

"뒤에…… 저게 다 뭔가요?"

"제가 하는 질문에만 대답하세요."

여자는 단호하게 말했다가, 살짝 부드러워진 톤으로 덧붙였다.

"천천히 설명해드릴 테니까."

현은 자세를 고쳐 앉고 긴장을 누그러뜨리려고 노력했

다. 어차피 도착할 때까지는 벗어날 수 없다. 언젠가 넌 그 호기심 때문에 한번 크게 당할 거야. 헤어진 여자친구가 했던 말이 떠올랐다. 지금 생각해보니 그 문장은 저주처럼 들렸다. 뭐 땜에 그랬더라? 그건 기억나지 않았다. 그래, 난 항상 제 무덤을 파는 사람이었지. 어쩌면 전 여자친구의 말은 벌써 현실이 된 건지도 몰랐다. 하늘은 여전히 흐렸고 비는 회초리처럼 세차게 지붕을 두드렸다. 현은 자신의 장례식으로 향하는 운구차에 타고 있는 기분이었다.

"7, 8년 전에 미국에서 이런 프로젝트가 있었어요. 로스 굿윈이라는 컴퓨터 프로그래머 겸 디지털 예술가가 구글 연구팀과 합동으로 AI 소설을 썼는데요. 자기가 만든 인공신경망 알고리즘에 기존의 소설 2백 권을 학습시키고, 그걸 차에 태워서 뉴욕에서 뉴올리언스까지 여행을 떠난 거예요. 차에는 카메라와 마이크, 시계와 GPS가 달려 있었고, 이 알고리즘은 길 위의 모든 것을 말 그대로 '보고 들으면서' 문장들을 써낸 거죠. 그걸 모아 결국 책도 나왔고요."

"AI가 소설을 썼다고요?"

"놀라운 일도 아니죠."

"그러면 저 뒤에 있는 기계들이……"

"맞아요, 우리도 비슷한 걸 하고 싶은 거예요."

"그렇게 해도 되나요?

"뭐가요?"

"똑같은 실험 같아서요. 표절……"

반대쪽 창을 보고 있던 여자가 조수석으로 고개를 돌렸다.

"우리 인공지능은 한국어로 써요. 그리고 우린……"

현과 눈이 마주치자 여자가 덧붙였다.

"사람을 태웠죠."

5

그때 여자의 노트북에서 알람이 울렸다.

"첫번째 문장이 나왔네요."

이제까지와 비슷한 톤이었지만, 현은 거울을 보는 것처럼 알 수 있었다. 여자의 표정에는 묘한 호기심과 희열이 숨겨져 있다는 것을. 봐도 되느냐고 물으려는 순간 여자가 노트북을 뒤로 접어 태블릿처럼 만든 다음 현 쪽으로 내밀었다. 검은 화면 속에서 하얀 글자가 반짝였다.

시카고가 젖었다.

"어때요?"

현은 대답을 주저했다. 마지막으로 소설을 읽은 게 언제였더라. 소설이 현의 관심사였던 적은 한 번도 없었다. 아마도 수능 언어영역 지문에서 본 소설이 마지막일 것이다. 무슨 구두 어쩌고 하는 제목이었는데.

"잘 모르겠지만, 뭔가 시 같네요."

"소설가들은 배경 묘사로 시작하는 첫 문장이 별로라고들 하지만, 그건 그 사람들 생각이고. 내 생각엔 이 정도면 나쁘지 않은 것 같아요. 선행 연구라고 할 수 있는 굿윈의 인공신경망이 쓴 첫 문장도 비슷해요."

"어떻게 시작하는데요?"

"아침 9시 17분이었고, 집은 무거웠다."

그건 더 모르겠는데. 현은 생각했다.

"지금부터는 여기 신경 끄셔도 돼요. 어차피 본문은 기밀이기도 하고요."

여자는 노트북을 다시 펼쳐 무릎 위에 놓았다.

"이제 우리 차례예요."

6

차가 주간 고속도로로 들어섰다. 시카고에서 뉴욕까지 일직선으로 뻗은 길. 'INTERSTATE 90'이라고 적힌 푸른색 표지판이 선명했다. 미국이라는 나라에서 현은 항상 두 가지에 놀랐다. 하나는 그 드넓음. 다른 하나는 그 단순함.

"뉴욕에 가는 이유는 뭐죠?"

여자가 물었다.

"거기가 집이니까요."

"집이요? 미국에서 태어났어요?"

"그런 건 아니지만, 지금 사는 곳이에요."

"미국엔 왜 왔어요?"

잠시 침묵이 흘렀다.

"……배우가 되고 싶어서요."

"연기자 말인가요? 연극? 영화?"

"뭐든지요. 가릴 처지는 아니라서."

"흥미롭네요. 그럼 언제부터 그런 꿈을 갖게 되었는지 이야기해볼까요?"

현은 그들의 대화가 뭔가 인터뷰 같으면서도 뻔하게 진행되고 있다는 생각이 들었다. 어린 시절 유명했던 어떤 영화를 보고 깊은 감명을 받은 소년이 배우의 꿈을 갖게 되고, 그 꿈을 외면하며 이런저런 다른 길을 모색하고 도망치려다가 결국 자신의 운명을 받아들이고 험한 길을 걷게 된다? 그런 이야기는 사실이라 해도 가짜 같았다. 현은 자신의 인생 영화 「블레이드 러너」부터 이야기하려다가 길을 바꾸어 들었다.

"이런 이야기들이 다 쓸모가 있을까요?"

여자는 고개를 돌려 현을 빤히 쳐다보았다.

"일단 입력을 주는 거니까요. 우리는 일종의 데이터만 제공하는 거예요. 말뭉치를 주면 알아서 단어와 문장을 조합하는 건 얘가 할 일이죠. 소설은 우리가 아니라 이 친구가 쓰는 거예요."

"이 대화도 녹음되는 건가요?"

"당연하죠."

"이게 소설이 된다고요?"

"안 될 이유가 있나요? 소설이 뭔데요?"

여자는 참을성이 바닥난 사람처럼 말했다.

"배우의 꿈 얘기 안 할 거예요?"

7

첫번째 휴게소로 여자는 맥도날드를 골랐다. 서너 시간 동안 어렸을 적 리들리 스콧의 영화를 보고 품게 된 배우의 꿈에서 시작해 말썽 많았던 학창 시절과 연기 학원, 대학 생활과 미국까지 오게 된 사연을 거쳐 맨해튼 델리 가게에서 잡일을 하며 연기 학교에 다니는 지금에 이르기까지 모두 이야기하고 나니 현도 허기가 졌다. 예산으로 처리할 수 있다는 말에 현은 빅맥 세트를 세 개나 시켜 먹었고, 여자는 햄버거 대신 시나몬 롤과 해시 브라운을 주문했다. 양은 비교할 수 없었지만 먹는 시간은 비슷하게 걸렸다. 포장지와 감자튀김 찌꺼기, 남은 음료를 모아 버리다가 현은 조금 민망해져서 바로 옆 스타벅스에서 자신이 커피를 사겠노라고 호기롭게 말했다. 여자는 소이라테를, 현은 아메리카노를 골랐다. 계산을 하려고 주머니에서 20달러짜리 지폐를 꺼내다가 뭔가가 아래로 툭 떨어졌다.

"이건 뭐예요?"

현이 거스름돈을 돌려받는 사이 여자가 종이를 집어 들면서 물었다.

"아, 유니콘이요."

현은 짧게 덧붙였다.

"조카가 줬어요."

여자가 눈을 반짝였다.

"조카가 있어요? 그 얘길 좀 해주세요. 아, 차에 타서요!"

여자는 한 손에 세이렌이 새겨진 일회용 컵을 든 채 종종걸음으로 앞서 나갔다.

기름을 가득 채운 파일럿이 다시 I-90 위를 달리기 시작하자, 현은 유니콘을 만지작거리며 조카 이야기를 꺼냈다.

"누나는 이민을 일찍 왔어요. 이십대 후반이었나. 정확한 나이는 몰라요. 저랑은 나이 차가 열 살 넘게 나서 어릴 땐 이모 같다고 생각한 적도 있었거든요. 제가 중학교 때였나, 어느 날 누나가 검은 가방 두 개에 짐을 싸서 미국으로 떠나버렸어요. 엄마 아빠는 나와 보지도 않았고, 제가 대신 가방 들고 큰길에 가서 택시 타는 걸 도와줬는데, 그때 누나가 마지막으로 했던 말이 생각나요. 자긴 절대 안 돌아올 거라고. 시체로 돌아오는 거 아니면.

나중에 커서 알고 보니 누나와 결혼을 약속한 남자가 있었는데 부모님이 결사반대를 했던 거였어요. 남자가 뭐 한다고 했더라. 시인이라던가. 암튼 미국에 가고 나선 연락이 잘 안 됐어요. 한참 뒤에 저한테 페이스북으로 메시지가 와서 누나가 어떻게 사는지 알게 됐죠. 누나는 미국에서 미국 사람이랑 결혼해서 애도 셋이나 낳고 잘 살고 있더라고요. 그사이 우리 집은 망하고 아버지는 화병으로 돌아가시고 엄마는 병원에 누워 있었는데. 사정을 얘기했더니 누나가 병원비 보태 쓰라고 돈을 보내줬어요. 만 달러였나? 근데 그 돈을 받고 일주일 만에 엄마도 돌아가신 거예요. 결국 누나가 준 돈으로 장례를 치렀어요. 누나가 아니라 엄마 아빠만 시체가 되었죠.

누나는 시카고 근교에 살아요. 방이 여덟 개고 화장실이 일곱 개니까 제 눈엔 대저택인데요, 누나는 그냥 자기 동네에서는 평범한 집이래요. 매형은 부동산 사업을 한다는데, 맨날 집에서 맥주 마시면서 비디오게임 하고 마당에서 애들 햄버거 구워주는 게 일이에요. 누나네 아이들은 딸 둘에 막내가 아들인데, 아들이 장애가 있어요.

유니콘 얘기는 언제 나오느냐고요?

이제부터요. 그 장애 있는 아들이, 오티즘인가 그런 거래요. 걔는 종이접기가 유일한 취미거든요. 말은 한마디도 안 하는데 집에서 늘 혼자 뭘 접고 있어요. 꼭 우리 아버지처럼 생겼거든요. 특히 인상을 쓸 때 너무 비슷해서 깜짝깜짝 놀랄 정도예요. 이 유니콘은 그 애가 이번에 저랑 헤어질 때 준 거예요. 나한테 주는 선물이냐고 물어봤는데, 끝까지 대답은 안 하고."

8

두번째 휴게소에서 그들은 따로 밥을 먹었다. 여자는 타코를, 현은 피자를 선택했다. 여자가 준 카드로 두 조각을 먹었는데, 조각이 너무 커서 한 판을 다 먹은 것 같은 기분이었다. 차로 돌아가 다시 I-90에 오르자 현은 자신도 모르게 잠이 들고 말았다. 여자는 왜 나를 깨우지 않을까? 희미해지는 의식 속에서 현은 또렷하게 생각했다. 꿈에서 현은 해리슨 포드에게 잡혀 담배 연기 자욱한 조사실에서 보이트-캄프 검사를 당하는 안드로이드가 되어 있었다.

9

잠에서 깼을 때 가장 먼저 눈에 들어온 것은 센터페시아의 내비게이션 화면이었다. 남은 시간은 한 시간. 자세히 보니 1:01:01 같은 숫자들이 줄어들지 않고 깜빡거리는 중이었다. 벌써 이렇게 왔나? 검은 정장을 입고 있던 여자는 어느새 후드 티와 반바지로 갈아입은 채 운전석에서 노트북을 들여다보고 있었다. 언제 갈아입었지? 휴게소에서 그랬나?

바깥으로 초록색 풍경들이 지나갔다. 초록색…… 중부 어디쯤인가? 어딘지 이상해서 가만히 살폈더니 풍경은 지나가지 않고 멈춰 있었다. 아니, 그건 풍경이 아니라 그냥 초록이었다. 아무것도 담겨 있지 않은 원색의 초록. 이따금 뭔가 펄럭이는 것 같기는 했지만 초록색은 거기 그대로 있었다.

이제 보니 차는 움직이지 않았다. 심지어는 전방도 초록이었다. 어디선가 커다란 선풍기, 아니 환풍기 돌아가는 소리 같은 것이 났다. 공사장에서 날 법한 매캐한 냄새 같은 것이 흘렀다. 이게 뭐지? 현은 입을 열려고 했지만 마치 가위에 눌린 것처럼 아무 말도 나오지 않았다. 무슨 말을 해야 여기에서 벗어날 수 있지? 이봐요. 악! 저기요! 야! 하나님!

시트를 들썩이며 온몸을 허우적거린다고 생각했지만 실제로는 손가락 하나 움직여지지 않았다. 그때 여자가 조수석 쪽을 보면서 눈썹을 들썩거렸다.

—왜 이러지?

왜 이러느냐고요? 현은 이 모든 것을 도통 이해할 수가 없다. 여자가 차의 시동을 건다. 시동을 건다고? I-90 한가운데서? 내비게이션에 새로운 지도와 남은 시간이 표시된다. 1시간 11분. 차가 움직인다. 아니, 풍경이 움직인다. 초록색이 사라지고 어둠이 그 자리를 대신한다. 환풍기 소리가 커진다. 지금 나는 어디 있는 거지? 뭘 하는 거지? 이 차는 어디로 가는 건데?

여자가 현에게 다가와 얼굴을 만진다.

다시 어둠.

10

두번째로 눈을 떴을 때 현은 옮게 소름이 돋았다. 검은 정장 차림의 여자는 운전대를 잡고 운전 중이었고 창밖으로는 어둡지만 분명한 풍경이 지나가고 있었다. 창문을 조금 내리니 빗방울과 함께 타다 만 장작 냄새와 젖은 흙냄새가 스며들었다.

"이제 한 시간 남았어요."

여자는 전방을 주시한 채 말했다. 주위를 두리번거리고 있는데 발에 뭐가 차였다. 유니콘이 발밑, 그러니까 캐리어와 다리 사이 좁은 공간에 떨어져 있었다. 현은 유니콘을 주워 들었다. 빨간색 아니었나? 이제 종이는 파란색으로 보였다. 현은 여자에게 어떻게 된 영문이냐고 물으려다가 그만두었다. 대신 구부러진 이마의 뿔을 펴서 바르게 해주었다.

여자는 현의 꿈과 미래에 대해 물었다. 가장 친한 친구와 좋아하는 음식, 자주 가는 카페와 싫어하는 날씨에 대해서도 물었다. 현은 그 모든 질문이 하나도 중요하지 않다고 느꼈다. 그에게 중요한 질문은 따로 있었다.

"이게 다 진짜인가요?"

"진짜가 아니면 뭔가요?"

"아까 꿈을 꿨어요."

여자는 다시 자율 주행으로 모드를 바꾸고 노트북을 펼쳤다.

"이 모든 게 다 거짓말이면 어떡하죠. 이 차는 달리지 않고, 바깥은 그냥 초록색 천이고, 당신이 입고 있는 검은색 옷은 가짜라면요. 나는 뭐가 되는 거죠? 왜 필요한 거죠?"

여자가 입을 연 건 한참 후의 일이었다.

"마지막 문장이 나왔네요."

여자는 노트북을 접어 내밀었다.

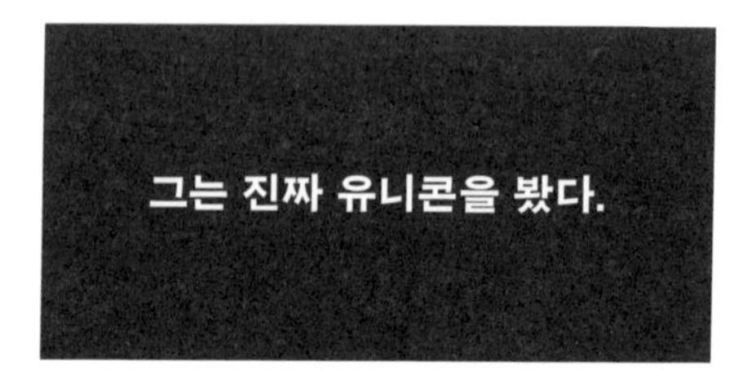

11

여자는 그랜드 센트럴 역 대신 브라이언트파크 앞에서 현을 내려주었다. 백 달러짜리 지폐 다섯 장이 담긴 봉투를 건네면서 여자는 마지막으로 말했다. 테이크 케어. 현이 힘겹게 캐리어를 내린 뒤 뒤돌아 손 흔들어 인사하려 했을 때 여자의 검은 파일럿은 이미 출발한 뒤였다. 비는 어느새가 말끔히 그쳐 있었고, 구름 사이로 아침 햇빛이 희미하게 존재를 드러냈다.

현은 공원을 배경으로 셀카를 한 장 찍었다. 자신의 지금 모습을 확인해보고 싶어서였다. 사진 속 자신에게는 마음에 들지 않는 부분이 많았다. 번들번들한 얼굴에 충혈된 눈, 블랙헤드가 알알이 박힌 코, 두더지처럼 위치를 바꾸어 곳곳에 출몰하고 있는 여드름…… 하지만 살아 있다고 느끼게 하기에는 충분한 증거였다.

현은 힘차게 캐리어를 끌고 돌아갈 집이 있는 다운타운을 향해 걸으며 생각했다. 집에 가면 엄마한테 전화를 해야지. 시카고에서 본 드라마 오디션은 망했지만, 돌아오면서 5백 달러를 벌었다고 말할 것이다. 배우로서 번 첫번째 소득이라는 점도 강조하면 좋겠지. 현은 정말로 그런 누나가 있으면 좋겠다고도 생각했다. 급조해낸 매형의 이미지는 나중에 다른 오디션에서 써먹을 기회가 있을 것이다. 깜빡거리는 초록색 불에 서둘러 횡단보도를 건너면서 현은 시카고가 젖었다,로 시작해서 그는 진짜 유니콘을 봤다,로 끝나는 어떤 소설을 상상했다. 중간에 뭐가 들어가든, 그것만으로도 꽤 근사한 소설이 될 것 같았다. 이참에 나도 소설을 써볼까? 다음번 붉은 신호등을 만났을 때 현은 고개를 저었다. 충분히 피곤한 삶을 더 피곤하게 만들고 싶지는 않았다. 집에 가면 샤워를 오래 하고, 월마트에서 산 싸구려 이불을 턱 끝까지 올려 덮고 잘 것이다. 해가 다 지기 전까지는 절대 일어나지 말아야지. 저녁엔 한인 타운에 가서 평소 못 먹는 18.99달러짜리 도가니탕을 먹을 것이다. 그 상상을 하니 피곤이 가시고 기분이 조금 좋아졌다. 그런 다음 주머니에 손을 넣었는데, 그제야 현은 자신이 유니콘을 차에 놓고 내렸다는 사실을 알았다.

핑크 팰리스 러브

Pink Palace Love

1

"갈 수 있겠지?"

빨갛고 파란 캐리어 두 개를 나란히 세워놓고 택시를 기다리고 있을 때 아내가 물었다. 나는 그럼,이라고 답하면서 유리문 바깥을 쳐다보았는데, 앞집 아저씨가 타고 다니는 포드 트럭 위에 짐 대신 산만 한 눈이 쌓여 있었다. 어제부터 내린 폭설이 동북부를 강타하면서 유리문 밖으로 보이는 것은 온통 하얀색뿐이었다. 하필 이때가 여행을 떠나는 날이라니. 나는 화제를 바꾸려 말을 꺼냈다.

"잘 봐, 차가 렉서스랬어."

아내는 그래? 하더니 걱정스러운 눈빛으로 바깥을 바라보았다. 예약한 한인 택시 기사는 9시까지 집 앞에 도착하기로 했으나 벌써 9시 10분이었다. 은색 렉서스예요. 눈 때문에 쬐끔 늦을 듯요. 나는 기사가 20분 전에 보낸 카톡을 다시 열어보았다. 나는 '조금'을 '쬐끔'이라고 쓰는 사람에게 약간의 편견이 있었지만, 이번에는 모른 척하기로 했다.

마침내 렉서스가 도착한 것은 9시 35분이 되어서였다. 20만 마일 정도는 뛴 것 같은 은색 렉서스 LS에서 내린 남자는 히죽거리며 미안하다고 말했다. 남자가 우리 캐리어를 싣는 동안 아내는 먼저 차에 타서는 팔꿈치로 내 옆구리를 찔렀다. 시트에서 오래된 소파 냄새가 났다.

"렉서스라며."

"이것도 렉서스야."

틀린 말은 아니었다. 몇 세대 전 모델인지 가늠조차 되지 않는다는 점만 빼면.

뉴왁공항으로 가는 동안 우리는 별말을 하지 않았다. 기사는 1990년대 록발라드 가요 모음집 같은 걸 틀어놓았는데, 어떤 노래는 지나치다 싶을 만큼 크게 따라 불러서 거슬렸다. 다른 생각을 하려고 애썼지만 중간중간 나도 모르게 머릿속에서 그 가사들이 지나갈 때는 짜증이 나기도 했다. 겨울비처럼 슬픈 노래를 이 순간 부를까, 우울한 하늘과 구름, 1월의 이별 노래……*

* 김종서, 「겨울비」(『2NDSTEP』, 1993).

그러다 순간 기사와 백미러에서 눈이 마주쳤다. 꽤 날카로워 보이는 눈이었다.

"아내분 마음 아프게 하면 안 돼요."

갑작스러운 말에 나는 말문이 막혔다. 무슨 소리지? 아내는 살짝 웃으면서 되물었다.

"그게 무슨 말씀이세요?"

기사는 깜빡이도 켜지 않고 유유히 차선을 바꾸며 말했다.

"우리 같은 사람들은 또 보이는 게 있그등요."

2

공항에서 수속을 마치고 오랜 대기 끝에 비행기에 올라 2시간 40분의 비행 끝에 탬파공항에 도착할 때까지도 기분이 언짢았다. 아까 그 기사가 한 말 때문이었다. 자기가 뭘 안다고. 처음 본 사람한테. 아내는 오히려 쿨하게 생각하는 것 같았는데("원래 그런 분들이 사람을 많이 보니까 이런저런 말도 하는 거지 뭐. 그냥 지나가는 사람이 한 말인데 뭐 어때?") 그런 태도가 묘하게 더 기분을 나쁘게 했다.

내 기분은 렌터카 업체에서 차를 받으면서 겨우 풀렸다. 인터넷으로 예약할 때는 차종 말고 차 등급만 고를 수 있게 되어 있어서 그냥 미드 사이즈 세단을 골랐는데, 어찌 된 일인지 얼마 전 새로 출시된 풀 체인지 캠리가 나와 있었다. 앞으로 차를 사게 되면 살펴볼 리스트에 올려두었던 바로 그 차였다. 색깔까지 회색이라서 마치 내가 뽑은 차 같았다. 직원은 차 키를 건네주며 말했다.

"유 아 소 럭키."

시동을 걸고 알게 된 이 차의 주행거리는 겨우 17마일. 정말 새 차였다. 공항을 빠져나가자 야자수와 푸른 하늘이 펼쳐졌다. 우리가 꿈꾸던 그림이었다. 북부 뉴저지의 혹독한 겨울을 벗어날 수 있다는 것만으로도 해방감이 느껴졌다. 창문을 열고 조금 달리자 길 한쪽 저편으로 바다가 눈에 들어왔다.

"저기 좀 봐, 플로리다야."

나는 아내를 향해 말했다.

오늘은 우리의 첫번째 결혼기념일이었다.

작년 1월 15일, 우리는 서울 강남의 한 예식장에서 결혼했다. 그리고 여름에 미국으로 건너왔으니 지난 1년 동안 반은 한국에서, 반은 미국에서 같이 산 셈이다. 둘 다 대학원생이라서 방학에 결혼하기를 원했는데, 따져보니 연도는 다르지만 아내의 생일은 1월 1일, 내 생일은 1월 31일이었다. 그럼 1월 15일에 하면 어때? 내 제안에 아내는 고개를 끄덕였다. 기막힌 우연의 일치, 천생연분이라고 생각했다.

미국에 와서 보낸 유학생으로서의 첫 학기는 끔찍했다. 언어는 엉망이었고 적응은 쉽지 않았다. 수업 시간에는 교수가 날 지목할까 봐 공포에 가까운 불안이 생겼고, 길거리 가게에서 물 하나 제대로 사기 어려웠다. 학업을 이어가는 나와 달리 한국에서 아예 대학원을 졸업하고 온 아내는 아내대로 낯선 곳에 혼자 떨어져 지내는 일에 힘들어했다. 영어 회화 수업이나 맨해튼 관광, 아웃렛 쇼핑 같은 것을 권해보았지만 무기력증에 가까운 모습에 우울증을 의심해야 할 지경이었다.

학기를 마치고 얻은 4주간의 짧은 방학은 우리에겐 오아시스나 다름없었다. 한국처럼 두 달씩 길게 겨울방학이 주어졌다면 더 좋았겠지만 그런 걸 따질 형편이 아니었다. 1월 마지막 주부터는 봄 학기가 시작될 예정이었고, 그 전에 뭔가를 해야만 했다. 우리의 첫 결혼기념일이 그 사이에 끼어 있다는 게 운명처럼 느껴졌다.

"여행 가고 싶어."

크리스마스이브, 저녁을 먹으며 아내가 입을 여는 순간 나는 마치 그녀가 내 마음을 읽은 것만 같다고 생각했다.

"그래, 가자. 어디로?"

"따뜻한 곳."

"따뜻한 곳 어디?"

어디로 가야 할까. 잠깐 나는 고민했다. 사흘이 멀다 하고 눈 폭탄이 떨어지는 이곳 동북부와 가장 먼 곳. 첫번째 결혼기념일을 성대히 기념하고, 우리의 지치고 얼어붙은 마음을 녹일 수 있는 곳. 서부로 가야 할까? 라스베이거스? 아니면 멕시코 칸쿤?

아내가 말했다.

"핑크 팰리스."

멀리서 호텔의 전경이 눈에 들어오기 시작했다. 3400 걸프 블러바드, 세인트 피터스버그 비치, 플로리다. 우리가 가는 곳은 '돈 세사르Don Cesar'라는 이름의 호텔로, 예약한 아내의 말에 따르면 지어진 지 백 년이 다 되어가는 유서 깊은 호텔이었다. 아내는 이 호텔의 별명이 '핑크 팰리스'라고 말해주었는데, 보자마자 그 이유를 알 수 있었다. 바다를 보고 서 있는 호텔의 외벽 전체가 온통 분홍색으로 칠해져 있었다.

"진짜네?"

"내가 뭐랬어."

널찍한 주차장에 차를 대고, 우리는 빨강과 파랑 두 개의 캐리어를 끌고 호텔로 향했다. 로비에는 리넨 소재의 유니폼을 입은 직원들이 몇 있었는데 모두 햇빛을 많이 받아서인지 피부가 구릿빛으로 그을어 건강해 보였다. 사람들의 표정과 옷차림도 북부와는 묘하게 분위기가 달랐다. 아내가 체크인을 하는 동안 나는 짐을 지키며 로비에 난 통창으로 밖을 바라보았는데, 해변이 바로 내려다보여 뷰가 시원했다. 그 넓은 해변에 사람이 아무도 없었다. 완벽한 휴양지의 모습이었지만 이상하게 마음 한편이 어딘가 불편했다. 정확히는 아내가 처음 '플로리다'라는 지명을 꺼낼 때부터 그랬다. 왜지? 기억 속에서 이유를 되짚어보려는 사이, 체크인을 마친 아내가 카드키를 흔들며 다가왔다.

"713호야."

우리는 벨보이의 안내를 받으며 객실로 향했다. 엘리베이터는 약간 구식 느낌이었지만, 그마저도 고풍스럽게 느껴졌다.

"바로 수영할 거야."

엘리베이터 안에서 아내가 벨보이에게 캔 위 스윔 나우? 라고 묻자 벨보이는 약간 당황하면서 오브 코스 유 캔,이라고 답했다. 방에 올라가 짐을 풀자마자 아내는 수영복으로 갈아입더니 가운을 걸치고 해변으로 나갔다. 나는 수영복 대신 카메라를 챙겼다. 아내의 입수 장면을 생생히 영상으로 담을 생각이었다. 이걸로 브이로그 같은 걸 만들어봐도 좋을 것이다. 이참에 유학생 부부 유튜브 같은 걸 해볼까?

"악!"

가운을 나에게 맡기고 영화의 한 장면처럼 바다로 뛰어들어간 아내가 비명에 가까운 소리를 질렀다. 물이 저렇게 좋을까? 웃으며 계속 영상을 찍고 있는데 파도를 한번 맞은 아내가 몸을 벌벌 떨며 다시 모래사장으로 돌아왔다. 자세히 보니 얼굴이 하얗게 질려 있었다.

"너무 추워. 얼어 죽을 것 같아."

우리는 곧바로 철수했다. 방으로 올라오는 엘리베이터 안에서야 비로소 아까 만났던 벨보이의 어정쩡한 표정과 대답을 이해할 수 있었다. 아무리 플로리다라도 1월의 바다는 수영하기엔 너무 낮은 온도였던 것이다. 남부로 내려가면 겨울이 여름이 될 거라는 생각은 순진한 착각이었다. 아내가 욕조에서 뜨거운 물에 몸을 녹이는 사이 텔레비전을 틀었다. 기상 캐스터가 나와 미국 전역에 찾아온 10년 만의 한파에 관해 설명하고 있었다. 캐스터 뒤로 보이는 미국 지도에는 거의 모든 주에 눈 그림이 표시되어 있었다.

"그래도 눈 안 오는 건 플로리다뿐이래."

위로가 될까 싶어 화장실 쪽으로 소리쳤지만, 대답은 돌아오지 않았다.

3

저녁을 먹으러 2층에 있는 레스토랑 '마리타나'로 내려갈 때까지도 아내는 여전히 저기압이었다. 메뉴판 맨 앞에 있는 스페셜 디너 코스를 시키고 샴페인도 두 잔 주문했다. 아내는 휴대폰만 만지작거렸다. 액정에서 나온 불빛이 아내의 눈가를 시퍼렇게 물들였다.

"화장실 좀 다녀올게."

대답 없는 아내를 뒤로하고 자리를 빠져나왔다. 어두운 조명의 식당에 손님이라고는 우리뿐이었다. 넓은 홀을 지나 매니저처럼 보이는 사람에게 말을 걸었다.

"오늘 우리 부부 첫 결혼기념일인데, 잘 부탁합니다."

나는 떠나오기 전 인터넷 게시판에서 본 대로, 조그맣게 접은 20달러짜리 지폐를 건네며 말했다. 이렇게 하면 서비스도 주고 심지어 운 좋으면 방도 바꿔준다고 하던데. 제니퍼라고 적힌 명찰을 달고 있던 직원은 이상한 감촉을 느꼈는지 자기 손에 뭐가 있나 확인하더니, 어깨를 으쓱하며 지폐를 똑바로 펴서 돌려주었다.

"개인적인 팁은 받지 않아요. 케이크 필요하시면 코스 마지막에 추가하고 룸에 차지해둘게요. 몇 호시죠?"

나는 민망해져서 방 번호를 알려주고 돌아섰다.

코스 요리를 먹는 동안에도 아내는 별말을 하지 않았다. 그 침묵이 나는 불안했다. 전채로 나온 관자 요리는 냉동을 썼는지 심하게 찌그러져 있었고, 비린내도 조금 났다. 파스타는 그럭저럭 먹을 만했지만 정작 메인 요리인 스테이크는 미디엄 레어로 시켰는데 거의 피투성이였다. 칼을 움직일 때마다 접시 위로 검붉은 피가 불길한 모양을 그리며 퍼져 나갔다. 앞에 앉은 아내가 칼질을 신경질적으로 해서 슬쩍 건너보다가 눈이 마주쳤다. 아내는 식당에 온 이후 처음 입을 열었다.

"내 건 너무 익혀서 씹을 수가 없어. 완전 가죽이야."

차츰 불안은 불쾌로, 불쾌는 분노로 변해갔다. 인당 89달러를 받기엔 지나치게 별로인 식사였다. 이런 호텔이 백 년이나 유지되었다니. 한국식 별점 테러를 받고 내일 당장 망해도 전혀 이상하지 않은 곳이었다.

둘 다 반 이상 남긴 스테이크를 허망하게 바라보고 있을 때 디저트가 등장했다. 원래 코스에 포함된 아이스크림과 내가 따로 주문한 초콜릿 케이크였다. 폭죽처럼 화려한 초 하나가 빛나고 있는 케이크 위엔 '1st Anniversary'라는 글귀가 분홍색 크림으로 적혀 있었다. 비록 희미하게였지만 아내는 처음으로 웃었다.

다행히 케이크는 오늘 먹은 음식 중에 가장 맛있었고, 우리는 설거지가 필요 없을 만큼 접시를 싹싹 긁어 먹었다. 잠시 후 다소 풀린 기분으로 자리에서 일어나려는데, 아내가 물었다.

"이게 끝이야?"

그 말이 왜 그렇게 기분 나쁘게 들렸는지는 아직도 잘 모르겠다. 분노가 치밀었고 그 분노는 방에 돌아와서도 사그라지지 않았다. 아내는 컨디션이 좋지 않다며 누웠고, 나도 더 이상 그녀와 같은 공간에 있고 싶지 않았다. 갑자기 객실의 공기마저 지나치게 건조하고 답답하게 느껴졌다. 나는 밖으로 나가 복도를 돌아다니다가 충동적으로 엘리베이터를 타고 손바닥으로 아무 층이나 눌렀다. 숫자 13에 불이 들어왔다. 왜 하필이면 꼭대기 층이었을까. 아무래도 상관없다고 생각했던 그때와 달리 지금의 나는 궁금하다. 어쩌면 나는 간 것이 아니라 이끌린 것인지도 모른다는 생각이 든다. 13층이 내가 누른 게 아니라, 눌린 결과인 것처럼.

13층에서 문이 열리자 나는 홀린 사람처럼 엘리베이터에서 내렸다. 가장 높은 층이어서인지 다른 층에 비해 천장이 두 배 가까이 높았다. 세월의 흔적을 보여주는 고풍스러운 장식들이 복도 양쪽으로 늘어서 있었다. 나는 복도를 따라 걸었다. 실내의 온기, 해변의 습기, 하루의 피로가 섞여 그곳의 풍경은 몽환적으로 느껴졌다. 야경이나 밤바다를 보고 싶었던 걸까? 복도 끝에는 바다 쪽으로 난 아치 모양의 창문과 테이블이 있었다.

그때 사람을 봤다.

두번째 창문, 그러니까 복도 시작 부분에서는 보이지 않던 창문 앞에 누군가 앉아 있었다. 여자였다. 그녀는 동양인처럼 보이는 검은 머리에 단발이었고, 짙은 노란색 원피스를 입고 있었다. 나는 이 밤에 여기 올라온 사람이 나 혼자가 아니라는 것에 안도감과 함께 묘한 호기심을 느꼈다. 호텔 투숙객일까? 누굴 기다리는 걸까?

인기척을 느꼈는지 여자가 고개를 돌려 내 쪽을 봤다. 순간 나는 숨이 멎어버릴 뻔했다. 내가 아는 사람이었다.

기억 속에서 그녀의 얼굴과 이름이 연결되는 데는 숨을 한 번 내쉬는 시간이면 충분했다.

김서윤.

여자가 입을 열어 뭔가를 말하려고 했을 때 나는 뒤돌아 뛰기 시작했다. 미친 사람처럼 내가 걸어왔던 길을 단숨에 지나 엘리베이터에 도착했다. 막 닫히려는 엘리베이터 문을 잡고 들어가 클로즈 버튼을 연타했다. 문이 닫히자 차고 있던 애플 워치가 진동했다.

'심박수가 높음.'

4

아침에 일어나 보니 침대 옆자리에는 아무도 없었다. 11시 15분. 아침이라고 하기엔 너무 늦은 오전이었다. 체크인 할 때 호텔 직원이 건넸던 종이 안내문을 살폈다. Breakfast: 7-9 AM. 7과 9 위에 여러 번 동그라미가 쳐져 있었다. 반쯤 투명한 얇은 커튼을 여니 해변이 내려다보였다. 하룻밤에 3백 달러인데 이 정도는 해야지. 분명 바닷물은 어제처럼 차겠지만 그래도 맑은 날이었다. 오늘은 잘해봐야지. 화해도 하고, 여행 온 기분도 내고. 3박 4일 중에 벌써 하루가 의미 없이 지나버렸다.

그때 누군가 백사장을 가로질러 해변 쪽으로 걸어가는 것이 보였다. 아내였다. 아내가 입은 초록색 원피스는 멀리서도 눈에 잘 띄었다. 그래, 해변이라도 걸으면서 기분이나 풀라지. 어차피 아침도 못 먹게 된 거, 나는 잠이나 더 자야겠다고 생각했다. 오후에는 시내로 관광을 나가볼 계획이었다. 얇은 커튼 대신 암막 커튼을 치자 방에 밤이 찾아왔다.

다시 눈을 떴을 때 아내는 내 옆에 누워 있었다. 여전히 커튼이 쳐져 있었기 때문에 시간을 가늠하기 어려웠다. 눈을 가늘게 뜨고 침대 옆 시계를 보니 오후 2시였다. 세 시간이나 더 자다니. 비로소 배가 몹시 고팠다. 나는 벌떡 일어나 화장실로 가서 세수와 면도를 했다. 아내를 어떻게 깨워야 하나 생각하며 밖으로 나왔을 때, 아내는 자고 있지 않았다. 누운 채로 눈만 뜨고 있었다.

"깜짝이야."

내가 반사적으로 말하자 아내는 시선도 맞추지 않은 채 물었다.

"뭐가?"

"언제 왔어?"

"좀 아까."

"잠도 안 자면서 왜 누워 있는 거야?"

"내 맘이야."

건조하고 까칠한 대답을 듣고 있자니 잊고 있었던 어제 저녁 일이 떠올랐다. 자신이 여전히 화가 나 있음을 알려주는 화법. 같이 퉁명스럽게 굴 수도 있었지만 다른 선택을 하기로 했다.

"……아직 기분 안 풀렸어?"

아내는 대답 대신 눈을 감았다.

"시내로 나가자. 나 배고파."

내가 말했다.

차를 타고 나간 우리는 근방에서 유명하다는 팬케이크 집에 갔다. 피자만 한 팬케이크 몇 장이 크림과 메이플 시럽 범벅이 되어 나왔다. 그다음에는 로스터리 카페로 자리를 옮겨서 커피를 마셨다. 아내는 기분이 조금 나아졌는지 휴대폰을 들어 사진도 몇 장 찍기 시작했다. 뭔가 인스타에 올리고 싶어졌다는 건 좋은 신호였다. 아웃렛에서 간단히 쇼핑을 하고 피로를 달래줄 커플 마사지까지 받은 뒤 호텔로 돌아오는 저녁에 아내는 완전히 정상으로 돌아온 것처럼 보였다. 실없는 농담을 했고("자기 옆모습이 꼭 펭귄 같아. 플로리다엔 펭귄 없겠지?"), 운전하는 나까지 사진을 찍었으며, 기어봉에 올려놓은 내 손 위에 자기 손을 살며시 포개기도 했다. 호텔로 돌아가 룸서비스로 파스타와 클럽 샌드위치를 시켜 먹은 다음 우리는 사랑을 나눴다. 꽤 오랜만이라 처음에는 어색한 순간들이 있었지만 끝나고 난 뒤에는 그녀도 나도 만족스럽게 지쳐버렸다. 모든 것이 제자리로 돌아온 것 같았다. 아내가 씻는 동안 나는 침대에 아무렇게나 누워 아내 인스타에 올라온 오늘 우리의 여정에 하트를 찍었다.

그때 갑자기 김서윤이 떠올랐다.

왜인지는 모르겠다. 아내와의 갈등을 해결했다는 안도감 때문이었을까? 아니면 또다시 밤이 찾아왔기 때문이었을까? 나는 그 생각을 몰아내려고 방 안을 유심히 둘러보았다. 별다른 것 없는 호텔 객실이었다. 그러나 자세히 보니 벽에 걸린 그림은 뭔가 을씨년스러웠고(검은 도트로 사람 형상이 그려져 있었다), 입구에서 화장실을 지나 들어오는 짧은 통로는 위쪽이 아치형으로 휘어져 있었다. 노트는 있었는데 필기구는 없었다. 호텔 서랍마다 들어 있는 신약성경은 표지가 반쯤 찢어져 있었다.

"안 씻어?"

흰 가운을 입은 채 머리 위로 수건을 말아 올린 아내가 욕실 밖으로 나오며 말했다. 나는 옷을 주섬주섬 챙겨 입었다.

"잠깐만 나갔다 올게."

"어디를?"

"바람 좀 쐬러."

아내는 의아한 눈으로 나를 쳐다보았지만, 나는 신발을 꺾어 신은 채 방을 빠져나왔다.

5

13층에 도착했을 때 복도에는 아무도 없었다. 사방이 고요했지만 가만히 귀를 기울여보니 희미한 노랫소리 같은 게 들리는 듯했다. 팝이나 록, 힙합 같은 건 아니었다. 아리아? 오페라? 문외한이라 용어조차 잘 몰랐지만, 쉽게 말하자면 성악 같은 목소리였다. 복도를 걸어가면서 이번에는 애플워치의 녹음 기능부터 켰다. 나중에 휴대폰으로 결과를 확인해보면 될 터였다.

복도 끝이 다가올수록 나는 초조해졌다. 과연 오늘도 그녀가 있을까?

있었다.

같은 자리. 오늘은 주황색 원피스와 노란 밀짚모자였다. 그녀가 돌아보기 전에 내가 먼저 소리를 냈다.

"김서윤."

여자는 돌아보지 않았다. 너무 작게 부른 걸까? 못 들은 척하는 걸까? 김서윤이 아니라면? 그냥 평범한 미국 관광객은 아닐까? 나는 아주 천천히 그녀가 앉아 있는 쪽으로 다가갔다. 혹시라도 돌아볼까 봐 차마 똑바로 시선을 두지 못하고 발끝만 바라보며 걸었다. 그 몇 초가 수십 년처럼 느껴졌다.

김서윤은 결혼 전 사귀던 여자였다. 우리는 같이 유학을 준비하고 있었는데, 나는 어디에서도 합격 통지를 받지 못했고 그녀는 한 번에 괜찮은 학교에서 장학금을 포함해 좋은 오퍼를 받았다. 그녀는 고민했다. 나를 사랑하지만, 어렵게 얻은 미래의 기회를 포기하기는 어렵다고 했다. 조심스럽게, 헤어지고 싶으면 지금 헤어지자고도 했다. 솔직하고 정확한 제안이었다. 하지만 나는 그 밑에 깔려 있는 그녀의 마음도 느낄 수 있었다. 헤어지자,가 아니라 네가 원한다면 헤어지겠다,라니. 나는 그녀를 붙잡았고 그녀는 순간 진심으로 안도하는 듯했다. 그때부터 원거리 연애가 시작되었다.

처음 몇 달은 사랑이 거리를 이기는 것 같았다. '아웃 오브 사이트, 아웃 오브 마인드' 같은 말은 그저 사랑이 부족했던 사람들이 내놓는 궁색한 변명이라고 생각했다. 그러나 그녀의 학교 생활이 점점 바빠지고, 한국에서 아르바이트를 하며 유학 재수를 준비하는 내 생활 역시 버거워지면서 연락이 뜸해지기 시작했다. 밤낮이 바뀐 시차 때문에 나중에는 시간 맞춰 통화하는 일조차 쉽지 않았다. 그사이 나는 유학 스터디 모임에서 아내를 알게 되었고, 자주 만나 정보를 공유하고 밥을 먹으며 점점 가까워지고 있었다. 술을 마신 어느 날 내 옆에서 어깨에 머리를 기대고 잠들어버린 아내를 보며 이러다 큰일이 나겠다는 생각을 했고, 선을 넘기 전에 서윤과의 관계를 정리해야겠다고 결심했다.

—요즘 많이 바쁘지? 나 새로 좋아하게 된 사람이 생겼어. 헤어지자.

요점만 적은 카톡을 보내놓고 잠을 이루지 못했다. 이렇게 매몰찬 이별 선언이라니. 다음 날 일어나보니 그녀로부터 메시지 수십 개와 부재중 전화 열한 통이 걸려 와 있었다. 마지막 카톡은 이렇게 끝났다.

—지금 당장 비행기 타고 갈게.

그러나 그녀는 오지 않았다. 그즈음 터진 코로나 때문이었는지, 차일피일 미뤄진 건지, 아니면 마음이 바뀌었던 것인지 나는 알지 못한다. 한국에 들어와서 연락을 하지 않았던 걸까? 어쨌든 나는 그녀를 그 이후로 다시 보지 못했다. 우리의 관계가 끝난 것처럼 전 세계 하늘길이 끊긴 것을 보면서는 기분이 이상했다. 그 후 아내와는 선을 넘어 연인 사이가 되었다. 아내 역시 지난 사랑으로 크게 아픔을 겪은 터라 유학과 연애가 절실하다고 했다. 잘 알려지지 않은 가수였다는 아내의 전 애인 이름을 나는 결혼할 때까지 물어보지 않았다.

마침내 주황색 원피스 앞에 멈춰 섰다. 내가 손을 들어 여자의 어깨를 가볍게 두드리려 했을 때, 여자가 먼저 고개를 돌렸다.

6

"오랜만이야."

그녀가 말했다.

"잘 지냈어?"

나도 인사를 건넸다. 이 상황에서 주고받기엔 더없이 어색한 말이었지만, 그 순간 나는 세상에 대화가 아닌 회화가 존재한다는 것이 다행스럽게 느껴졌다. 회화에는 영혼을 담을 필요가 없으니까. 표면적이고 기계적인 정답들이 이미 정해져 있으니까. 그 기계 부품 사이로 내가 정말로 알고 싶었던 것은 그녀의 과거와 지금의 마음이었다.

"이렇게 다시 만날 줄은 몰랐네."

말하고 나서 깨달았다. 이건 대화와 회화의 중간쯤에 서 있는 말이라는 걸.

"나도."

"공부는 잘돼가?"

"눈치 없는 건 여전하네. 니가 지금 물은 건 박사과정 대학원생에게 절대 해서는 안 되는 질문이야."

그녀의 말에 멋쩍어져서 나는 작은 목소리로 미안,이라고 말했다.

"여긴 어쩐 일이야?"

내 질문에 서윤은 눈썹을 살짝 찡그렸다.

"그건 내가 물어봐야 할 것 같은데? 너 언제 미국에 왔어? 근처에 살아?"

"아, 겨……"

하마터면 결혼기념일이라서,라고 말할 뻔했다. 밝힐 때 밝히더라도 지금 말하고 싶지는 않았다.

"……울이잖아. 난 뉴욕에 있거든. 알겠지만 거긴 겨울이 아주 끔찍한 동네라, 따뜻한 곳으로 여행 왔어."

"그렇구나."

그녀는 더 물어볼 것 같은 표정으로, 더는 묻지 않았다.

"난 학교에서 여기까지 30분밖에 안 걸려. 머리 답답할 때 식히려고 오지. 더군다나 지금처럼 짧은 윈터 리세션 기간에는 여기만 한 데가 없으니까."

플로리다주립대. 그제야 나는 내 꺼림칙했던 느낌의 근원을 찾아냈다. 그녀가 박사과정 유학을 떠났던 학교. 거기가 이 해변에서 30분밖에 안 걸린다고?

"뭐부터 이야기해야 할지 모르겠네. 여기서 널 이렇게 다시 볼 줄 알았……"

아주 잠깐의 침묵 후에 내가 말을 꺼냈을 때, 손목에서 워치가 진동했다. 아내의 카톡이었다.

—지금 어디야?

7

다음 날 일어났을 때도 침대 옆은 비어 있었다. 10시 35분. 어제보단 일찍 일어났지만 어차피 조식을 먹을 수 없다는 건 같았다. 커튼은 양쪽으로 활짝 열려 있었고 빛이 객실을 채우고 있었다. 이것 때문에 어제보다 일찍 일어난 건가? 창가로 다가가 해변을 바라보았다. 반만 열리는 창을 끝까지 열었다. 흐릿한 사람 형체 몇몇이 백사장을 거닐고 있었지만 아내는 보이지 않았다.

나는 침대에 다시 눕는 대신 책상에 앉아 어제 워치로 녹음했던 파일이 휴대폰에 잘 담겨 있는지 확인했다. 음성 메모 앱에 13분 28초짜리 새 녹음 파일이 생겨나 있었다. 휴대폰 볼륨을 올리고 재생 버튼을 눌렀다가, 멈추고 에어팟을 찾아 귀에 꽂았다. 아내가 갑자기 들어왔을 때 서로 당황스러운 상황을 만들고 싶지는 않았다. 다시 재생 버튼을 누르자, 잡음 말고는 아무것도 들리지 않았다. 노이즈 캔슬

링 기능을 켜고 볼륨을 최대한으로 높였다. 잡음에는 규칙적인 반복이 있었고, 오래지 않아 나는 그것이 파도 소리라는 것을 깨달았다. 그녀와 내 대화는 없었다. 13분 내내 거기에는 파도 소리뿐이었다. 에어팟을 빼며 나는 생각했다. 아예 녹음이 안 되었다면 몰라도, 이럴 수가 있나? 거긴 13층인데?

서늘했다.

호텔 홈페이지에 들어간 건 무언가를 확인하고 싶어서였다. 그 무언가가 정확히 무엇인지는 몰랐다. 이 호텔은 뭐지? 아내는 어디 간 거지? 돈 세사르라는, 플로리다와는 조금도 어울리지 않는 이름에서부터 핑크색 건물, 김서윤이 앉아 있던 자리, 파도 소리만 녹음된 어젯밤의 기억까지, 모든 게 이상했다. 지난 학기 나를 가장 괴롭혔던 독문학 수업에서 교수는 말했다. 알 수 없는 것이야말로 진정한 공포의 대상이지. 닫힌 문 너머, 골목의 끝, 내일 일어날 일 같은 것들 말이야. 교수는 기묘하게 웃으며 덧붙였다. 너희들의 성적도. 그 끔찍한 농담과 미소가 머릿속에서 무한히 반복 재생됐다. 결국 찾아낸 'The Haunted Ghosts of the Don CeSar Hotel'이라는 제목의 글에서는 호텔의 역사를 이렇게 적고 있었다.

1925년, 플로리다에 비탄에 잠긴 한 젊은이가 도착했습니다. 그의 이름의 토머스 헌트. 토머스는 3년이라는 시간을 들여 이 핑크빛 호텔을 지었습니다. 사랑했던 여인, 루신다에게 바치기 위해서였죠. 루신다는 토머스가 영국에서 유학하던 시절 보았던 오페라 「마리타나」의 주인공 역을 맡은 흑발의 스페인 가수였습니다.

오페라 속 그녀에게 첫눈에 반한 토머스는 이후 루신다를 찾아가 적극적으로 구애했고, 두 사람은 금세 사랑에 빠졌습니다. 한적한 분수 옆에서 그들은 서로를 오페라 속 '마리타나'와 '돈 세사르'라고 부르며 사랑을 속삭였지요. 하지만 루신다의 부모는 이 연애를 허락하지 않았고, 재빨리 루신다를 스페인으로 데려가버렸습니다. 토머스는 상심한 채 미국으로 돌아와 루신다와 재회하기 위해 수년 동안 갖은 애를 썼습니다. 셀 수 없이 많은 러브레터가 개봉도 되지 않은 채 대서양을 넘어 반송되었지요. 결국 그가 받은 유일한 답장은 그녀가 사망했다는 뉴스가 담긴 신문 스크랩뿐이었습니다. 동봉된 메모에는 그녀의 손글씨가 적혀 있었어요. '사랑하는 나의 돈 세사르에게.'

<돈 세사르>의 로비 안뜰과 분수는 토머스와 루신다가 런던에서 만났던 장소를 그대로 모방한 것입니다. 그들의 잃어버린 사랑에 바치는 토머스의 헌정이랄까요. 그가 세상을 떠

난 후, 직원과 손님 들은 호텔 곳곳에서 파나마모자에 흰색 여름 정장을 입고 돌아다니는 신사를 목격하곤 합니다. 하지만 누군가 다가가면 그는 사라지지요.

호텔 직원들은 호텔 전체, 특히 토머스가 머물렀던 13층에서 기묘한 일이 생긴다고 보고하곤 합니다. 하우스키퍼들은 이상한 소리를 듣고, 벨보이들은 낯선 형체를 목격합니다. 그러나 거기에는 아무도 없습니다. 어쩌면 토머스는 여전히 친절한 호텔리어로 남아 그의 직원들을 돕고 있는지 모릅니다. 일이 없는 날에는 해변과 호텔, 로비와 분수 주변을 산책하면서요. 오늘날까지도 흰 양복과 스페인식 드레스를 입은 젊은 커플에 관한 목격담은 계속되고 있습니다.

토머스와 루신다는 이 호텔에서 죽음도 갈라놓을 수 없는 사랑으로 영원히 함께하고 있는 것일까요?

<돈 세사르>에 와서 직접 알아보세요.

뻔한 이야기였다. 궁금하면 와서 묵어보라는 상투적인 상술 마무리까지. 어떤 면에서는 선을 넘었다고 생각했다. 겨우 호텔을 홍보하기 위해 존재하지도 않는 귀신 목격담까지 만들어내다니. 대충 스크롤을 내리던 나는 고개를 저으며 화면을 밀어 올려 앱을 종료했다.

순간 어디선가 차가운 바람이 불어왔고, 팔뚝의 털들이

일제히 곤두섰다. 나는 갑자기 뭔가 떠올라 허겁지겁 브라우저를 열어 소개 글을 다시 확인했다.

……특히 토머스가 머물렀던 13층에서 기묘한 일이 생긴다고……

13층?

그때 덜컥, 소리와 함께 문이 열렸다. 심장이 가슴에서 발목까지 수직 낙하하는 것만 같았다.

"달리 뮤지엄에 갈래?"

늘 보던 흑발의 아내가 무표정한 얼굴로 말했다.

8

달리 뮤지엄은 호텔에서 차로 15분 정도 걸렸는데, 외관만 보면 유리와 노출 콘크리트가 그의 그림만큼이나 기묘하게 결합한 건축물이었다. 전시실마다 사람이 많지 않아 인기가 없는 곳인가 싶었지만 나중에 기념품 숍에 가니 인파가 가득했다. 달리를 잘 아는 것도 아니었지만, 그와 플로리다가 대체 어떤 연관을 지니기에 이런 휴양지에 그의 이름을 건 미술관이 있는지는 궁금했다. 전시된 그림들은 대부분 내가 피상적으로 알고 있는 달리, 그러니까 녹아내리는 시계라든지 다리가 10미터쯤 되어 보이는 말이라든지 기괴하게 왜곡된 풍경 같은 것들이었다. 달리가 왜 달리 달리겠는가. 재미없는 언어유희를 속으로 중얼거리다가 문득 어느 그림 앞에 오래 걸음이 멈췄다. 사막 같은 황량한 풍경 위에 잔상처럼 어느 젊은 남자의 초상이 점으로 찍혀 표현되어 있었다. 제목을 살피자 어떻게 그려진 그림인지 대강 짐작이 갔다. 「Portrait of My Dead Brother」. 달리에게는 자신이 태어나기 직전 죽은 형이 있었고, 그 형의 이름 역시 살바도르 달리였다. 상심한 부모가 동생에게 같은 이름을 지어준 것이다. 달리는 평생 동안 형의 그림자와 싸워야 했고, 그의 그림에 꿈과 무의식이 등장하는 것은 어쩌면 그래서였는지 모른다……고 설명에 적혀 있었다. 평소 같으면 사람 가득한 기념품 숍은 들어가지도 않았겠지만, 나는 긴 줄을 기다려 아까의 그림이 그려진 엽서를 하나 샀다.

저녁은 근처 일식집에서 스시 보트를 먹었다. 미국에 와서 처음 시켜보는 음식이었는데, 나무배 모양으로 만든 받침 위에 초밥과 롤이 가득 올려져 있었다.

"시간이 금방 가버렸네."

"그러게."

"플로리다 오면 이런 요트라도 타게 될 줄 알았는데."

아내는 젓가락으로 나무 보트를 톡톡 건드리며 말했다.

요트 대신 스시 보트라도 먹고 있는 게 어디야. 나는 말하려다가 그만두었다. 온종일 아내와 다니면서도 사실 내 관심은 한곳으로 쏠려 있었다. 13층. 그리고 김서윤. 오늘은 플로리다에서 머무는 마지막 밤이었고 나는 아직 그녀에게 물어볼 것이 많이 남아 있었다.

호텔로 돌아가는 길에 아내는 술을 좀 사 가자고 했다. 평소 술을 거의 마시지 않는 사람이었기 때문에 속으로 조금 놀랐다. 리큐어 숍에 들러 20달러 정도 하는 적당한 와인을 고르려고 했더니, 아내는 위스키가 먹어보고 싶다고 했다. 싱글몰트 위스키면 아무거나 다 좋아. 평소라면 아내에게 절대 들을 수 없는 말이었으므로 나는 반쯤 의아하고 반쯤 반가운 마음으로 술을 샀다.

객실에 돌아와 위스키부터 열었다. 나는 니트로, 아내는 프런트에 부탁해서 얻은 얼음을 넣어 온더록스로. 아내와의 술자리가 낯설고 좋으면서도 한편으로는 빨리 끝내고 13층에 올라가고 싶은 마음이 컸다. 아내는 술을 들이켤수록 표정이 어두워졌다.

"괜찮아?"

아내는 대답 대신 잔에 남은 술을 다 마시고, 천천히 일어나 화장실로 가서 얼음을 버리고 오더니 말했다.

"이번엔 그냥 줘. 스트레이트라고 그러나?"

아내는 무슨 말을 하기 위해 술의 기운을 빌리려는 사람처럼 연거푸 술을 마셨다. 내가 그만 마셔야겠다고 말려도 소용없었다. 힘으로 술병을 가져가 따르려 하는 통에 뜻하지 않은 물리적 실랑이까지 벌어졌다. 결국 자기 뜻대로 위스키 너덧 잔을 연속으로 마신 아내는 얼마 지나지 않아 침대 위로 쓰러져버렸다. 나는 잠시 옆에 앉아 아내가 잘 잠들었는지를 살폈다. 눈 옆으로 눈물이 흘렀는지 지우지 못한 화장 사이로 흰 자국이 남겨져 있었다. 나는 이불을 덮어주고 조명을 어둡게 내린 다음 방을 빠져나왔다.

9

13층에서 엘리베이터 문이 열리는 순간 하마터면 넘어질 뻔했다. 바로 앞에 빨간색 원피스를 입은 김서윤이 서 있었기 때문이었다.

"왔네?"

서윤은 의외라는 듯이 말했다. 그녀의 옷에 수도 없이 새겨진 검은색 동그라미들이 마치 누군가를 지켜보는 눈동자 같았다.

"오늘은 안 오는 줄 알고 내려가려고 했는데. 밤이 깊어서."

서윤은 뒤돌아 복도를 따라 걸었다. 나는 그녀의 원피스에 대체 몇 개의 동그라미가 있는지를 헤아리며 따라갔다. 우리는 어제 이야기를 나누었던 바닷가 창문 쪽 의자에 똑같이 앉았다.

"나, 내일 돌아가."

내가 먼저 말을 꺼냈다.

"뉴욕에 산다고 했었나?"

"응."

"맨해튼?"

"아니, 학교는 시티에 있는데 집은 뉴저지야. 버스 타고 42번가 터미널 내려서 지하철 타."

"그렇구나."

창문 너머로 밤바다의 흐릿한 풍경이 건너다보였다. 검정에 가까운 짙은 회색의 끊임없는 움직임. 워치에 녹음되어 있던 것과 똑같은 파도 소리. 누가 젖은 나무를 태우는 것 같은 희미한 탄내. 어느덧 플로리다에서의 마지막 밤이었다.

침묵 끝에 내가 물었다.

"그때 왜 오지 않았어?"

나는 알고 싶었다. 그녀를 원망하는 건 아니었다. 분명 나쁜 방식으로 이별을 통보한 건 나였고, 지금 당장 오겠다고 했지만 그건 감정이 앞서 한 말일 게 분명했다. 하지만 알고 싶었다. 그녀의 진짜 마음이 무엇이었는지. 그때 그녀가 최종적으로 선택한 것은 어느 쪽이었는지. 그 선택에 따라 어쩌면 지금 우리가 손에 쥔 모든 것이 변할 수도 있었는지.

"왜 오지 않았느냐고?"

서윤의 표정은 거의 슬퍼 보였다.

"내가 한국에 갔던 거 생각 안 나?"

"한국에 왔다고? 니가?"

"네가 헤어지자고 한 그 다음다음 날로 비행기 타고 갔잖아. 제일 비싼 표. 천오백 달러도 넘는 거 사서. 전화를 백 번쯤 했을까. 그것보다 더 했겠지. 너희 집 앞에 찾아가고. 너네 학교 찾아가고. 너 스터디 한다는 곳까지 수소문해서 찾아가고. 그때 니가 했던 말 생각 안 나? 정말로? 할 말 없다고 그랬잖아 너. 우린 이미 끝난 거라고. 여기까지 올 필요 없었다고. 돌아가라고."

머릿속이 하얘지기 시작했다. 김서윤의 목소리가 귀에 닿을 때마다 통증이 느껴졌다. 파도가 귀를 때리는 것 같았다.

"내가 마지막으로 보낸 문자 기억 안 나? 헤어지더라도 내 얼굴 눈앞에서 보고, 똑바로 얘기하라고. 안 그러면 나 죽어버릴 거라고. 그 카톡 너 5분 만에 읽었잖아. 읽고도 대답 안 한 거 생각 안 나? 1이 없어지는 순간부터 베란다로 나갈 때까지 내가 밤새 답장 기다린 거, 너 정말 몰라?"

김서윤이 내 어깨를 붙잡고 흔들었다. 나는 정말 기억나지 않았다. 아무것도 생각나지 않았다. 그녀의 카톡을 읽고 나서 잠이 들고 다음 날 아침에 받았던 문자가 있었는데…… 결국 그것 때문에 답장하지 못한 건데…… 대체 그게……

"너야말로 왜 오지 않았어? 내 장례식에."

손을 놓으며 김서윤이 말했다.

10

뛰어서 객실로 돌아왔다. 물에 빠진 사람처럼 숨을 몰아쉬다가 탁자 위에 남아 있는 위스키를 병째 들이켰다. 토기가 올라와 변기를 붙잡고 한참 구역질을 했다. 허여멀건한 초밥의 흔적과 누런 액체가 유출된 기름처럼 변기 속을 떠다녔다. 내가 무슨 짓을 했던 걸까? 김서윤에겐 어떤 일이 있었던 걸까? 두통과 취기 속에서 그날 받았던 문자가 점차 또렷해졌다.

[부고] 김서윤 본인상. 빈소: 서울대병원 장례식장 3호. * 조화와 조의금은 정중히 사양합니다.

11

손목에 찬 워치가 진동하는 바람에 눈이 뜨였다. 오전 10시. 알람을 맞춘 기억은 없었다. 머리가 깨질 듯이 아팠고 온몸이 두들겨 맞은 것처럼 욱신거렸다. 김서윤을 피해 뛰어왔을 뿐인데 이럴 수가 있나? 침대가 너무 딱딱해서 호텔에 컴플레인이라도 해야겠다고 생각하며 일어나다가, 내가 누워 있던 곳이 욕조라는 사실을 깨달았다.

침대에는 아내가 보이지 않았다. 또 해변으로 산책하러 나간 걸까? 탁자 위에는 어제 달리 뮤지엄에서 받아 온 브로슈어와 기념품 들이 어지럽게 흩어져 있었다. 나는 내가 구입한 엽서를 꺼냈다가 깜짝 놀라고 말았다. 벽에 걸려 있던 그림. 그 그림과 똑같은 그림이 엽서에 그려져 있었다. 「Portrait of My Dead Brother」. 생각해보면 이상한 일은 아니었다. 플로리다에 있는 호텔이 근처 달리 뮤지엄에 전시된 그림의 레플리카를 객실에 전시해두었을 뿐이다. 하지만 내가 소름 끼친 건 그래서가 아니었다. 내가 뮤지엄에서 저 그림을 보고 좋다고 느낀 것은, 실은 그저 내가 저것을 무의식중에 먼저 보았기 때문이 아닐까? 나는 모르고 있었지만, 저 그림의 이미지는 이미 내 무의식 저 깊은 곳으로 들어가 이후 나의 모든 판단과 평가와 행동에 영향을 주고 있었던 것일까? 마치 달리의 죽은 형 달리처럼? 소름이 끼쳤지만 나는 애써 억누르며 몸을 돌렸다.

창밖을 바라보자 저 멀리서 아내의 모습이 눈에 들어왔다. 아내는 혼자가 아니었다. 해변에 서서 어떤 사람과 이야기를 나누는 듯했다. 위아래로 검은 옷을 입은 사람. 머리카락이 어깨까지 내려온 마른 체형. 남자일까? 아니면 여자? 그러다 순간 알게 됐다. 그 남자구나. 아내의 첫사랑. 아내의 트라우마. 나와 급하게 결혼해서 미국으로 와야 했던 이유. 나는 객실 밖으로 뛰쳐나갔다. 엘리베이터가 모두 13층에서 내려오지 않고 머물러 있었다. 비상계단으로 방향을 바꿔 아래로 내려가기 시작했다. 로비에 도착했을 즈음에는 숨이 턱 끝까지 차올랐다.

바다로 난 유리문을 열고 백사장에 이르렀을 때, 남자는 온데간데없고 아내가 바다로 뛰어들고 있었다.

"여보!"

심장이 터질 것 같았지만 나는 죽을힘을 다해 뛰었다. 차가운 1월의 바닷물이 발끝에서부터 무릎으로, 다시 허벅지로, 배로, 가슴에 이를 때까지 들어가 아내를 붙잡았다. 아내는 뭔가에 홀린 사람처럼 더 깊은 물속으로 들어가려 했다.

"놔! 놔!"

완력으로 아내를 뭍으로 끌어내 앉혔다. 나도 아내도 완전히 기진맥진했다. 반쯤 누운 아내는 거의 울먹이며 말했다.

"……사실 나 여기 있는 동안 첫사랑을 만났어. 자살한 줄 알았는데 그게 아니래. 자기가 거짓말했다는 거야. 어떻게 그럴 수가 있지? 말이 안 되잖아. 그 사람은 분명히 위스키 한 병을 다 마시고 손목을 그었다고 했는데, 나는 그래서 오빠랑 여기까지 온 건데, 그것 때문에 모든 게 이렇게 뒤틀려버린 건데, 갑자기 나타나서, 미안했다고, 나 살아 있다고 말하는 게 말이 돼? 미안해 오빠, 근데 나 그 사람이 살아 있단 걸 알게 된 이상 이렇게 살 수는 없어. 죽든지, 아니면 그 사람한테 다시 가든지 해야 돼…… 그럼 오빠는 어떡하지…… 그냥 나 죽을까? 죽어버릴까? 나 이제 어떻게 해야 돼? 오빠랑 나는……"

"제발!"

머리가 어지러웠다. 먹지도 않은 아침을 토할 것 같은 기분이었다. 파도가 밀려오는 장면이 달리의 그림처럼 뭉개지고 왜곡되어 보였다. 나는 쓰러지려는 아내의 어깨를 붙잡고서 겨우 말했다.

"그만해. 정신 좀 차려……"

어디선가 노랫소리 같은 것이 들려 호텔 쪽을 바라보았을 때, 우리 객실쯤 되는 발코니에서 누군가 해변을 내려다보고 있었다. 솟아오르기 시작한 플로리다의 핑크빛 햇볕 아래서, 나는 그가 파나마모자에 흰색 양복을 입고 있다는 것을 어렵지 않게 분간해냈다.

크리스마스 캐러셀

Christmas Carousel

1

"스물한 시간쯤 걸릴 거야."

짐을 다 챙기고 침대에 걸터앉아 있는 나에게 고모는 별일 아니라는 듯 말했다.

"농담이죠?"

내가 묻자 고모는 싱긋 웃었다.

"맞아. 실은 스무 시간 가서 하루 자고, 다음 날 한 시간 갈 거니까."

고모는 나오라는 뜻으로 손짓했고, 나는 한숨을 쉬며 일어나 캐리어를 끌었다.

12월 23일 오전 1시에 우리는 야반도주하는 사람들처럼 집에서 빠져나와 각자의 짐과 공용 짐을 차고 앞에 세워진 혼다 오디세이에 실었다. 주변 집들의 불은 모두 꺼져 있었지만 집마다 장식해놓은 크리스마스트리와 조형물 들은 한밤중에도 여전히 반짝거렸다. 티셔츠의 후드를 반쯤 비뚤게 뒤집어쓴 에밀리는 연신 눈을 비비며 하품을 했다. 고모부가 핸들을 잡고, 고모와 에밀리는 뒷좌석에 탔다. 눈 내린 후의 서늘하고 깨끗한 공기 사이로 흐린 입김이 유령처럼 퍼져 나갔다. 나는 마지막으로 조수석에 올라 차 문을 닫았다.

"출발합니다."

고모부가 말했다. 앞쪽 내비게이션에 거리와 예상 도착 시간이 표시됐다. 'Distance 1,225mi. Arrival 19:21'. 뉴저지의 고요한 주거 지역을 빠져나가며 나는 앞으로 스무 시간 동안 고모부가 과연 몇 마디 말을 더 할지 세어보아야겠다고 생각했다.

2

디즈니월드에 가기로 한 건, 나와 상관없이 이미 계획된 일이었다. 내가 입국한 날이 12월 20일이니까 미국에 온 지 겨우 이틀밖에 지나지 않았을 때였다. 나는 아직 이 나라가 낯설었고, 심지어 시차도 적응 못 한 상태였다. 미국에 있었지만 한국 시간에 맞춰 눈을 뜨고 감던 내게 맨 처음 이 여행 계획을 말해준 이는 에밀리였다.

"삼촌, 유 노 왓?"

머리로는 알고 있었다. 영어 사용자들이 유 노 왓?이라고 말하는 건 우리말로는 용건을 꺼내기 전에 하는 '있잖아' 같은 뜻이라는 거. 근데도 에밀리가 습관처럼 그 말을 하면 기분이 나빴다. 너 알아? 이렇게 들려서. 더군다나 난 에밀리의 삼촌도 아니었다. 에밀리가 고모의 딸이니 우리는 사촌이었지만, 영어로 사촌을 정확하게 설명하기 어렵고 어차피 둘이 나이 차도 많이 나니까 그냥 삼촌으로 부르라고 고모가 정리해버렸다. 아니, '커즌'이라는 좋은 단어도 있는데?

"아이 돈 노."

"넘버 원. 우리 디즈니월드 간다."

"뭐?"

"넘버 투. 크리스마스 이즈 마이 버스데이. 예이!"

에밀리는 두 팔을 번쩍 들고 이상한 감탄사를 내뱉더니 금세 자기 방으로 돌아갔다. 그러니까, 자기 생일인 크리스마스에 맞춰 다 같이 디즈니월드에 간다는 얘기? 아니, 크리스마스는 예수님 생일인데 얘는 어쩌다 그날 태어났을까. 놀이공원은 명절이나 공휴일에 가면 큰일 나는 곳인데.

디즈니월드가 근처에 있나? 아니, 그런데 디즈니랜드 아니고?

에밀리는 뭐랄까, 종잡을 수 없는 아이였다. 미국 나이로 열두 살이니까 우리나라로 치면 중학교 1학년쯤 된 것 같은데, 애가 다 큰 어른 같기도 했다가 완전 어린애 같기도 했다가 뒤죽박죽이었다. 한국에서 영상통화 같은 걸로 몇 번 보기는 했지만 실제로 만난 건 며칠 전이 처음이었는데도 에밀리는 나를 마치 평생 같은 집에서 살아온 진짜 삼촌처럼 대했다.

에밀리는 입양아였다. 고모네는 오픈 어돕션이라고 해서 그 사실을 외부에 공개적으로 알리는 방식을 선택했다. 다섯 살 때 입양이 이뤄졌기 때문에 에밀리도 처음부터 알고 있었다고 했다. 비행기에서 내리자마자 잠이 덜 깨 정신이 반쯤 나간 사람한테 고모가 제일 먼저 한 얘기다.

"그럼 내가 뭐 어떻게 해야 해?"

공항에서 집으로 가는 차 안에서 내가 묻자 고모는 길게 답하지 않았다.

"그냥 알고만 있으라고."

한국을 떠난 건 아빠의 결혼식이 끝나고 일주일 뒤였다. 조금 이상하게 들릴 수도 있다는 거 인정한다. 아빠의 결혼식이라니? 결혼 30주년 기념 리마인드 웨딩 뭐 그런 거 아니다. 진짜 결혼식. 성인 남녀가 예식장에서 하는 거. 그걸 아빠가 했다. 물론 두번째로 하는 거였다.

엄마는 내가 중학교 2학년 때 죽었다. 난소암이었다. 눈에 띄게 허리둘레가 늘어나고 소화불량이 심해지기 시작했을 때 엄마는 한창 살이 오르던 나와 같이 다이어트를 하자고 했다. 매일 저녁 훌라후프를 돌리고 중랑천변을 뛰었다. 덕분에 나는 살을 뺐지만 엄마는 그러지 못했다. 그건 살이 아니었으니까. 엄마 안에 종양이 자라고 복수가 차고 있다는 걸 몰랐으니까. 짧은 투병을 마치고 엄마가 죽었을 때 나는 평생 훌라후프 같은 건 돌리지 않을 거라고, 이제 아무리 살이 쪄도 절대로 뛰지 않을 거라고 다짐했다.

아빠는 그 후 10년 넘게 혼자서 나를 키웠다. 엄밀히 말하자면 내가 알아서 큰 건데, 아무래도 아빠는 본인이 나를 키웠다고 믿고 있는 것 같다. 내가 모른다고 생각하겠지만 대학에 들어간 다음부터는 아빠가 이런저런 사람과 연애하는 것도 알고 있었다. 그러다 내가 군대에 다녀오는 동안 급진전이 일어났다. 제대하고 일주일쯤 지났을 때였나, 아빠가 내 방에 불쑥 들어오더니 휴대폰을 내밀었다.

"이 사람 어떠냐?"

아빠 폰에 떠 있는 낯선 여자의 얼굴을 본 순간 나는 직감했다. 아, 이 사람이 내 새엄마구나. 말로만 듣던 계모, 후모, 스텝맘, 의붓어머니인가. 하지만 어떤 단어를 떠올려도 눈앞의 여인과는 잘 어울리지 않았다. 검은색 뿔테 안경을 쓴 단정한 얼굴에 희미한 미소를 짓고 있는 사진 속 여자는 강의 평가에서 늘 만점을 받지만 왠지 개인적으로 친해지고 싶지 않은 교양 과목 교수님 같았다.

아빠는 약간 상기된 표정으로 내 대답을 기다렸다.

"결혼하려고?"

내가 묻자 아빠는 말했다.

"니가 허락해주면."

사실 나는 알고 있었다. 허락 따위는 처음부터 필요 없었으며, 아빠는 그냥 자기가 결혼한다는 소식을 이런 식으로 통보했을 뿐이라는 것을. 하지만 살다 보면 다 알면서도 속아 넘어가야만 하는 순간들이 있다. 나쁘게 말하면 그것을 일종의 연기이자 퍼포먼스라고 볼 수도 있겠지만, 어쨌든 아빠는 형식적으로나마 나에게 동의를 구하고 있는 것이었다. 그러니 나는 동의, 아니 허락을 해야만 했다. 달리 무슨 수가 있겠는가……라고 생각하면서 나는 대답했다.

"안 하면 어쩔 건데?"

결혼식은 정확히 6개월 후에 열렸다. 하객은 많지 않았고 주로 친척들과 아빠 친구들이었는데, 다들 식장에 있는 나를 약간 안쓰럽거나 측은하게 바라보는 것 같아서 썩 유쾌하지는 않았다. 그날 가장 신난 사람은 아빠처럼 보였고 솔직히 말해서 나는 그 꼴을 보고 있기가 괴로웠다. 유치해지는 것 같아 안 그러려고 노력했지만 자꾸 엄마 생각이 났다.

그들은 신혼여행을 떠나는 대신 바로 살림을 합치고 우리 집에서 같이 살기 시작했다. 아빠와 결혼한 분(아직까지는 대충 아주머니라고 부르고 있는데, 앞으로 어떻게 불러야 할지 모르겠다)은 생각보다 좋은 사람 같았지만 함께 생활을 해보니 불편한 건 어쩔 수 없어서, 나는 결혼식이 끝난 뒤 아빠가 수고했다고, 뭐 갖고 싶은 거 없냐고 물어보았을 때 이때나 싶어 질러보기로 했다.

"미국 갈래. 고모한테."

어렸을 때 몇 번 만난 후로 연락도 왕래도 많지 않았지만 고모는 뉴욕과 아주 가까운 뉴저지에 살고 있다는 것이 큰 장점이었다. 너무 멀어서 아빠의 두번째 결혼식도 못 왔으니 공식적인 방문의 명분이 되기에도 충분했다. 미국 하면 뉴욕이고, 내가 가고 싶었던 곳들도 라스베이거스를 빼면 대부분 동부에 있었기 때문에 실제로는 고모네 집을 베이스캠프 삼아 여러 곳을 둘러보겠다는 계산이었다. 물론 그

'여러 곳'에 디즈니월드는 없었다……

비행기표는 아빠 카드로 긁었고 환전도 공항에 와서 했다. 물론 그것도 아빠 돈이었다. 집을 떠나기 전 아빠와 결혼한 분은 아빠 몰래 나에게 용돈으로 쓰라며 봉투를 하나 줬는데, 공항으로 가는 리무진에서 열어보니 그건 20달러짜리 스물다섯 장, 도합 5백 달러어치 현금이었다. 돈다발 앞에는 포스트잇에 손 글씨로 쓴 짧은 메모가 붙어 있었다.

—아직 어색하겠지만 앞으로 내가 많이 노력할게. 잘 다녀오렴.

3

예상대로 운전대를 잡은 고모부는 아무 말도 하지 않았다. 그는 프로그래머였는데, 사실 내가 알고 있는 정보는 많지 않았다. 고모가 결혼 전에 소개차 한국에 데리고 왔을 때 한 번 본 게 전부였으니까. 초등학교 때 미국에 건너와서 쭉 미국에서 자란 1.7세이기 때문에(1.5세보다 2세에 가까운 사람들을 그렇게 부른다고 고모가 알려주었다) 한국어로 오래 말하는 것을 썩 좋아하지 않는 것 같았다. 눈빛은 날카롭고 말수는 적어서, 프로그래머가 아니라 청부살인

업자라고 해도 믿을 수 있을 정도였다. 내가 아는 건 고작 고모부가 아침마다 집 앞에서 164번 버스를 타고 어딘가로 (맨해튼이라고 들었지만 확인한 적은 없다) 출근했다가 오후 5시쯤 돌아온다는 것뿐이었으니까.

우리는 남쪽으로 계속 달리다가 중간중간 맥도날드가 나오면 고속도로 출구로 빠져나가서 햄버거와 맥모닝 세트 같은 걸 먹었다. 처음엔 괜찮았는데, 몇 번 반복되자 김밥과 우동과 회오리 감자가 있는 한국의 휴게소가 몹시 그리워졌다. 거기서도 고모부는 단답형 단어와 손가락으로만 주문을 했다.

필라델피아, 델라웨어, 메릴랜드, 버지니아, 노스캐롤라이나, 사우스캐롤라이나, 조지아…… I-95를 타고 남부로 내려갈수록 눈은 사라지고 기온이 올라갔다. 기분 탓인지 햇볕도 더 강해지는 것 같았다. 크리스마스 시즌이라고는 믿기지 않는 날씨였다.

마침내 플로리다 탬파에 도착한 건 저녁 9시 무렵이었다. 뉴저지 페어 론을 떠난 지 대략 스무 시간 정도 후였다. 도착한 곳은 고모 친구네 집이었는데, 고모 친구는 아이가 없는 대신 큰 개를 세 마리나 키워서 개를 무서워하는 나는 계속 긴장 상태로 있어야 했다. 에밀리는 집에 들어오자마자 소리를 지르며 개들 뒤를 졸졸 쫓아다녔다. 쏘 큐트! 쏘

큐트! 하지만 내가 보기에 개들은 귀엽기엔 너무 컸고, 정작 그들은 에밀리를 무서워하는 것 같았다.

"다들 배고프겠다. 얼른 이리 오세요들."

늦은 저녁상에는 내가 휴게소에서 먹고 싶었던 한국 음식이 가득했는데, 고모 친구는 자기 남편이 반찬 가게에서 사 온 것들이 대부분이고 자신은 밥만 했다면서 웃었다. 밥과 반찬이 너무 맛있어서 나는 민망하지만 두 번이나 밥을 더 달라고 부탁했다.

"얘가 지영 언니 아들이야. 너도 언니 기억나지?"

잡채를 덜던 고모가 무심한 투로 말하자 순간 고모 친구가 눈을 크게 떴다.

"진짜? 정말로?"

식사를 마치고 고모 친구 남편과 고모부가 맥주병을 하나씩 들고 탁구대가 있다는 지하실로 내려갔을 때, 나는 남자들과 같이 가는 대신 식탁에 남아 있기로 했다. 에밀리는 개들과 산책을 다녀오겠다고 고집을 부렸고, 어둡고 추워서 안 된다던 고모는 후드 티 위에 점퍼를 하나 더 껴입는 조건으로 허락했다.

"너, 집 찾아올 수 있어?"

고모의 말에 에밀리는 자신을 둘러싸고 있는 커다란 개들을 가리키며 말했다.

"맘, 데이 리브 히어!"

4

남자들이 사라지고 에밀리가 개를 몰고 나가자 집 안에 고요가 찾아왔다. 고모 친구가 부엌 어딘가에서 프랑스산 와인을 꺼내 왔고, 곧 와인 잔 세 개에 술이 절반쯤 채워졌다. 잔끼리 끝을 부딪치자 맑은 종소리 같은 것이 났다.

"내가 언니 아들이랑 와인을 마시게 될 줄이야."

고모 친구가 말했다. 아까부터 이름을 물어보고 싶어 눈치를 살폈지만 틈을 얻기가 쉽지 않았다.

"저희 엄마를 잘 아세요?"

"그럼, 학원 다닐 때 나름 절친이었는데."

"학원이요?"

내가 고모를 쳐다보자 고모가 약간 주저하며 입을 열었다.

"그래, 우리 셋이 다 같은 대학원 다녔잖아. 뉴욕에서."

그러자 고모 친구도 고개를 끄덕이며 덧붙였다.

"아, 맞다. 한 글자 빼먹었네, 대학원. 내가 요즘 이렇다니까."

고모 친구는 한동안 엄마 얘기를 계속했다. 차갑고 내성적인 사람이라고 생각했던 엄마의 첫인상부터, 학교 앞 푸드 트럭에서 샌드위치를 사 먹으며 친해진 이야기, 나중에는 도시락을 싸 와서 함께 나눠 먹던 이야기, 같이 갔던 캠핑과 여행, 연애와 실연, 한인 교회에서 만난 사람들…… 나는 와인을 홀짝거리며 고모 친구 이야기에 귀를 기울였다. 그녀가 따라준 와인은 첫맛은 달콤했지만 목구멍으로 넘기고 나면 진하고 떫은 흙 같은 맛이 남았다. 낯선 사람에게 엄마 얘기를 듣는 건 이상하면서도 매혹적인 일이어서, 모든 것이 환상이나 거짓말처럼 초현실적으로 느껴지다가도 중간중간 그게 진짜라고 생각하는 순간 갑자기 팔뚝의 털이 곤두서곤 했다. 맞아, 애초에 아빠한테 엄마를 소개해준 사람이 고모였지. 나는 또 까먹고 있던 사실을 떠올렸다. 신기하게 술을 마시는데도 대화에 집중할수록 정신이 또렷해졌다.

"나, 언니랑 디즈니월드도 갔었잖아."

"나는 안 갔었나?"

"그래, 넌 뭐 그때 남자 만난다고. 지금 에밀리 아빠 말고, 왜 있잖아."

고모 친구가 말하다 말고 목소리를 죽이더니 내 눈치를 봤다.

"또 쓸데없는 소리 하네, 얘가. 암튼, 그래서?"

"기말고사 끝나고였나. 언니가 갑자기 디즈니월드에 가고 싶다는 거야. 미국 와서 그런 데 한 번도 못 가봤다면서."

"난 처음 듣는 얘긴데."

"니가 그때 정신이 있었겠니. 남친하고 나이아가라 가고 그럴 땐데…… 알겠어, 알겠어. 난 맥주나 한잔하고 기숙사에 들어가려고 했는데, 언니가 느닷없이 포트 어소리티 버스 터미널로 가자는 거야. 그래서 따라갔지. 거기 무슨 좋은 펍이라도 있나 보다 하고. 근데 버스표를 끊네? 두 장을? 그것도 올랜도까지 가는 걸?"

"그날 밤에 바로 간 거야?"

"그래, 그레이하운드 타고 바로 출발했어. 37번 게이트. 내가 잊어버리지도 않아. 몇 시간 걸렸는지 아니? 서른두 시간. 중간에 버스 한 번 갈아타고 휴게소마다 쉬어 가면서."

지금 우리와 같은 여정이었다. 멀쩡한 비행기를 놔두고 차로 뉴욕에서 플로리다까지 내려가는 이상한 여행. 엄마가 버스를 타고 디즈니월드에 갔었다니, 상상조차 못 한 일이었다. 아무리 생각해도 엄마가 좋아할 만한 장소가 아니었다. 젊은 시절의 엄마는 조금 다른 사람이었던 걸까? 엄마는 왜 그런 얘기를 나에겐 해주지 않았을까?

"제일 싼 입장권만 사서 들어간 다음에 하루 종일 돌아다니다가 다리가 아파서 쉬고 있는데, 불꽃놀이가 시작된 거지. 왜 디즈니월드 가면 매일 밤 하는 거 있거든. 둘이서 피곤하기도 하고, 화려하기도 해서 넋 놓고 그걸 보고 있는데 언니가 그러는 거야. 세진아, 나 여기 꼭 다시 와야 할 이유가 생겼어."

그제야 나는 고모 친구의 이름을 알게 되었다.

"왜 그랬대?"

"'내가 결혼해서 아이를 낳으면, 걔랑 같이 이걸 보려고.'"

세진 아주머니는 엄마 목소리를 흉내 내며 우는 것도 웃는 것도 아닌 어중간한 표정을 지어 보였고, 고모는 갑자기 식탁 위에 있던 냅킨을 들어 눈가를 훔쳤다. 그러고는 한참 동안 침묵이 흘렀다. 나는 조금 어색해져서 술 좀 깨고 오겠다고 말한 뒤 자리에서 일어나 집 밖으로 나왔다. 차가운 밤공기를 맞으며 몇 걸음 걷고 있는데 개들을 데리고 돌아오는 에밀리와 마주쳤다.

"헤이, 삼촌."

가볍게 손을 흔들고 집으로 먼저 들어가려는 에밀리에게 내가 물었다.

"디즈니월드에 가면 뭐 할 거야?"

에밀리는 잠시 생각하는 듯하더니 답했다.

"캐러멜."

5

"웨이크 업, 삼촌. 위 아 레잇!"

다음 날 아침은 에밀리 때문에 망쳐버렸다. 이토록 앙칼진 하이톤 목소리라니. 비몽사몽간에 나는 솟구쳐 오르는 짜증을 억누르면서 대체 이 목소리가 어디서 왔을지를 (반쯤 저주하며) 생각했다. 고모부는 말 자체가 없고, 고모는 목소리가 크긴 하지만 아빠와 비슷한 중저음의 알토 목소리인데? 이 미친 소프라노 발성은 대체 어디서 튀어나온 걸까?

일어나 보니 나 빼고는 다들 준비가 되어 있었다. 세수도 하는 둥 마는 둥 하고 짐을 챙겨 나가려는데, 세진 아주머니가 그래도 빈속으로 가면 안 된다며 음료수를 내밀었다. 입에 대자마자 끔찍한 맛이 났다. 웩! 나는 마치 나를 독살하려는 사람을 발견한 것처럼 세진 아주머니를 노려보며 물었다.

"뭐예요, 이게?"

"콩물."

그러고서 그녀는 콩물이 얼마나 몸에 좋은지를 설명하기 시작했는데, 나는 그 설명을 다 듣지 못하고 화장실로 달려가야 했다. 정말로 장 속에 있는 모든 것이 한꺼번에

밖으로 쏟아져 나오려고 했기 때문이다. 한바탕 전투를 치르고 나왔을 때 가족 모두가 이미 오디세이에 탑승해 있었다. 이번엔 고모가 조수석이었다. 마지막으로 차에 오르기 전 세진 아주머니는 나를 꼭 안아주며 말했다.

"반가웠어, 우리 언니 아들."

고모부는 다시 내비게이션을 찍었고 이번에는 도착 시간까지 겨우 1시간 15분밖에 걸리지 않았다. 목적지는 디즈니월드가 있는 올랜도. 나는 뒷좌석에 에밀리와 나란히 앉았는데, 에밀리는 요즘 청소년답게 쉴 새 없이 말을 하면서도 손에서 휴대폰을 놓지 않았다.

"유 노 왓, 삼촌? 디즈니월드는 1971년 오픈했는데, 크기가 지인짜 커요. 그 안에 떰파크가 네 개나 있거든요. 매직 킹덤, 애니멀 킹덤, 엡콧, 할리우드 스튜디오. 삼촌은 잘 모르겠지만 원래 거기가……"

에밀리는 디즈니에서 나온 일일 가이드처럼 테마파크의 역사와 구성에 더해 쓸데없는 정보들까지 줄줄 읊었다. 지금 디즈니월드가 지어진 플로리다의 땅은 원래 늪지대였다거나, 월트 디즈니가 처음 올랜도를 둘러보러 간 날에 존 F. 케네디가 암살되었다거나, 지하에 직원들만 다닐 수 있는 통로가 땅굴처럼 나 있다거나, 처음 간 사람은 반드시 디즈니의 상징과도 같은 신데렐라 캐슬에서 펼쳐지는 불꽃놀이를 봐야 한다거나…… 반쯤 딴생각을 하면서 그 얘기를 듣고 있었는데, 중간에 갑자기 깨달음이 왔다. 샤킬 오닐! 샤킬 오닐이 뛰었던 농구팀 이름이 그래서 올랜도 매직이었구나. 나는 내 무지함과 둔함에 거의 탄복할 지경이었다. 그냥 마법처럼 농구를 잘한다는 뜻인 줄만 알았는데. 오 마이 갓.

"참, 근데 캐러멜이 뭐야?"

에밀리가 잠깐 음료수를 마시는 틈을 타서 내가 물었다.

"응?"

"어제 니가 말한 거 있잖아. 디즈니랜드에 유명한 캐러멜이 있어?"

"노 웨이, 삼촌. 캐러멜 아니고 캐러셀. 유 노 왓? 캐, 러, 셀!"

무슨 말인지 몰라 멍하니 있는데 앞자리에 있던 고모가 끼어들었다.

"회전목마 말하는 거야. 메리-고-라운드."

나는 의아해졌다.

"그게 왜? 그건 아무 데나 있는 거 아냐?"

에밀리는 정색을 하며 캐러셀의 역사와 의미에 대해 다시 장황한 설명을 늘어놓았다. 이게 원래는 중세 시대 유럽의 기사들이 말 위에서 벌이던 창 시합인데, 처음에는 서로 공을 던지면서 원을 그리며 도는 일종의 전투 훈련이자 연습이었고, 지금 디즈니월드에 있는 캐러셀은 처음 만들어진 지 백 년이 넘은 기계로……

"넌 그런 걸 다 어떻게 알아? 학교에서 가르쳐줘?"

내가 신기함을 감추지 못하고 묻자 에밀리는 휴대폰을 들며 답했다.

"구글 이즈 갓, 삼촌."

6

디즈니월드에 도착한 건 오전 8시쯤이었다. 아직 개장하기 한 시간도 전이었는데, 주차장에 차들이 거의 꽉 들어차 있었다. 테마파크가 아니라 주차장 크기에 벌써 압도당할 지경이었다. 에밀리는 흥분을 감추지 못하고 깡총깡총 뛰다시피 하면서 입구까지 걸어갔다. 모노레일을 타고 건너간 진짜 입구에는 입장을 기다리는 사람들이 벌써 만원 지하철 안처럼 그득히 늘어서 있었다.

개장하기 15분 전부터 무대 위에 진행자와 디즈니 캐릭터들이 등장해 오프닝 세리머니를 펼치더니, 마침내 개장을 알리는 종이 울린 순간 사람들이 파크 안으로 쏟아져 들어갔다. 에밀리는 금세 멀어져 그들 중 하나가 되었고, 뒤에서 바라본 모습은 장관이었다. 나는 30여 년 전의 어떤 날을 상상했다. 나와 비슷한 나이의 엄마가 지금 내가 서 있는 곳과 똑같은 자리에 서 있었을 거라고 생각하니 기분이 이상했다.

우리 셋은 들뜬 에밀리를 열심히 따라다녔다. 처음 왔음에도 불구하고 에밀리는 이미 와본 사람처럼 모든 장소에 대해 잘 알고 있었고, 저럴 거면 굳이 왜 왔을까 하는 생각이 들기도 했다. 나? 나는 솔직히 지루했다. 일단 사람이 너무 많았고, 공간이 너무 넓었고, 뭘 하려면 너무 오래 기다려야 했다. 테마파크를 좋아하지도 않는 사람에게 어트랙션 하나를 타는 데 두 시간 기다리라고 하는 건 고문이나 다름없었다. 점심으로 햄버거를 먹기 위해서까지 40분 동안 줄을 서고 나니 갑자기 집에 가고 싶어졌다. 아니, 한 사람당 109달러를 내고 들어와서 줄만 서다 간다고?

"괜찮니?"

40분 기다린 햄버거를 1분 만에 해치우고 넋을 놓고 있는 나에게 고모가 물었다.

"아니……"

속에서 끓어오르는 불만을 있는 그대로 말하려는 순간

고모 친구 세진 아주머니가 했던 말이 떠올랐다. 내가 결혼해서 아이를 낳으면, 걔랑 같이 이걸 보려고. 그래, 불꽃놀이가 있었지. 그러자 그때까지는 어떻게든 견뎌보자는 생각이 들었다.

"다들 투 슬로! 답답해. 그냥 나 혼자 다니면 안 돼?"

에밀리도 불만이 상당한 모양이었다. 인상을 쓰는 에밀리에게 고모는 가족끼리 왔는데 그게 무슨 소리냐며 다그쳤지만, 의견 차이는 좀처럼 좁혀지지 않았다.

"그럼 너는 삼촌이랑 같이 다녀. 오케이?"

결국 고모가 손을 들었고, 감자튀김을 맛없게 집어 먹고 있던 에밀리는 웃음을 되찾았다. 하지만 둘만 남아 판타지랜드에 있는 '백설 공주와 일곱 난쟁이 광산 기차' 앞에 도착했을 때 에밀리는 다른 말을 했다. 어트랙션 앞에 붙은 대기 시간은 2시간 15분이었다.

"우리도 따로 다닐까? 삼촌도 솔직히 같이 다니기 싫잖아."

싫은 건 아니지만 눈앞의 대기 시간을 보니 여기 같이 있고 싶지는 않았다.

"너 이거 탈 거야?"

내가 묻자 에밀리는 당연하지!라고 소리쳤다. 얘를 혼자 두어도 괜찮을까? 고모에게 걸린다면? 조금 망설여지기는 했다. 하지만 에밀리는 열두 살이고, 휴대폰도 가지고 있다. 내 열두 살을 돌이켜보면 그 나이 때 나는 가족들과 같이 다니는 게 너무 싫었다. 거추장스러웠고 불편했다. 무엇보다 지금은 나도 혼자인 시간이 필요했다. 일곱 난쟁이 광산 기차를 기다리며 소중한 두 시간을 허비하고 싶지 않았다.

"너, 그럼 연락하면 받아야 해."

"당연하지!"

에밀리는 하트가 붙은 아이폰을 흔들어 보이더니, 난쟁이 기차 줄로 쏙 들어가버렸다.

헤어지고 나니까 몸과 마음이 편해졌다. 나는 메인 스트리트로 돌아와서 스타벅스에 들어가 커피 한 잔을 시키고 느긋하게 창밖의 인파를 바라보는 것으로 나만의 어트랙션을 가동했다. 각양각색의 미키마우스 머리띠를 하고 행복한 표정으로 돌아다니는 가족들은 마치 디즈니 만화 속에 등장하는 인물들 같았는데, 다들 어딘지 진짜 가족 같지가 않았다.

7

—어디니?

두 시간쯤 후에 고모에게서 카톡이 왔다.

—스벅이야.

—에밀리는?

또 한 번 망설여졌다. 역시 머뭇거리긴 했지만 사실대로 말하기는 좀 그랬다.

—화장실.

고모한테선 더 이상 답이 없었고, 나는 바로 에밀리에게 전화를 걸었다. 전화를 받지 않아 서둘러 카톡을 보냈다. 너 지금 어디야? 초조하게 답을 기다리고 있는데, 카페 문을 열고 고모가 들어왔다. 넋이 나간 표정으로 주위를 둘러보는 고모를 향해 손을 흔들었다. 나를 향해 다가오는 고모 뒤쪽으로 고모부 모습도 보였다. 내 앞자리에 앉은 고모는 겨울인데도 벌게진 얼굴로 땀을 흘리고 있었다.

"어쩐 일이야?"

고모는 대답 없이 고모부가 앉을 수 있도록 창가 쪽 자리로 옮겨 앉았다.

"에밀리 어디 갔어? 어느 화장실이야?"

나는 주저했다. 뭐지? 상황 파악이 잘 안 됐다.

"……사실 몰라."

"뭐?"

"아까 따로 다니자고 했어."

"뭐라고?"

고모가 벌떡 일어섰고 나는 당황스러웠다. 그게 이렇게 화를 낼 일인가? 다섯 살 아이도 아니고, 휴대폰도 있는 열두 살인데?

"걜 혼자 보내면 어떡해!"

고모가 소리치자 고모부가 말렸다. 그는 고모를 껴안다시피 해서 겨우 자리에 다시 앉혔다.

"아니, 미안해. 근데 왜 화를……"

갑자기 서러워졌다. 내가 이러려고 여기까지 온 건가? 원치도 않았던 가족 여행에 끼어서, 플로리다 한복판의 디즈니월드까지?

고모가 두 손으로 얼굴을 감싸 쥐고 울기 시작했다. 나는 정말 뭐가 어떻게 되어가는 건지 알 수가 없었다. 고모부가 입을 열었다.

"에밀리가 입양한 애인 건 알지?"

"네."

"다섯 살 때 부모에게 버려진 아이를 우리가 입양한 거거든. 그런데 부모가 에밀리를 유기한 곳이 바로 여기야."

고모는 정신을 차리려는지 고개를 들어 머리를 세차게 흔들었다. 그리고 입을 열었는데, 목소리가 중간중간 떨려 나왔다.

“공개 입양을 했잖아. 근데 우리가 모르는 게 하나 있어. 애가 디즈니월드를 기억하느냐는 거야. 당시에 입양을 담당했던 상담사가 우리한테 신신당부했거든. 절대 아이에게 디즈니월드를 기억하느냐고 묻지 마라, 트라우마를 자극할 수도 있으니까. 그리고 디즈니월드를 금기시하지도 마라, 그럼 역효과가 난다고. 그냥 자연스럽게 하라는 거야. 알려고 하지도 말고, 일부러 디즈니월드를 언급하거나 묻지도 말고, 그렇다고 아이가 알게 되거나 가고 싶다고 했을 때 무시하거나 못 가게 하지도 말고.”

고모의 눈이 빨갛게 충혈되어 있었다.

“처음부터 그래서 온 거예요, 이 여행을?”

“그건 아냐. 우리도 몰라. 에밀리가 자기 생일에 디즈니월드에 가고 싶다고 노래를 부른 지는 몇 년 됐거든. 어쨌든 여기 오고 싶어 하는 게 그 나이 아이한테는 자연스러운 일이기도 하니까, 확인할 것도 있고 해서 온 거야.”

이번에는 고모부가 답했다. 뭐야, 이 사람 한국말 잘하잖아. 나는 속으로 생각하며 물었다.

“뭘 확인해요?”

고모가 끼어들었다.

“방금, 그때 담당자가 아직도 있는지 알아보러 갔었어. 아니면 기록이라도. 근데 그런 사람이 있었는지는 말해줄 수 없대. 에밀리와 관련된 아동 실종 사건에 관해서도. 아무것도. 무조건 규정이라는 거야. 그렇게 우리 사정을 이야기하는데도……"

고모가 다시 흐느꼈고, 고모부가 고모의 어깨를 감쌌다.

8

우리는 스타벅스에서 나와 에밀리를 찾으러 다니기 시작했다.

"어디로 갔을까?"

고모의 말에 에밀리가 회전목마 얘기를 했던 게 생각났다. 고모가 종이로 된 디즈니월드 지도를 펼치고 손가락으로 헤매는 사이, 구글 맵으로 찾아보니 디즈니월드의 상징인 신데렐라 캐슬 뒤에 '프린스 차밍 리걸 캐러셀'이라는 긴 이름의 회전목마가 있었다.

"여기 먼저 가봐요."

내가 앞장서고 고모 부부가 뒤를 따랐다. 크리스마스이브답게 어딜 가나 사람이 많았지만 서울의 지옥철에 익숙한 나에게는 그런대로 지나다닐 만했다. 이런 K-인구밀도는 오히려 현지인들을 힘들게 하는 것 같았다. 어디에서나 군중이 모인 곳이면 노 웨이! 디스 이즈 인세인!이라고 소리 지르는 미국인들 목소리가 들렸다.

인파를 뚫고 회전목마 앞에 도착했지만 에밀리는 없었다. 길게 늘어선 대기 줄 속 사람들 얼굴을 왔다 갔다 하며 일일이 확인해보아도 마찬가지였다.

"전화 아직도 안 돼?"

고모가 묻기도 전에 고모부는 휴대폰을 귀에 대고 있었다.

"안 받아."

"신호가 가면 꺼져 있는 건 아니네요."

내가 말하자 고모부가 고개를 끄덕였다.

"엡콧에 가진 않았겠지?"

"여기서 6마일이나 떨어진 데를? 말도 안 되는 소리 하지 마."

고모는 고모부를 쏘아보며 말했다. 맞아, 엡콧도 있었지. 에밀리의 말에 따르면 여긴 일종의 테마파크 콤플렉스이기 때문에 디즈니 계열만 네 개의 테마파크가 모여 있었다. 매직 킹덤, 엡콧, 애니멀 킹덤, 할리우드 스튜디오. 에밀리는 다른 테마파크에 갔을까? 차 타고 가야 할 텐데? 아니면 그냥 휴대폰을 잃어버린 걸까? 버리거나 도둑맞은 거라면?

"실종 신고라도 할까요?"

자연스러운 수순이라고 생각했는데, 내 말에 두 사람 표정이 얼어붙었다.

"아냐, 찾아보자. 찾을 수 있어. 계속 전화하고."

고모가 고개를 흔들며 걷기 시작했다. 어디로 가야 하는지 방향을 아는 것 같지는 않았지만 고모부와 나도 그 뒷모습을 따라 움직였다.

9

셋이 함께 몰려다니던 우리는 곧 구역을 나눠(고모는 프론티어랜드, 고모부는 어드벤처랜드, 나는 투머로랜드) 찾아보기로 했다. 실시간으로 카톡과 전화를 주고받으며 각자 맡은 구역을 샅샅이 뒤졌지만 에밀리는 어디에도 없었다. 나는 걸어 다니는 중간중간 디즈니월드에서 발생한 미아 사건들을 검색했다. 디즈니월드는 미국 전체에서 아이들이 가장 많이 실종되는 상위 열 곳 중 하나이며, 정확한 통계를 발표한 적은 없지만 센트럴플로리다대학의 연구팀에 따르면 매년 백 명 이상의 아이가 디즈니월드에서 실종된다고 추정된다. 하지만 대부분의 경우 실종 후 두세 시간 안에 안전하고 건강하게 부모와 다시 만나기 마련이다…… 구글의 검색 결과를 눈으로 훑어 내려가던 나는 한 군데서 멈췄다.

Q: 디즈니월드에서는 이제까지 얼마나 많은 아이가 납치되었나요?

A: 알 수 없습니다. 다만 한 가지 확실한 게 있어요. 지금은 서른두 살이 된 제 아들이 아홉 살 때, 그러니까 1999년 디즈니월드에 갔다가 잠깐 한눈을 판 사이에 사라져버린 적이 있습니다. 저와 남편은 미친 사람처럼 아이의 이름을 부르며 주위를 돌아다녔어요. 온통 비슷한 옷을 입은 사람들 천지라서 누가 누군지 구분이 되지 않았습니다. 우리는 거의 이성을 잃을 지경이었으니까요. 저는 죽어라 아들의 이름을 불렀고, 그 순간 누군가가 저를 돌아보았습니다. 제 아들 윌리였어요. 윌리는 누군지도 모르는 낯선 남자의 손을 잡고 있었습니다. 저는 윌리와 눈이 마주쳤고, 소리를 지르며 그 아이에게 달려갔어요. 정말로 무서운 게 뭔지 아세요? 아이가 손을 놓은 순간 그 낯선 남자는 아무 일 없었다는 듯 그대로 유유히 걸어가 인파 속으로 사라졌다는 거예요. 저는 끝까지 그 남자의 얼굴을 보지 못했습니다. 하지만 여전히 피곤한 날이면 그 얼굴이 꿈에 나와요. 까맣게 텅 빈 얼굴로

요. 저는 제 주위의 어떤 사람이든 디즈니월드에 갈 계획이 있다고 하면 이 이야기를 들려줍니다. 흥을 깨는 게 아니냐고요? 맞아요. 하지만 흥이 깨지고 기분이 나쁜 것이 언제나 낫죠. 아이를 영원히 잃어버리는 것보다는요.

질문도 답변도 익명으로 이뤄지는 랜덤 질의응답 사이트였다. 모르는 사람의 납치보다 더 무서운 건 어쩌면 그의 얼굴을 끝까지 확인하지 못했다는 것일지 모른다. 그렇다면 에밀리도 납치된 걸까? 하지만 에밀리는 열두 살이고, 휴대폰을 들고 있으며, 지금은 2022년이다.

저녁 8시를 넘기자 나는 완전히 지쳐버렸다. 벌써 서너 시간째였다. 목이 말랐고, 지루했고, 배가 고팠다. 무엇보다 다리가 아파서 더는 걷기가 힘들었다. 벤치에 앉아 있는데 고모가 메시지를 보내왔다.

—플라자 레스토랑에서 만나.

10

입구 쪽에 있는 레스토랑은 식사 시간을 꽤 넘겼는데도 빈자리가 없었다. 지친 기색이 역력한 서버는 웨이팅만 한 시간 넘게 걸릴 거라고 했다. 우리는 하는 수 없이 밖으로 나와 길거리에서 파는 미키마우스 와플 세 개를 사서 초록색 벤치에 앉았다. 하얀 가루가 눈처럼 잔뜩 뿌려진 미키마우스의 얼굴은 밀가루를 뒤집어쓰고도 웃는 사람 같아서 어딘지 기괴해 보였다.

한동안 아무도 아무 말을 하지 않았다. 나는 와플을 한쪽 옆에 내려놓고 검색을 계속하다가 급기야 디즈니에서 일어난 사건 사고 목록까지 찾아보게 되었다. 셔틀버스에 치여 숨진 소년, 인공 연못에 빠진 형을 구하려다 자신마저 죽게 된 동생, 롤러코스터를 타다가 추락한 소녀, 악어에게 끌려가 목숨을 잃은 어린이…… 흔적도 없이 사라진 일가족이 어트랙션 안에 영원히 갇혀서 사진을 찍히고 있다는 괴담에 이르자 머리가 어지러울 정도였다.

"지금 그게 넘어가?"

고모 목소리에 고개를 들어보니 고모가 고모부를 바라보고 있었다. 방금 와플을 몇 입 먹었는지 고모부의 입술에는 하얀 가루가 묻어 있었고, 들고 있던 미키마우스의 한쪽 귀와 뺨은 거의 사라진 상태였다. 나는, 아니 와플을 산 건 고모였잖아,라고 말했다. 물론 속으로만.

"먹어야 살지. 살아야 찾고."

고모부는 어느 쪽을 바라보는지 알 수 없는 시선으로 어딘가를 바라보며 말했다. 고모는 허리를 숙여 다리 사이에 얼굴을 파묻었다. 나와 눈이 마주친 고모부는 나에게 어서 먹으라는 듯 미키가 담긴 알록달록한 일회용 접시를 들어 보였다. 나는 용기를 내어 와플을 한입 베어 물었는데, 다 식고 질긴 밀가루 덩어리에 불과한 미키마우스는 놀랍게도 이제껏 내가 먹어본 어떤 음식보다 훌륭했다.

"자살하려고 했었어."

고모가 몸을 일으키며 말했을 때, 나는 하마터면 들고 있던 와플을 땅에 떨어뜨릴 뻔했다.

"네?"

"에밀리네 가족 말야. 한국말로 뭐라 그러지? 패밀리 수어사이드."

"가족이 같이 죽는 거요?"

"같이 죽는 건 아니지. 부모가 애를 죽이는 거지."

고모부가 빈 접시를 내려놓으며 끼어들었다. 나는 '동반자살'이라는 단어를 알려주어야 할지 말아야 할지 혼란스러웠다. 이게 맞는 말인가?

"에밀리는 패밀리 수어사이드의 생존자야."

고모가 말했다.

"아무도 정확히는 모르지."

고모부는 고개를 저었다.

"그럼 당신은 알아? 아냐고!"

"방금 '아무도'라고 했잖아."

"말장난하지 마."

"사실대로 말했을 뿐이야."

"사실?"

고모가 얼굴을 찡그렸다.

"지금 사실이라고 했어, 당신?"

고모가 희미한 미소를 띠었을 때, 나는 그 얼굴이 어딘지 백색 가루가 뿌려진 미키마우스와 닮았다고 느꼈다.

"내가 사실을 말해줄까? 아침에 당신이 출근해서 어디로 가는지? 당신은 164번 버스를 타. 아무 일도 없는 것처럼. 그러고 나서 맨해튼에 도착하면 회사 앞을 지나 센트럴파크로 가지. 호수 옆 초록색 벤치에 앉아 노트북을 켜고 걸어오면서 사 온 베이글과 커피를 먹어. 아주 천천히. 그런 다음엔 공원 여기저기를 산책하며 기웃거리고, 때로는 햇빛을 쐬며 바위에 기대 졸기도 해. 이메일도 쓰고 유튜브도 보고 아무런 맥락도 없는 이상한 소설 같은 걸 끄적이기도 하지. 그러다 해가 질 무렵이 되면 다시 포트 어소리티 버스 터미널까지 걸어와서 164번 버스를 타고 집에 오는 거야. 이게 사실 아냐? '사실대로-말했을-뿐'이라는 건 이런 거 아냐?"

나는 방금 받은 충격이 내 얼굴에 얼마나 나타나고 있을까를 염려하며 고모부를 바라보았다. 예상외로 고모부는 표정에 변화가 없었다.

"맞아. 레이오프됐으니까."

"언제까지 숨길 생각이었어? 내가 바보처럼 보여?"

"크리스마스만 지나고 말할 생각이었어. 새 직장을 구하고 있거든."

고모부는 평온한 표정으로 말했다. 고모는 무슨 말인가를 더 하려다가 손사래를 쳤다.

"마지막으로 본 게 불꽃놀이라고 했어."

고모부가 시계탑을 가리키며 말했다.

"에밀리네 원래 가족이."

주위를 둘러보니 사람들이 물결처럼 어딘가로 이동하는 중이었다. 신데렐라 캐슬 쪽이었다. 고모부가 가리켰던 시계탑의 바늘 두 개가 각각 9와 12에 가까워지고 있었다.

"가야 해."

고모가 웃고 있는 미키마우스를 접시째 쓰레기통에 버리며 말했다. 고모부가 고모의 뒤를 쫓았고, 나는 잠시 생각에 잠겨 있다가 뭔가를 떠올렸다. 그래, 이 방법이라면 에밀리를 찾을 수 있지 않을까? 1999년이 아니라 2022년이라면 가능할 것 같았다. 고모를 향해 달려가며 물었다.

"고모, 에밀리 아이디 알아?"

11

emilyinwonderland.

신데렐라 캐슬로 향하는 인파 속에서 나는 내 아이폰으로 에밀리의 애플 아이디에 접속을 시도했다.

"갠 항상 그 아이디만 써."

저 앞에서 머리만 보이는 고모가 그렇게 말하곤 앞쪽으로 쑥쑥 나아갔다. 비밀번호를 물어보고 싶었지만 어차피 엄마에게 비밀번호를 알려주는 틴에이저란 유니콘 같은 존재일 것이다. 사람들 틈에 이리저리 밀리면서 나는 먼저 애플 아이디 패스워드 규칙부터 검색했다. '암호는 대문자와 소문자, 하나 이상의 숫자를 포함하여 여덟 자 이상이어야 합니다. Apple ID 암호, 확인 코드 또는 계정 보안 관련 세부 사항을 절대 다른 사람과 공유하지 마십시오.' 나는 공유하려는 게 아니었다. 맞히려는 거였다.

아이디가 'emilyinwonderland'라면, 패스워드는 뭘까.

쉬운 것부터 시도했다. emilykwon. 답도 간단했다.

Your Apple ID or password is incorrect. Try again.

그제야 나는 내가 규칙을 제대로 지키지 않았다는 것을 깨달았다. 암호는 대문자와 소문자, 하나 이상의 숫자를 포함하여 여덟 자 이상이어야 합니다.

두번째 시도. Emilykwon12. 역시 아니었다. 세번째, EmilyKwon12. 아닌가? 단어를 바꿔보았다. 네번째, Carousel12. 인코렉트. 내가 너무 나이에 집착하는 걸까? 에밀리 생일은 크리스마스라고 했다. 미아가 된 아이를 입양했는데 어떻게 생일을 정확히 알고 있을까? 혹시 이 생일이 에밀리가 발견된 날은 아닐까? 다섯번째, Carousel1225.

로딩 시간이 조금 더 오래 걸리는 것을 보고 머리끝이 쭈뼛 섰다. 나 맞힌 거야? 에밀리의 패스워드를? 그러면 이제 파인드 마이 아이폰으로 들어가서……

Try again.

아니었다. 나는 1225 뒤에 느낌표 하나를 붙여 다시 시도했으나 그때부터는 계정이 아예 잠겨버렸다. 암호 입력 횟수에도 제한이 있었구나. 하는 수 없이 고개를 들어 내가 지금 어디 서 있는지 살폈다. 나는 물결의 중심에서 밀려나 무리의 거의 맨 끝자락에 있었다. 아까 전부터 요란하던 소리는 신데렐라 캐슬을 배경으로 펼쳐지는 불꽃놀이에서 나는 것이었다.

각도가 좋지는 않았지만, 잠시 동안 넋을 놓고 화려한 불꽃과 영상, 음악과 레이저 쇼를 바라보았다. 그러는 동안에도 사람들은 거대한 달팽이처럼 느릿느릿 움직이며 광장을 더 넓게 메워가고 있었다. 고개를 쳐든 사람들의 얼굴이 수백 개의 달팽이 더듬이처럼 보였다.

나는 달팽이 군집을 빠져나와 성 뒤쪽으로 빙 돌아갔다. 거기엔 여전히 '프린스 차밍 리걸 캐러셀'이 돌아가고 있었다. 그러고 보니 아까는 이걸 타지도 않았네. 늘 줄이 늘어서 있는 회전목마 앞에 이제는 사람이 드물었다. 나는 텅 빈 대기 줄에 서 있다가 회전이 멈추고 문이 열리기를 기다려 말 위에 올랐다. 나처럼 불꽃놀이를 구경하는 달팽이에 속하지 못한 사람 몇몇이 원판 안으로 들어왔다. 마지막으로 뛰어 들어와 내 반대편으로 간 아이가 에밀리 또래인 것 같아 얼굴을 확인하려는데, 돌아다니던 직원이 나를 제지하며 말했다.

"돈 무브, 플리즈."

종이 두 번 울리자 말들이 움직이기 시작했다. 위에서 아래로, 다시 아래에서 위로. 간간이 터지는 폭죽 소리와 익숙한 디즈니 노래들을 들으며 나는 멍하니 앉아 있었다. 몇 바퀴를 돌고 뒤를 돌아보았을 때, 거기 에밀리가 있었다.

에밀리는 나에게 아이폰을 들어 보이며 웃었다. 하트가 불빛에 반짝였다.

12

"야, 니네 엄마 아빠가 널 얼마나 찾은 줄 알아?"

놀이기구 출구에서 에밀리와 마주 서자 목소리 톤이 높아졌다. 화를 내려는 건 아니었는데 화난 것처럼 얼굴이 뜨거워졌다. 고모의 마음에 전염이라도 된 건가.

"왜 그런 거야? 대체 왜?"

에밀리는 출구 옆 화단에 기댄 채 고개를 숙였다.

"암 쏘리, 삼촌."

막상 미안하다는 말을 들으니 더는 뭐라고 할 수가 없었다. 그저 이유가 궁금했다. 왜?

"그냥…… 다시 혼자가 되어보고 싶었어. 옛날처럼. 댓츠 잇."

에밀리는 계속해서 울리는 아이폰을 뒷주머니에서 꺼내 화단 위에 내려두고 말했다. 화면에는 고모의 웃는 얼굴과 저장된 이름이 떠 있었다. REAL MOM.

"딴 건 다 잊어버린 거 같았는데…… 여기 와서 한 가지 생각났어. 그때 엄마가 마지막으로 했던 말. 진짜 엄마 말고 가짜 엄마가."

에밀리는 회전목마 쪽으로 몸을 돌렸다.

"날 저기 앉히고 가버렸거든. 그때 그랬어. 여기 가만히 있으라고. 가만히 있어. 돈 무브."

눈앞에서는 그 시절 에밀리와 비슷한 나이일 아이들이 부모의 도움을 받아 말 위로 오르고 있었다. 종이 두 번 울리자, 다시 캐러셀이 돌아가기 시작했다.

"난 그때 엄마가 날 버리는 줄 알았지. 버렸다고 생각했고. 근데 아니었어."

에밀리는 다시 내 쪽으로 고개를 돌렸다.

"그 엄마는 날 살려준 거야."

진짜 엄마는 누구고 가짜 엄마는 누구냐고, 그래서 그들은 어디로 갔고 어떻게 되었는지 아느냐고 묻고 싶었지만, 에밀리의 얼굴을 보고 있으니 그럴 수가 없었다. 이 아이는 무얼 확인하고 싶었던 걸까? 기억은 어디까지 정확할까? 에밀리가 하는 말은 진짜일까? 디즈니월드에 대한 이 아이의 관심과 집착은 거기서 온 걸까?

복잡해지는 생각을 따라가다가 결국 엉뚱한 말을 꺼내놓고 말았다.

"불꽃놀이 볼래?"

에밀리는 나를 말없이 쳐다보았고, 나는 덧붙였다.

"아직 안 끝났으니까, 지금이라도 가면 조금 볼 수 있을 거야. 원래 디즈니월드에서는……"

"탈래."

에밀리가 내 말을 잘랐다.

"우리 이거 한 번 더 타자."

우리는 출구에서 다시 입구로 돌아가, 순서를 기다려 프린스 차밍 리걸 캐러셀 위로 올라갔다. 이번에는 나란히 서 있는 말 두 마리였다. 휴대폰을 바지 앞주머니에 넣고 아까는 하지 않았던 안전벨트까지 맨 다음 출발을 기다리는데, 에밀리가 물었다.

"삼촌, 근데 나 어떻게 서치했어?"

그때 나는 깨달았다. 에밀리는 내가 자신의 위치를 추적해서 찾아낸 것으로 착각하고 있다는 걸. 나는 뭐라 대답해야 할지 잠깐 고민하다가 이렇게 말했다.

"유 노 왓? 애플 이즈 갓."

그때 종이 두 번 울렸고, 말들이 원을 그리며 위아래로 움식였다. 앞주머니가 들썩거려서 휴대폰을 꺼내 보니 고모였다. 나는 통화 버튼을 눌렀다. 그러곤 아이폰을 귀에 가져다 대는 대신 스피커폰을 누르고 중세 시대 기사의 칼처럼 거꾸로 높이 쳐들었다. 야, 너 어디야? 너까지 이럴래? 고모의 성난 목소리가 캐러셀 안에 울려 퍼졌고 나와 에밀리는 눈을 맞추며 소리 없이 웃었다. 문득 이 회전목마는 앞으로 나아가고 있는 건지 제자리에 머물러 있는 건지 모르겠다는 생각이 들었지만, 그건 따분한 생각이었다. 대신 나는 한국에 돌아가면 아주머니를 엄마라고 불러보는 건 어떨까 하는 상상을 하기 시작했다.

골드 브라스 세탁소

Gold Brass Cleaners

김치찌개를 쏟은 청바지를 들고 영이 세탁소 문을 열었을 때, 남자는 카운터 바로 뒤 의자에 앉아 벽에 붙은 텔레비전을 보고 있었다. 보스턴 레드삭스와 뉴욕 양키스의 경기였는데, 때마침 양키스의 4번 타자가 홈런을 쳤고, 그러자 그는 영을 힐끗 보더니 아예 텔레비전을 꺼버렸다. 손님이긴 했지만 어딘지 미안한 기분이 들어 영은 자기도 모르게 묵례를 하고 말았다.

"네."

남자가 몸을 일으키며 말했다. 안녕하세요, 나 어서 오세요, 같은 인사가 아니라는 데 다시 한번 당황했지만 영은 침착하게 청바지를 건네며 자초지종을 설명했다. 어제저녁 한인 교회 장로가 초대한 유학생 모임에 갔다가 처음 보는 사람 바지에 김치찌개를 쏟은 이야기는 어딘지 수치스러운 구석이 있어서, 말하는 동안 얼굴이 상기되는 것이 느껴졌다. 남자는 무표정한 얼굴로 찌개 자국이 남은 바지 쪽만 내려다보고 있었다.

"이런 것도 세탁이 될까요?"

남자는 말없이 그녀와 청바지를 번갈아 쳐다보기만 했다. 영은 자신이 뱉은 말이 애원처럼 들릴까 봐 초조했다.

"안 될 리가요."

남자는 바지를 들고 그의 뒤쪽, 학살당한 시체들처럼 걸려 있는 세탁물 사이로 빨려 들어가듯 사라졌다. 영은 어떻게 해야 할지 몰라 주머니에서 휴대폰을 꺼내 만지작거렸다. 손가락 끝에서 배어난 습기 때문에 화면을 누를 때마다 자꾸 미끄러졌다.

잠시 후 안쪽에서 목소리가 들렸다.

—프라이데이에 와보세요.

남자가 말한 프라이데이가 되어서야 영은 세탁소 입구를 제대로 보았다. 가게 앞에 차를 대고 고개를 들었을 때, 출입문 옆 큰 창에 붙어 있는 철 지난 네온사인 스타일의 간판이 눈에 들어왔다.

골드는 노란색, 브라스는 빨간색, 클리너스는 초록색이었다. 문을 열고 들어가면서 문 옆에 조그맣게 붙은 영업시간(9AM-9PM)과 태극기 스티커도 발견했다. 이번에도 남자는 야구 경기를 보고 있었는데, 다행히 지난번처럼 영이 들어왔다고 텔레비전을 끄는 일은 없었다.

청바지,라고 끝을 얼버무리자 남자는 말없이 세탁물 사이로 사라지더니 곧 영이 맡긴 바지를 들고 나타났다. 얼마냐고 묻기도 전에 남자는 계산기를 들어 보여주면서 숫자를 입력했다. 14. 영은 말로 해줘도 되는 일을 굳이 계산기 숫자로 보여주는 남자의 행동이 잘 이해되지 않았다. 비싸게 느껴지기도 했다.

"바지 세탁 가격이 14달러인 건가요?"

영의 질문에 남자는 계산기에 떠 있는 숫자를 지우더니 이번에는 버튼을 더 천천히 누르며 말했다.

"바지 세탁 9달러, 플러스, 오염 제거 5달러."

영은 더 이상 말을 섞고 싶지 않아 지갑에서 20달러 지폐를 꺼내 남자에게 건넸다. 남자는 반으로 접힌 1달러짜리 지폐 뭉치를 내어주었고 영이 세탁소를 나와 운전석에 앉은 뒤 세어보니 그건 다섯 장이었다.

리버 로드를 따라 집으로 돌아가는 길에 영은 라디오를 틀었다. 늘 듣는 88.3 FM, WBGO에서는 쳇 베이커의 「My Funny Valentine」이 흘러나오고 있었다. 후렴구 가사를 틀리게 따라 부르며 그녀는 세탁소 남자를 지우고 청바지 주인을 떠올려보기로 했다.

어제저녁 처음 만난 남자는 키가 훤칠하고 피부가 흰 사람이었다. 영이 뉴욕대학교에 다닌다는 이야기를 듣자마자 박 장로가 큰 소리로 누군가를 불렀는데 그게 그였다. 몇 마디 인사를 나누고 보니 남자는 영문학을 전공하는 박사과정생이었고 영은 저널리즘 석사과정생이었다. 속한 대학원이나 전공은 달랐지만 영은 한국에서 온 지 얼마 되지 않아 아직 이렇다 할 친구를 만들지 못했기 때문에 반가움을 느꼈다. 문학보다는 경제나 경영을 전공할 것 같은 외모이긴 했으나 온화하고 부드러운 그의 인상도 마음에 들었다. 특히 목소리가 적당히 힘이 있으면서도 낮은 울림이 있어 듣기 좋았다.

남자가 학교 건물과 근처 음식점에 관해 한창 조곤조곤 소개해주고 있을 때 영은 그의 목소리 톤이 살짝 높아졌다고 느꼈다. 마침 앞에 놓인 유리잔이 비어 있어 영 쪽에 있던 음료수를 그에게 따라주려는 순간, 영의 손이 찌개가 담긴 그릇에 먼저 닿았다. 친구들이 농담 삼아 하루에 한 번 커피를 쏟는다고 놀리는 영이었지만 그래도 살면서 찌개를 쏟아본 적은 없었다. 그런데 하필이면 처음 만난 사람 허벅지에 된장찌개도 아니고 미역국도 아닌 김치찌개를 쏟아버리다니. 영은 비명에 가까운 소리를 질렀고 흩어져 있던 사람들이 휴지와 걸레를 들고 모여들었다. 남자는 어쩔 줄 몰라 하는 영의 손에서 키친타올을 건네받아 바지를 적신 붉은 국물과 김치 건더기를 조심스럽게 닦아냈다. 허리를 굽혀 식탁 밑으로 들어가서 바닥에 묻은 찌개를 닦다 문득 손가락 끝에 국물의 온기를 느꼈을 때, 영은 이 자리에서 영영 사라져버리고 싶다고 생각했다.

괜찮다고 말하는 남자에게 영은 자신이 바지를 세탁해주겠노라고, 그러니 제발 바지를 건네 달라고 사정했다. 처음에는 미소를 지으며 거절하던 남자도 영이 물러서지 않자 난처한 표정을 지었다. 박 장로가 개입해서 자신의 바지를 내어주면서 상황은 정리됐다. 품이 너무 넓어 어울리지 않는 검정색 정장 바지로 갈아입고 나온 남자는 멋쩍게 웃으며 청바지를 내밀었다. 영은 디저트로 나온 피칸파이와 핸드 드립 커피까지 모두 마시고 아무 일 없었다는 듯 웃고 떠든 다음 자리가 파할 때 잊지 않고 쇼핑백에 담아둔 그의 바지를 들고 집으로 가져왔다. 돌아오는 차 안에서 나는 희미한 김치찌개 냄새를 맡으며 영은 스스로가 너무 한심하게 느껴져 조금 울었다.

남자를 다시 만난 건 토요일 오후 맨해튼 남쪽의 학교 근처에서였다. 남자는 워싱턴 스퀘어파크 옆의 작은 로스터리 카페를 약속 장소로 정했다. 카페 이름은 'The World Is Flat'이었는데, 영은 그 이유를 남자의 말에서 알게 되었다.

"여기 플랫화이트가 진짜 맛있거든요."

남자는 잘게 부서진 우유 거품이 덮인 커피를 홀짝거리며 말했다.

"그러고 보면 뉴욕은 참 웃기는 도시에요. 온갖 남의 것들을 가지고 와서 그게 자기네 특징이고 매력이라고 우기니까요. 여기서 파는 메뉴들도 그렇잖아요? 에스프레소는 이탈리아 거, 크루아상은 프랑스 거, 플랫화이트는 호주 거. 자기네 거라고는 물 탄 커피밖에 없으면서."

영은 커피 맛이라고는 신맛과 쓴맛 정도밖에 구분하지 못했지만 남자가 늘어놓는 커피 이야기에 귀를 기울이는 척했다. 속으로는 두 가지 생각뿐이었다. 1) 저렇게 미국과 뉴욕이 마음에 안 들면서 왜 여기 있는 걸까? 2) 대체 언제쯤 이 청바지를 자연스러우면서도 덜 미안하게 돌려줄 수 있을까?

"지난 주일엔 정말 죄송했어요."

마침내 잠깐의 침묵이 흘렀을 때 영은 용기를 냈다. 당당하게 돌려주고 싶었는데 죄송하다는 말을 꺼내버린 게 썩 마음에 들지는 않았지만, 어쨌든 미안한 일은 미안한 일이었다. 영은 들고 온 쇼핑백을 그에게 건넸다. 남자는 바지를 꺼내 펼쳐보았고 좁은 카페에 앉아 있던 몇몇의 고개가 그들 쪽으로 돌아갔다. 영은 몹시 부끄러워졌다. 남자는 검시관처럼 바지를 위아래로 면밀히 살피더니 영을 보며 말했다.

"정말 감쪽같네요. 어디다 맡기셨어요?"

그날 둘은 소호 쪽으로 내려가 저녁까지 함께 있었다. 봉골레파스타와 먹물리소토를 먹은 뒤에는 자리를 옮겨 가볍게 맥주도 한잔했다. 남자의 이름은 수였고, 펍을 나와서는 영을 포트 어소리티 버스 터미널까지 바래다주었다. 뉴저지의 집으로 돌아오는 야간 버스에서 영은 그와의 미래를 제멋대로 상상해보았다. 아들을 낳으면 영수로, 딸을 낳으면 수영으로 이름을 지으면 되겠다는 생각에 이르자 자신도 모르게 웃음이 새어 나왔다. 주책이야 정말. 하지만 그 모든 상상이 싫지만은 않았다. 일주일 전 자신의 기름칠한 손을 저주하며 가져왔던 김치찌개 묻은 청바지는 반전이자 계시의 표식, 더 나아가 신의 위장된 축복처럼 느껴졌다. 정말 감쪽같네요,라고 말하면서 눈을 반짝이던 남자의 표정이 영의 망막 위에 오래오래 반복해서 맺혔다. 무엇보다 내일 교회에 가면 그를 다시 볼 수 있다는 사실이 영을 기쁘게 했다.

다음 날 교회에서 만난 그의 손에는 뜻밖의 물건이 들려 있었다.

"저널리즘 전공이라고 했죠? 그럼 꼭 읽어봐야 할 책이에요."

그가 건넨 책의 제목은 'The Book of Daniel'이었다. 저자 이름도 낯설었다. E. L. 닥터로. '다니엘서'라면 성경 아닌가? 저자는 의사인가? 영은 책의 내용에 관해 물으려다가 괜한 창피를 당할까 싶어 고맙다는 말만 하고 에코백 속 성경책 옆에 그 책을 집어넣었다. 수는 반응을 기대했던 것인지 약간 쑥스러워하며 덧붙였다. 잘 아시겠지만 닥터로는 우리 학교 교수이기도 했잖아요. 몇 년 전에 죽기는 했지만.

작가가 자신의 학교 교수였다는 것을 전혀 알지 못했던 영은 집에 가서 책을 펼쳐 보았지만 무슨 소리인지 이해하기가 어려웠다. 한국 인터넷 서점을 뒤져보니 이미 번역본이 나와 있어 다행이다 싶었던 것도 잠시, 전자책으로는 미출간 상태였다. 영은 출판사를 원망하며 20달러 넘는 배송료를 지불하고 한국에서 종이책으로 나온 『다니엘서』를 주문했다.

영이 미국 작가가 영어로 쓴 책의 번역본을 한국에서 주문하여 배송을 기다리는 동안, 그들은 연인은 아니지만 연인 비슷한 무엇이 되어갔다. 청년부 예배가 끝나면 교회 근처 웬디스에 가서 함께 네모난 패티가 든 햄버거를 먹었고, 주중에는 수업이 먼저 끝난 사람이 도서관에 가서 기다리다가 저녁에 만나 밥을 먹고 차를 마셨다. 코로나가 심해지면서 대면 수업은 줄어들었지만 그들은 여전히 열려 있는 도서관과 학교 시설에서 시간을 보냈다. 영은 그전까지 다니던 동네 코인 런드리에 발길을 끊고 일부러 차를 몰아 골드 브라스 세탁소에 가기 시작했다. 김치찌개 묻은 청바지가 가져다준 이 마법 같은 만남이 이어지기 위해서는 그래야만 할 것 같았다. 주인은 여전히 무뚝뚝했고 팁을 알아서 챙겼으며 별것 아닌 숫자에도 계산기를 두드렸지만, 영에게는 그마저도 이 행운을 완성하는 못생긴 마지막 퍼즐 조각처럼 느껴졌다.

수업에서 교수가 인뎁스 인터뷰를 과제로 내주었을 때 영은 당연히 수를 떠올렸다. 늘 자신이 브롱스 출신임을 강조하는 교수는 뉴스나 아티클 말고 스토리를 가져오라고 했다. 브링 미 유어 스토리. 갓 잇? 여기 사람들은 왜 잘 쓴 기사를 스토리라고 부르는지 몰라. 영은 생각했다. 기사만이 아니었다. 스토리는 이곳 사람들 입에 붙은 단어였다. 네 스토리는 뭐니? 이 스토리를 통해 하고 싶은 말이 뭔데? 스토리는 쉬운 단어였지만 번역하기는 어려운 단어였다. 스토리를 '이야기'라고 번역하는 순간 무언가 다 옮겨지지 못하고 남겨지는 기분이 들었다. 마치 '이야기' 속 두 개의 이응으로 뭔가가 자꾸 흘러 나가버리는 것만 같았다.

그날 저녁 수를 만나러 가는 길에 영은 길을 헤맸다. 맨해튼의 바둑판식 도로 구성을 좋아하는 사람도 있지만 영은 길이 다 비슷비슷해서 오히려 더 헷갈리기만 했다. 구글맵을 켜고 휴대폰의 가상 세계와 눈앞의 현실 세계를 오락가락하다가 마침내 저 멀리서 조그맣게 빛나는 오늘의 목적지를 찾았을 때, 영은 안도하기보다는 조금 쓸쓸해졌다. 그녀는 수가 기다리는 반지하의 타이 음식점으로 들어가 음식을 시킨 다음에야 그 이유를 깨달았는데, 그건 오늘의 시행착오가 자신의 모습 같았기 때문이다. 나는 가로세로 반듯한 길에서조차 길을 잃어버리는 사람이구나.

유학을 온 뒤 영이 느꼈던 주된 감정은 혼란이었다. 이 길이 맞나? 보이지 않는 미래의 길도 맨해튼의 도로처럼 헷갈리기는 마찬가지였다. 하지만 안타깝게도 현실의 타임라인에서 영을 위한 구글맵은 존재하지 않았다. 주변의 다른 동기나 친구 들, 마치 올바른 앞날로 인도하는 내비게이션을 손에 든 것처럼 자신 있고 거침없는 그들의 모습을 엿볼 때마다 영은 열등감과 자괴감을 느꼈다. 그녀가 저널리즘을 공부하는 이유는 사명감이나 헌신 때문이 아니었다. 해결하고 싶은 사회의 부조리나 시스템의 허점도 딱히 없었다. 영은 그냥 『뉴욕타임스』 기자가 되고 싶었다. 어렸을 때 미국에 살던 먼 친척, 아버지의 고모뻘 되는 할머니가 우편으로 보내준 『뉴욕타임스』를 받아 든 순간부터 키워온 꿈이었다. 커가면서 영은 자신의 꿈이 속물적이라고 느꼈지만 동시에 크게 부끄러워할 일도 아니라고 생각했다. 그게 뭐 어때서? 그녀는 속물적인 욕망을 대의와 정의로 꾸미고 포장하는 데 인생을 허비하는 사람을 너무 많이 봐왔다. 그런 그들에 비해 자신이 딱히 나을 것은 없지만, 세속적인 꿈을 솔직하게 인정하는 건 적어도 죄 하나를 덜 짓는 거라고 믿었다.

하여 십수 년 후 마침내 뉴욕에 도착했을 때 영은 오래된 꿈이 곧 현실이 될 거라고 확신했다. 뉴저지에 얻은 월셋집에서 버스를 타고 맨해튼 42번가 포트 어소리티 버스 터미널에 내린 순간, 바로 길 건너에 『뉴욕타임스』 본사가 있었기 때문이다. 보이지 않는 운명의 내비게이션이 자신을 여기까지 데리고 왔다고 생각하니 가슴이 벅차올랐다. 고개를 올려 본 『뉴욕타임스』 본사 건물 외벽에는 커다란 글씨로 이렇게 적혀 있었다.

We don't cover a story.

We are the story.

우리는 기사를 쓰는 게 아니다. 우리 자신이 기사다. 틀린 말은 아니었지만 어딘지 재수 없는 말이었다. 하지만 그러면서도 동시에 영은 그게 부인할 수 없는 일종의 자기 객관화, 쓸데없는 겸손을 부리지 않는 투명한 자신감처럼 느껴졌다. 『뉴욕타임스』 기자가 되겠다는 영의 각오도 새로워졌다. 그러나 학교생활이 시작되자 그 꿈과 각오는 온데간데없이 사라지고 불안과 의심만 남았다. 누구나 겪는다는 언어 문제만은 아니었다. 부족한 영어를 저돌적인 자세와 불굴의 의지로 극복해내는 논네이티브 학생들은 드물지 않았다. 하지만 영은 그런 유의 인간이 아니었고, 그렇다고 타인에게 관심이 많거나 글솜씨가 뛰어나거나 눈치가 빠르지도 않았다. 말하자면 영은 저널리즘 수업에서 교수가 내주는 간단한 과제조차도 제대로 수행할 수 없는 인간이었다. 이를테면 인뎁스 인터뷰 같은.

영의 인터뷰 요청을 거절하면서 수는 아직 자신이 부족한 점이 많은 사람이기 때문이라고 했다. 그의 겉모습에 걸맞은 겸손이라는 생각도 들었지만, 동시에 약간의 아쉬움과 섭섭함도 생겨났다. 수와 헤어져 돌아오는 버스 안에서 영은 자꾸 입안 어딘가에서 새어 나오는 쓴맛을 느꼈다. 그건 아마도 오늘 먹은 팟타이가 너무 형편없었기 때문일 거라고 영은 스스로를 설득했다.

세탁소 주인을 떠올린 것은 한겨울에 입을 패딩을 꺼내 정리할 때였다. 뉴욕의 무시무시한 추위에 대해서, 빌딩 사이로 불어오는 칼바람에 관해서는 오기 전부터 이런저런 괴담을 많이 들었기 때문에 영은 자신이 가진 것 중 가장 두꺼운 흰색 패딩을 챙겨 왔다. 한국에서는 몇 년 동안 입지 않았던 옷이라 세탁이 필요한데, 그 김에 세탁소 주인에게 인터뷰를 부탁하면 어떨까 하는 생각에 이르렀다. 같은 유학생보다는 여기에 정착해 살고 있는 이민자의 목소리를 담는 편이 그놈의 '스토리'를 만드는 데도 더 좋을 것 같았다.

그러나 10만 마일을 넘긴 중고 혼다 어코드를 몰고 에지워터 리버 로드에 있는 세탁소에 들어서자 거짓말처럼 용기가 사라졌다. 영은 패딩을 넘겨주고도 한참을 머뭇거리다가 겨우 "인터뷰……"라고 말했다. 남자는 예의 무표정한 얼굴로, 마치 영의 얼굴에 김치찌개라도 묻어 있는 것처럼 그녀를 쳐다봤다. 영은 얼굴이 붉어지는 것을 느끼며 자초지종을 설명했다.

"얼마 주는데요?"

어렵게 이야기를 마쳤을 때 남자는 건조한 목소리로 물었다. 영은 잠시 당황했다. 예나 아니오는 예상하고 있던 답이었지만 얼마냐는 질문에는 대답할 준비가 되어 있지 않았다. 뭔가 반응을 해야 한다는 생각에 자기도 모르게 반사적으로 말이 튀어 나갔다.

"얼마를 원하시는데요?"

남자는 이번에도 계산기를 내밀더니, 2를 한 번, 0을 두 번 눌렀다.

협상은 결렬되었고 과제 데드라인에 쫓기던 영은 결국 엄마를 인터뷰했다. 정확히 말하면 엄마와 전화 통화를 하기는 했지만 영이 자신과 엄마 역할 모두를 다 한 거나 다름없었다. 일주일 후, 교수는 파란색 볼펜으로 여기저기 그어진 과제물을 돌려주었다. 마지막 여백에는 총평을 대신하여 몇 마디 코멘트가 적혀 있었다. 엄마의 목소리가 나한테는 왜 너와 똑같이 들리지? 번역의 문제인가?

그러고 나서 교수는 각자에게 이 스토리와 연관된 새로운 과제를 내주었는데, 영의 것은 이랬다:

이번에는 모르는 사람을 심층 인터뷰할 것.

그사이 수와의 관계는 어딘지 지지부진하게 이어졌다. 만나서 밥을 먹는 횟수가 조금 줄었고 영이 먼저 만남을 피하는 날도 생겨났다. 그를 생각하면 자꾸 그날 저녁 집으로 돌아오던 버스 안에서 느꼈던 쓴맛이 떠올랐다. 섭섭함이 풀리지 않은 걸까? 그 이유가 정확히 뭔지는 모르지만 영은 수에게 열렸던 마음 일부가 닫혔다(혹은 다쳤다)는 것만은 분명히 알 수 있었다. 이대로 멀어져 아무것도 아닌 사이, 아니 아무것도 아닌 것보다도 못한 사이가 된다고 생각하면 조금 허무해지기도 했다. 하지만 그래도 어쩔 수 없지. 처음부터 그렇게 될 일이었던 거야. 간혹 집에 일찍 돌아온 날 그가 생각나면 영은 전화를 하거나 톡을 보내는 대신 『다니엘서』를 집어 들어 몇 페이지씩 읽곤 했다. 책은

1950년대 미국을 떠들썩하게 만들었던 로젠버그 부부 사건을 다룬 소설이었는데, 서술 방식이 좋게 말하면 지적이고 나쁘게 말하면 혼란스러워서 무슨 이야기를 하는 건지 알아먹기가 어려웠다. 소련에 핵무기 관련 기밀을 넘기려 했다는 혐의를 받아 전기의자에서 사형당한 부부의 이야기가 나랑 무슨 상관이라는 거지? 한국어로도 이해하기 어려운 소설을 굳이 원서로까지 주면서? 영은 책이 아니라 책에 담긴 수의 마음이라도 가늠하려 노력했지만 잘 되지 않았고, 결국 그녀의 마음속에서 책은 전기의자에 앉혀졌다.

—혹시 재즈 좋아해요?

11월 마지막 주말에 수에게서 문자가 왔다. 마침 『다니엘서』를 아래 깔고서 발톱을 깎고 있을 때였다. 영은 마치 수가 듣고 있기라도 한 것처럼 재즈가 흘러나오는 노트북 속 WBGO 소리를 급하게 줄였다. 한 시간쯤 후에 답을 하려고 했지만 이상하게 발톱을 하나씩 자를 때마다 마음이 급해져 발톱 모서리가 삐뚤빼뚤했다. 시커먼 표지 위에 어지럽게 흩어진 발톱을 다 정리하지도 못한 채 영은 수에게 답장을 보냈다.

—나쁘지 않죠. 왜요?

—우리 학교 아는 동생들이 공연을 한대서요. 시간 되면

같이 가요.

휴대폰을 손에 들고 영은 한참을 생각했다. 그는 아직 나에게 마음이 닫히지 않은 걸까? 지난번 거절을 미안하게 생각하고 있을까? 내 마음은 왜 또 주책맞게 구는 걸까? 그냥 모른 척하면 시간이 모든 걸 다 해결해줄까? 그러면서도 영은 수에게서 '대답하기 곤란하면 다음에 가요. 실례했습니다'처럼 모든 가능성을 닫아버리는 문자가 올까 봐 두려웠다. 영은 산산이 조각난 마음 같은 (냄새나는) 발톱 조각들을 모아 쓰레기통에 버리고, 아직 충분히 길지 않은 열 개의 손톱까지 다 자르고 다듬은 후에야 그에게 답장을 보냈다.

—그래요.

패딩을 찾으러 갔을 때 영은 약간 들떠 있었다. 오늘은 수업이 없는 목요일이었고, 저녁에 맨해튼으로 수와 재즈 공연을 보러 갈 예정이었기 때문이다. 그러나 세탁소에 들어간 순간 잊고 있던 과제가 생각난 탓에 기분이 가라앉았다. 교수는 왜 '모르는 사람'에 밑줄까지 그어가면서 강조한 걸까. 내가 아는 사람을 대상으로 쉽게 과제를 해 왔다고 생각하나? 처음부터 과제의 제한 사항에 아는 사람은 안 된다거나 하는 조건은 없었다. 교수는 그냥 내 과제가 마음에 안 드는 거다. 어쩌면 이건 인종차별과 관련이 있을

지도 모른다. 혹 그의 머릿속에서는 아시아에서 온 여자애는 기껏해야 자기 엄마를 심층 인터뷰해 온다,는 허구의 서사가 돌아가고 있는 게 아닐까?

거기까지 생각하니 기분이 거의 언짢은 지경에 이르러서, 영은 잠시 동안 주인이 자리에 없다는 사실도 알아채지 못하고 서 있었다. 켜져 있던 텔레비전에서 갑자기 요란한 욕실 세정제 광고가 흘러나오기 전까지는 그랬다. 정신을 차리고 보니 가게에는 아무도 없었고 텔레비전에서는 그가 늘 보는 보스턴 레드삭스의 경기가 흘러나오고 있었다. 월드 시리즈가 끝난 지가 언젠데 아직도 야구를 보나 싶어 들여다보니 재방송이었다. 스포츠 경기를 재방송으로 보는 사람도 있나. 그때 머릿속으로 문장 하나가 지나갔다.

1. 그는 보스턴 레드삭스의 팬이며, 시즌이 끝난 뒤에도 레드삭스의 경기를 재방송으로 보는 사람이다.

그러자 아주 작지만 희미한 소리, 이를테면 베이스 솔로가 시작될 때 몰래 따라 들어오는 피아노 소리 같은 것이 들려오는 듯했다. 그래, 그가 어떤 사람인지 물어볼 수도 있지만, 그냥 '알게 되는' 것도 있는 거잖아? 일반적인 인터뷰가 인터뷰이가 하는 말을 받아 적는 기계적 기록이라면 인뎁스 인터뷰는 일종의 스토리텔링이자 내러티브 논픽션이다. 인터뷰어와 인터뷰이 사이의 화학적 결합인 동시에 서사적 결합, 탐색에서 출발해 발견과 깨달음에 이르는 짧은 여행, 그가 하는 말과 내가 아는 그, 그가 모르는 나와 내가 아는 나를 질료로 사용하는 언어의 블록 쌓기. 영은 저널리스트의 눈으로 주위를 둘러보기 시작했다.

2. 그는 한국인이며, '골드 브라스'라는 이름의 세탁소 주인이다.

여기에서는 괄호를 열어 한 가지 질문을 덧붙였다.
(+ 이 세탁소 이름에는 특별한 의미가 있을까?)

벽에는 이제껏 눈여겨보지 않았던 액자들이 걸려 있었는데, 사진 속 주인공을 자세히 보니 주인이었다. 지금보다 앳되어 보이긴 해도 분명 그가 맞았다. 영을 놀라게 만든 점은 그가 액자 속에서 트럼펫을 연주하고 있다는 것이었다. 취미인가? 세탁소에는 총 열세 개의 액자가 있었는데 그중 세탁소 등록허가증과 카운티의 위생평가인증서를 제외한 나머지는 모두 공연장 사진이었다. 그중 하나는 배경에 '블루 노트'라는 네온사인이 반짝였다. 트럼펫을 부는 남자는 때로 땀에 절어 있기도 했고, 마치 고통이나 희열을 느끼는 것처럼 인상을 찡그리고 있기도 했으며, 대체로는 무언가에 홀린 사람처럼 보였다. 영은 휴대폰을 꺼내 사진을 찍었다. 손끝에 난 땀 때문에 촬영 버튼에서 손가락이 자꾸 미끄러졌다. 이걸로 이야기를 만들 수 있을까? 영이 3. 그는 재즈를 연주하며, 악기는……까지 문장을 만든 순간, 세탁물 사이로 유령처럼 그가 쑥 나타났다.

"벨을 누르시지."

주인이 말했다.

그날 저녁, 원피스가 지나치게 얇았기 때문에 코트를 입으려던 계획과 달리 영은 찾아온 패딩을 입었다. 장소는 로어 맨해튼의 어느 골목에 있는 바였고, 그곳에 격식을 차린 옷차림을 한 사람은 하나도 없었다. 남자 역시 학교 로고가 새겨진 스웨트셔츠 위에 검정색 패딩을 입고 왔다. 오히려 원피스가 튀는 것 같아 영은 공연 내내 패딩을 반쯤 걸치고 있었다. 남자는 10달러라는 공연 입장료를 영 몫까지 내주었다. 테이블마다 맥주와 땅콩이 제공되었다.

같은 학교에 다닌다는 학생들의 연주는 경쾌하고 힘이 넘쳤지만 영이 알 만한 곡은 하나도 없었다. 공연 중간마다 수는 설명 비슷한 말을 옆에서 계속 중얼거렸다. 재즈는 원래 시끄럽게 듣는 음악이에요. 솔로가 끝날 때마다 박수를 치는 게 예의인데, 클래식 공연에 익숙한 사람들은 도통 움직이질 않죠. 자, 지금! 수가 갑자기 큰 소리로 박수를 치는 바람에 영은 깜짝 놀랐다. 피아노 솔로에서 베이스 솔로로 넘어가는 순간이었다. 들려요? 베이스 솔로 할 때는 저렇게 피아노가 작게 코드만 따라가주는 거예요. 들릴 듯 말 듯하게. 그의 목소리가 피아노 소리보다 더 큰 것 같아 영은 조금 부끄러웠다. 베이스 솔로가 끝나자 이번에는 계속 한쪽에 앉아 있던 학생이 트럼펫을 불며 걸어 나왔다. 조그만 악기에서 어떻게 저런 소리가 날 수 있나 싶을 정도로 우렁찬 볼륨이었다. 수는 다시 말했다. 저거 다 즉흥연주인 거 아시죠? 그래서 재즈는 악보가 없다는 거. 절대로 똑같은 연주라는 게 존재할 수가 없는 거죠. 임프로비제이션. 훌륭한 메타포예요. 우리 인생처럼요. 그때 드럼 솔로가 시작되지 않았다면 영은 화장실로 자리를 피했을 거라고 생각했다. 흰 셔츠가 다 젖을 만큼 열정적으로 연주하는 드러머 덕분에 수의 목소리가 묻혔고, 영은 눈을 감고 잠시 음악에 집중할 수 있었다.

연주가 끝나자 학생들은 테이블을 돌며 손님들과 이런저런 이야기를 나누었다. 영과 수의 테이블에도 그의 후배들이 차례로 여럿 다녀갔다. 공연에 가장 적게 출연했던 트럼펫 주자가 수와는 가장 친한 것 같았다. 공연에 부른 것도 그 친구라고 했다.

"연주 좋던데. 다음엔 '블루 노트'나 '빌리지 뱅가드'에서 하는 거 아냐?"

맥주를 세 병째 마시고 있던 수가 말하자 트럼펫은 땅콩을 집어 들며 답했다.

"적어도 한국 사람들한텐 확실하게 먹어주겠죠. 다들 뉴욕에 재즈 클럽이 그 두 개뿐인 줄 아니까."

"까칠한 건 여전하네."

수는 어색하게 웃으며 남은 맥주를 들이켰다. 영은 '블루 노트'라는 말을 들으니 세탁소에서 본 사진이 생각났다.

"혹시 골드 브라스가 무슨 뜻이에요?"

영이 묻자 수와 트럼펫 모두 의외라는 듯이 쳐다봤다.

"글쎄요, 그런 말은 처음 듣는데."

"금관악기가 영어로 골드 브라스 아닌가요?"

영은 나름의 생각을 거쳐 만든 합리적 추론을 내밀었다. 트럼펫은 작게 소리 내어 웃으며 말했다.

"그럴 리가요. 골드는 금, 브라스는 놋쇠. 그래서 황동 색깔이 나는 악기는 다 브라스예요. 골드 브라스가 금관이면 나도 영어 하기 쉽겠는데?"

트럼펫과 수가 마주 보며 낄낄거렸다. 영은 얼굴이 붉어지는 것을 느꼈다.

"오늘 하나 배웠네요."

수가 말했다.

평소처럼 수는 영을 포트 어소리티 버스 터미널까지 바래다주었다. 다른 점이 있었다면 이번에는 터미널 직전의 골목에서 영의 손을 잡아끌고 골목 안으로 들어가더니 조심스레 입을 맞추었다는 것이었다. 날이 추웠고 밤이었기 때문에 영은 그의 몸이 뿜어내는 온기가 싫지 않았지만, 동시에 아까 공연장에서 느꼈던 흥분과 피로, 이명처럼 남아 있는 음악, 약간의 수치심이 섞여 머리가 복잡했다. 그의 입술에서는 달큼한 맥주 냄새와 짭짤한 소금기가 느껴졌다. 두 뺨을 붙잡고 있던 수의 손이 패딩 속으로 들어오려는 순간 영은 그의 얇은 손목을 붙잡았다. 수는 고개를 끄덕이며 뒤로 물러났다. 돌아오는 버스 안에서 영은 혀로 입안 구석구석을 둘러보았지만, 전에 느꼈던 쓴맛은 지워지고 없었다.

문제의 게시물을 발견한 건 수에게서 진지하게 만나보고 싶다는 문자를 받고 난 다음 날이었다. 뉴욕대 유학생들이 모인 카페에 누군가 어느 유학생을 저격하는 글을 올렸다.

제목은 '고발합니다: 코로나 시대의 바람'. 롱디로 오래 사귄 여자친구가 한국에 버젓이 있는데도 이 사람 저 사람에게 추파를 던지고 다닌다는 영문과 박사과정 학생에 대한 폭로였다. 아마도 여친으로 추정되는 글쓴이는 코로나 때문에 한국에 나오지 못하게 된 이후 남자가 하고 다닌 일들에 관해 자세히 적어놓고는, 앞으로 또 다른 선의의 피해자가 나오지 않기를 바란다는 말로 글을 끝맺었다. 추신도 하나 달려 있었는데, 이런 내용이었다: P. S. 이 남자가 자주 쓰는 수법은 첫 데이트 때 책을 선물하는 거랍니다. 더럽게 재미없어서 아무도 안 읽는(본인 포함) 지 전공 책들을요.

영은 마우스 휠을 돌리는 손가락이 축축해진 것을 느꼈다. 이름이 명시되어 있지는 않았지만 글 속에 묘사된 남자가 수라는 것을 영은 알 수 있었다. 댓글을 남겨야 하나, 쓴다면 뭐라고 써야 할까를 고민하며 댓글창에 이르렀을 때 그녀는 그럴 필요가 없다는 것을 깨달았다. 댓글에는 이미 수의 이름이 수차례 거론되고 있었다.

심호흡을 하고 수에게 전화를 걸었다. 마지막으로 변명을 들어보고 싶어서였다. 그러나 수의 전화는 꺼져 있었고, 영은 그가 이미 상황을 알고 있으리라는 것을 직감했다. 답장을 보내지 않은 건 정말 다행이야. 영은 메시지 아이콘을 눌러 수에게 게시물 링크를 보낸 다음, 망설이다가 아래에

한 줄 덧붙였다.

—덕분에 많이 배웠네요.

얼마 후 박 장로 집에서 유학생들을 위한 크리스마스 파티가 열린다는 초대를 받았을 때, 영은 가지 않으려고 했던 첫 마음을 바꾸어 참석하기로 했다. 학기가 끝났는데 집에만 있으면 더 우울해질 것 같았고, 한 번쯤 누군가가 해주는 밥이 먹고 싶었다. 게시물 사건 이후 수는 교회에서 자취를 감추었기 때문에 그가 나타나지 않으리라는 건 영도 알고 있었지만, 그가 준 하드커버 원서 『The Book of Daniel』을 챙기는 것도 잊지 않았다. 수의 흔적이 집에 남아 있는 건 불결하게 느껴졌다. 돌려주려는 건 아니었다. 혹시라도 나타나면 책을 세로로 세워 그의 머리를 내려찍을 작정이었다.

거실 한쪽 면을 완전히 채우고 있는 (진짜) 전나무 크리스마스트리 옆에서, 속내는 모르지만 적어도 겉으로는 온화하고 다정한 사람들과 함께 먹는 저녁은 즐겁고 따뜻했다. 이번에도 김치찌개가 등장했지만 영은 완벽에 가까운 깔끔함으로 자신 포함 누구에게도 피해를 주지 않았다. 화기애애한 분위기 때문인지 벽난로 속에서 타고 있는 (역시 진짜) 참나무 장작 때문인지 술도 마시지 않았는데 두 볼이 발그레해졌다. 식사 후에는 소그룹으로 나뉘어 집 안 곳곳에서 커피와 디저트를 마시고 먹으며 이야기를 나눴는데, 영은 이름과 얼굴 정도만 아는 자매 셋과 2층에 있는 작은 방에 들어갔다. 거실과 달리 위층은 꽤 썰렁해서 영은 입고 온 패딩을 다리 위에 이불처럼 덮고 있었다. 누군가 유학생 카페에 올라온 저격 글에 대해 말을 꺼냈고 영은 수의 이름이 암호처럼 오가는 동안 고개를 끄덕이며 필사적으로 딴 생각을 했다. 이야기는 곧 연애에서 연예로, 데이팅 앱과 교회 청년들과 BTS로 이어지다가 갑자기 그중 가장 나이가 많은 포닥 언니가 한 학기 동안 일어났던 감사한 일들을 나눠보자고 제안했고, 영은 까다로웠던 저널리즘 수업에서 A를 받게 된 사연을 고백했다.

"저만 수업을 제대로 못 따라가는 것 같아서 너무 괴로웠는데, 하나님께서 생각지도 않았던 세탁소로 인도하시는 바람에 그분 인터뷰를 할 수 있었어요. 교수님은 수강생들 앞에서 제 인터뷰 내용을 읽어주면서 이게 바로 내가 원하는 인뎁스 인터뷰라고 칭찬해주셨고요. 이 모든 게 하나님의 은혜입니다."

영은 순간적으로 김치찌개와 청바지, 『다니엘서』와 재즈 클럽 그리고 수와의 키스에 대해 생각했지만 그중 무엇도 입 밖으로 말하지는 않았다. 그러자 이상하게도 눈에 눈물이 조금 맺혔고 그걸 본 다른 자매들도 함께 눈물을 훔쳤다. 그중 가장 어린 동생은 충혈된 눈으로 박수를 쳤는데, 그때 그녀의 손가락이 앞에 있던 머그잔을 넘어뜨리면서 영의 흰색 패딩 위로 반쯤 식은 커피가 쏟아졌다.

"어머 언니! 넘 죄송해요, 어떡하죠……"

영은 1년짜리 J비자로 입국해 맨해튼 미드타운 델리에서 일하고 있다는 그녀를 안심시키며 말했다.

"괜찮아요. 잘 아는 세탁소가 있거든요."

패딩을 핑계로 박 장로 집에서 조금 일찍 빠져나온 영은 차를 몰고 리버 로드 쪽으로 향했다. 아직 파티의 하이라이트인 선물 교환이 남아 있었고 그 시간이 기대되기도 했지만 세탁소가 문을 닫기 전에 어서 패딩을 맡기고 싶었다. 세탁소 주인은 어리둥절할지 몰라도, 가능하면 고맙다는 이야기를 하고 싶었다. 사실 그게 진짜 하고 싶은 일이었다. 패딩을 찾으러 갔던 날 뒤늦게 나타난 주인은 영에게 궁금한 게 있으면 물어보라고 했다. 감사하지만 2백 달러가 없어서요. 영이 말하자 그는 살짝 얼굴을 찡그리면서 그건 농담이었다고 답했다. 한 시간 동안 그와 나눈 대화를 영은 휴대폰에 녹음했고, 그 녹취는 영을 유학 생활 시작부터 부딪힌 위기에서 구해주었다. 그가 원한 만큼은 아니었지만 그 이후로 지갑에 20달러짜리 지폐도 여럿 넣어 다니는 중이었다.

9시를 넘길까 봐 속도를 높여 세탁소 앞에 도착한 영은 뭔가 이상하다는 것을 눈치챘다. 가게 문이 열려 있었고 낯선 남자 둘이 시끄럽게 소리를 지르고 있었다. 조심스럽게 창을 내려보니 대뜸 욕설이 들렸다. 유 퍽킹 차이니스! 겟 더 바이러스! 고 투 헬! 술에 취한 듯 비틀거리며 서 있는 사내들은 세탁소 입구를 향해 외치고 있었다. 그 순간 갑자기 주인이 문 쪽에 나타나더니, 커다란 목소리로 아이 톨드 유 겟 아웃,이라고 말하고는 안쪽으로 사라졌다. 총을 꺼내오려는 건가? 911에 신고부터 해야 하나? 갑자기 심장이 뛰기 시작했다. 그러자 사내 둘은 발아래서 부서진 보도블록을 찾아 들더니 세탁소 창에 던지고는 냅다 도망치기 시작했다. 영은 그제야 정신이 들어 헤드라이트를 깜빡거리고 경적을 울렸다. 사내들은 자빠지고 일어나고를 반복하면서 멀리 강 쪽으로 사라졌다. 충분히 멀어진 다음에야 영은 그들이 낄낄거리며 외치는 마지막 소리를 들을 수 있었다. 메리 퍽킹 크리스마스!

"괜찮으세요?"

영은 차에서 내려 가게로 들어갔다. 주인은 검은 하드 케이스를 한 손으로 들고 엉거주춤하게 서 있었다.

"동네 건달들인가 봐요."

주인은 유리가 산산조각으로 부서진 가게 바닥을 바라보며 말했다. 무슨 일이 있었던 건지 액자 몇 개와 계산기도 나뒹굴고 있었다. 강에서 불어오는 찬바람이 강도처럼 가게 안으로 몰아닥쳤다.

"진짜 쏘려고 한 건 아니죠?"

영이 묻자 주인은 잠시 표정 없는 얼굴로 영을 바라보았다. 그러고는 농담이었다고 말할 때처럼 얼굴을 찡그리며 케이스를 바닥에 내려놓았다.

"트럼펫이에요, 이거."

밖으로 나와보니 유리창은 다 깨지고, 가게 이름이 적힌 네온사인도 여기저기 불이 나가 있었다. 거리는 모두 다 이미 지옥에 가버린 것처럼 텅 비어 있었고 바닥에는 조각난 보도블록들이 널려 있었다. 영은 네온사인을 읽었다.

순간 깜빡거리던 맨 아랫줄 S가 꺼져버렸다. 영은 잠시 노랗고 빨갛고 초록빛인 알파벳들을 바라보다가 잊고 있던 물건을 생각해냈다. 그녀는 차에 가서 『The Book of Daniel』을 꺼내 왔다. 그러고는 책을 세로로 세워 첫 줄의 멀쩡한 노란색 L을 내리쳤다.

"자."

영은 주인에게 하드커버로 된 책을 건넸다. 주인은 영과 책과 네온사인을 번갈아 쳐다보다가, 마침내 뭔가를 깨달은 사람처럼 맨 아랫줄의 초록색 C를 향해 책을 휘둘렀다.

뷰잉

Viewing

1

선생님을 처음 만난 건 뷰잉에서였습니다.

찬양대 연습이 끝나고, 교회 주차장에서 저를 집까지 라이드해주시는 집사님 차에 막 타려고 할 때였어요. 운전대를 잡은 집사님이 고개를 약간 숙인 채 물었습니다.

잠깐 ○○ 가야 하는데 괜찮겠어요?

그때까지만 해도 저는 미국에 건너온 지 한 달밖에 되지 않았기 때문에 모든 것이 낯선 상태였습니다. 솔직히 말하면 그 말을 정확히 알아듣지도 못했죠. 뭔지 모르니 뭐냐고 되묻지도 못했고요. 그 두 개의 동그라미 속에 들어갈 말이 뷰잉이라는 것을 알게 된 것은 한참 후였습니다. 20여 분을 달려 또 다른 주차장에 도착해서야 저는 겨우 물어볼 수 있었습니다. 여기가 어딘가요? 집사님은 아주 희미한 미소를 지으며 답했습니다. 일종의 장례식장이에요. 한국으로 치면 빈소죠. 거북하면 내가 다녀올 동안 여기 차에서 기다려도 돼요.

잠깐 주저하던 저는 남아 있기보다 집사님을 따라 들어가기로 했습니다. 왜 그랬을까요. 실은 지금도 그 이유를 잘 모르겠습니다. 살면서 우리가 하는 어떤 행동들에는 큰 이유가 없는 경우가 많잖아요. 아마 그래서 실제로 일어난 일들을 글로 써놓으면 말도 안 되는 이야기처럼 느껴지는지 모르겠어요. 우리가 경험한 것들은 전후 관계를 바꾸고, 디테일을 추가하고, 있던 사실을 없애거나 없던 이야기를 지어내야만 겨우 이야기로 존재할 수 있는 것이 아닐까요. 여전히 저는 한국어를 배우는 학생들에게 '그냥'이라고 말해서는 안 된다고 말하는 선생이지만, 그 순간 제가 집사님을 따라 내렸던 이유는 이렇게 말할 수밖에 없습니다.

그냥,이라고요.

건물 안으로 들어가니 어두운 조명이 켜진 공간이 있었습니다. 검은 옷을 입은 사람들이 줄을 서서 무언가를 기다리고 있었고 집사님은 가운데 서 있는 누군가를 가리키며 속삭였습니다. 저분이 고인의 아내입니다. 맹미자 권사님. 전 그분이 누군지도 몰랐지만 일단 고개를 끄덕였습니다. 그리고 집사님과 함께 줄의 맨 끝으로 가서 섰지요. 저만 초록색 풀업 니트와 베이지색 면바지를 입고 있다는 사실이 조금 부끄러웠습니다. 장례식장에 올 줄은 상상도 하지 못했으니까요. 미리 알았더라면 검은색 정장까지는 아니더라도 어두운 셔츠라도 입고 올 수 있었을 텐데.

줄이 줄어드는 동안 저는 줄곧 제 옷차림에 관해 생각하고 있었습니다. 앞에 있던 사람들은 조문을 마치고, 아까 집사님이 맹미자 권사님이라고 소개한 분과 인사를 나누었지요. 손을 붙잡기도 하고 포옹을 하기도 하고 먼저 눈물을 훔치기도 했습니다. 그분들을 보며 저는 어떤 반응을 보여야 할지 난감하다고 생각했어요. 그러나 그 순간 저는 뭔가를 깨달았고, 그러자 옷 색깔이나 다른 사람이나 제 리액션 같은 모든 부차적인 생각들이 한번에 싹 사라져버렸습니다.

관.

저 앞에 놓여 있던 것은 관이었어요. 그리고 거기엔 고인이 누워 있었습니다. 그 사실을 깨닫게 된 순간부터 심장이 미친 듯이 뛰기 시작했습니다. 그렇다면 이 사람들은 다 시체에게 마지막 인사를 하기 위해 기다리고 있었던 건가? 자세히 보니 그들은 인사에 그치지 않았습니다. 누군가는 고인의 손을 만졌고 누군가는 이마를 쓰다듬었고 심지어 어떤 이는 고인의 볼에 입을 맞추기도 했습니다. 오래전 영화에서 보았던 낯선 장면들이 겹쳐졌습니다. 한 번도 나에게 일어날 거라고는 생각지 못한 바로 그 장면이.

저는 그전까지 시체를 본 적이 없었습니다.

누군들 그렇지 않겠습니까마는, 그래도 대개 가족의 시신은 보게 마련이잖아요. 하지만 할머니나 할아버지가 돌아가셨을 때도 저는 그분들의 시신을 보지 않았습니다. 염을 할 때 들어가지 않았던 거지요. 물론 그건 저를 사랑해주지 않았던, 더 정확히는 없는 사람 취급했던 그분들이 미워서였지만요. 하지만 낯선 이국의 방에서 영문도 모른 채 시체로 향하는 줄에 서 있던 그 순간에는 문득 그런 후회가 들기도 했습니다. 나에게 아무런 관심과 애정이 없는 분들이었지만, 그래도 그때 들어가 보았다면 지금 심장이 이렇게까지 뛰지는 않을 텐데.

마침내 저는 시체 앞에 다다랐고, 제가 할 수 있는 것은 있는 힘껏 눈을 감고 망자를 위해 기도를 드리는 것뿐이었습니다. 은은하게 틀어놓은 찬송가 소리와("야곱이 잠 깨어 일어난 후 돌단을 쌓은 것 본받아서……") 먼저 조문을 마친 집사님과 선생님의 대화 소리가 귀로 들어와("저분은 누구세요?" "새 신자예요. 뉴욕에 유학생으로 오신 분인데……")

기도에 집중하지 못했던 것은 사실입니다.

눈을 뜨고 옆으로 이동하자, 선생님이 저를 보며 손을 내밀었습니다. 그제야 비로소 저는 선생님의 얼굴을 처음 제대로 보게 되었죠. 금테 안경 속에 가느다란 눈, 얇고 기다란 코, 나이를 증명하는 주름과 단정한 입술. 한국식 상복이 아니라 깔끔한 검정 투피스 정장을 입은 선생님의 표정은 생각보다 어둡지 않아 보였습니다. 집사님이 저를 소개하자 선생님은 눈을 반짝이며 대뜸 이렇게 물었습니다.

"한국어를 전공하신다고요?"

2

일주일 후 교회 지하 1층 한글학교 사무실에서 선생님을 다시 만났습니다. 선생님을 권사님이나 미세스 맹, 혹은 아주머니가 아니라 선생님이라고 부르게 된 건 다 그 학교 때문이지요. 뷰잉을 했던 장례식장에서 선생님은 저에게 한글학교에서 교사로 일해볼 생각이 있느냐고 물었습니다. 제가 어떻게 대답을 해야 할지 몰라 망설이자, 선생님은 덧붙였지요.

"저는 절대로 빈말은 하지 않아요."

자세히는 아니었지만, 미국에 오기 전에도 한국인 2세들을 위한 한글학교가 운영되고 있다는 사실 정도는 알고 있었습니다. 제가 출석하기 시작한 교회에도 한글학교가 있다는 것은 뒤늦게 알게 되었지만요. 주변 이야기를 들어보니 이 한글학교는 근방의 여러 비슷한 학교 중에서도 규모가 크고 내실이 있는 곳으로 알려져 있었습니다. 특이한 것은 제가 정보를 문의했던 대부분의 사람들이, 서로 별다른 공통분모가 없음에도 불구하고 이런 언급을 했다는 것입니다. 아, 맹 선생님 계신 그곳이요?

선생님은 저에게 학교와 수업을 소개했습니다. 제가 유학생이기 때문에 규정에 따라 보수를 드릴 수는 없지만, 대신 식사와 경력 증명, 각종 편의를 제공하겠다는 이야기도요. 사실 저는 그 이야기보다는 눈앞에 보이는 명패를 흥미롭게 바라보고 있었습니다. 선생님 앞에 놓인, 양끝에 은빛 봉황이 그려져 있는, 'Vice Principal'이라는 알파벳과 '맹미자'라는 한글이 부조화스럽게 새겨져 있는 검은 명패를요.

이야기를 마친 선생님은 제 시선을 알아본 듯 덧붙였습니다.

"저는 원래 심씨예요. 맹은 우리 남편 성. 어떻게, 시간을 더 드릴까요?"

뷰잉을 하러 들어가기 전처럼 저는 다시 망설였습니다.

망설이는 것은 제 오래된 장기이자 특기니까요. 하지만 미국에 와서는 저의 이 특별한 능력이 잘 발휘되지 않는다고 느꼈습니다. 새로운 환경, 새로운 자극, 새로운 선택지 속에 빠르게 결정을 내려야만 하는 상황이 반복되었기 때문입니다. 일주일 전과 같이 저는 저도 모르게 입을 열었습니다.

"아뇨, 해보겠습니다."

선생님은 흡족한 미소를 지으며 그래요, 고맙습니다,라고 답했고 저는 그때부터 제가 해보겠다고 말한 이유를 찾기 시작했습니다. 이번에도 그냥,일 수는 없으니까요. 선생님이 궁금해서,라고 하면 조금 나을까요? 충분한 이유가 될 수 있을까요? 어차피 토요일 오전에 나와서 아이들에게 한두 시간 동안 한국어와 한글을 가르치는 것인데, 여기에도 꼭 확실한 개연성과 단단한 내적 필연성이 요구되어야만 할까요?

이유를 찾던 저에게 선생님이 말했습니다.

"저와 바비 하실까요?"

선생님이 말한 '바비'가 실은 '바비스 버거 팰리스Bobby's Burger Palace'라는 햄버거 가게를 의미하는 거라는 걸, 저는 이번에도 음식점이 있는 몰 주차장에 가서야 알게 되었습니다. 햄버거를 좋아하는 육십대 한인 여성이라니, 안 될 것은 없었지만 신선하게 느껴졌어요. 세상과 사람을 바라보는 제 편견이란 아직도 이렇게나 좁고 완고하다는 것을 다시 한번 확인하며 저는 선생님이 사 준 버거와 감자튀김, 그리고 어니언링을 먹었습니다. 이름을 내건 음식점답게 바비스 버거의 햄버거는 정말 훌륭했어요. 한국에서의 김치찌개나 된장찌개처럼 미국에서의 햄버거는 실패하기 힘든 메뉴라는 것을 감안하더라도 말이지요. 식사를 마치고 선생님은 저에게 물었습니다.

"미국에는 오래 계실 건가요?"

어려운 질문이었어요. 정확히 기억나지는 않지만 제가 길게 대답을 했다는 것만은 아직도 생생합니다. 마음 같아서는 공부를 마친 이후에도 자리를 잡고 싶지만 쉽지 않을 것 같다, 영주권을 받고 잡을 얻어서 평생 살고 싶은 마음도 물론 있다…… 두서없이 이런저런 이야기를 했던 것 같아요. 선생님은 고개를 끄덕이며 한참 제 이야기를 듣다가 덧붙였습니다.

"한국에서 오신 분들은 미국에 있고 싶어 하죠. 오신 지 얼마 안 될수록 더욱요. 그런데 미국에서 한 30년 이상 살다 보면 한국에 가고 싶어져요."

한국에 가고 싶다는 말씀이신가요?

마음속에 질문이 하나 떠올랐지만 저는 끝내 물어보지 못했습니다. 대신 마지막 하나 남은 어니언링을 입에 넣었어요. 바삭한 튀김을 씹을 때마다 그 속에 들어 있던 양파의 달고 쌉쌀한 맛이 입안에서 천천히 퍼져나갔습니다.

3

매주 토요일 오전 10시가 되면 제가 세 들어 살던 에지워터의 집 앞으로 선생님 차가 도착했어요. 고급이지만 어딘지 오래되어 보이는 은색 메르세데스 벤츠. 선생님이 제 라이드를 자청했죠. 처음에는 죄송하기도 했습니다.

"귀한 분을 모실 수 있어 영광이지요."

선생님은 제가 감사하다고 말할 때마다 거의 똑같은 대답을 했어요. 마치 AI 같다는 생각이 들 정도로 어떤 질문에는 정해진 답변이 반드시 나왔지요.

제가 수업을 맡게 된 아이들은 한글학교에서 가장 나이가 많은 6학년 학생들이었어요. 원래 가르치던 선생님이 남편의 회사 이전을 따라 LA로 가는 바람에 급작스럽게 결원이 생긴 거였죠. 아이들이 대개 그렇듯 처음에는 조금 낯을 가리는 듯했지만, 곧 마음을 열어주었습니다. 한국어를 집에서 부분적으로나마 사용하는 아이들이 대다수라 생각보다 꽤 수준 높은 한국어를 주고받을 수 있었어요.

"노아를 잘 지켜봐주세요."

선생님은 매주 수업 후 열리는 교사 회의에서 저에게 늘 이야기했습니다. '복장을 단정히 해라, 영어를 쓰지 마라, 수업할 땐 꼭 일어서서 가르쳐라, 맞춤법에 주의해라'처럼 항상 반복하는 레퍼토리 중 하나였죠. 노아는 또래보다 키가 조금 작은 남자아이였는데, 수업에 잘 집중하지 못하는 편이었어요. 서먹할 때는 오히려 잘 드러나지 않았는데, 조금 익숙해지고 난 후부터는 수업 중에 자리에서 일어나 돌아다니거나, 과자를 먹거나, 소리를 지르거나, 심지어는 이 세 가지를 동시에 하곤 했습니다. 다른 학생들에게까지 피해가 가니 제가 좋은 말로 타이르면, 노아는 항상 똑같은 대답을 했어요.

"아이 해브 에이, 디, 에이치, 디."

노아는 마치 제가 알아듣지 못할까 봐 염려하기라도 하듯 ADHD를 알파벳 하나씩 끊어서 뱉어내듯이 발음했습니다. 저도 그게 어떤 병이고 어떤 증상을 보이는지는 어느 정도 알고 있었지만, 노아가 정말 그런지는 알 수 없었어요. 어떤 날은 아주 얌전하기도 했고, 어떤 날은 오히려 다른 아이들보다 뛰어난 것처럼 느껴지기도 했거든요. 노아를 대하는 어려움을 제외하면 나머지 아이들은 대체로 귀엽고 착했습니다. 아이들이란 그런 존재잖아요. 옆에 있는 어른을 정화시켜주는 것만 같은.

하지만 시간이 지날수록 커지는 의심 때문에 저는 점점 괴로워졌습니다. 저 아이는 정말로 ADHD를 앓고 있는 걸까? 아니면 그런 척을 하는 걸까? 똑똑하고 영리한 아이이기 때문에 자신을 변호하기 위해서라면 충분히 그런 거짓말을 할 수 있을 것 같았습니다. 노아의 문제 행동을 다루는 것도 힘든 일이었지만, 그것보다 더 힘든 건 그 아이의 속내를 넘겨짚고 의심해야 한다는 것이었습니다.

어느 날, 노아와 씨름하다가 화를 참기 어려운 순간에 도달했어요. ㅎ을 자꾸 11과 ㅇ으로 쓰는 어떤 아이의 한글 쓰기를 봐주고 있는 사이, 노아와 옆 친구가 다투기 시작한 거죠. 친구의 지우개 가루가 자신에게 튀었다는 이유로요. 노아는 자신이 먹고 있던 스위트칠리 맛 도리토스를 교실 바닥에 뿌리고, 목이 터져라 똑같은 말—"아이 해브 에이, 디, 에이치, 디!"—을 반복해서 외치고 있었습니다. 저는 다른 아이들은 교실 한쪽에 모여 있게 하고, 마치 맹수에게 다가가듯 노아에게 조심스럽게 다가갔습니다. 노아는 목에 핏대가 서고 눈물이 고일 정도로 크게 소리를 질러

댔어요. 저는 노아의 이름을 부르며 가까이 갔습니다. 그러자 노아가 갑자기 제 얼굴에 과자 봉지를 던지더니 괴성을 지르며 교실 출입문으로 뛰어갔어요. 가슴이 철렁했지요. 이러다 무슨 일이라도 생기는 것 아닐까? 문밖으로 나가면 어떤 돌발 행동을 할까? 온 힘을 다해 아이를 붙잡아야 한다는 생각뿐이었습니다. 제가 몸을 움직이는 순간, 노아가 문 앞에서 멈춰 섰어요.

거기엔 선생님이 서 있었습니다.

선생님은 무릎을 굽히고 앉아 노아의 양어깨를 붙잡으며 말했습니다.

"할머니는 건강하시지?"

방금 전까지 한 마리 짐승처럼 날뛰던 아이가 잠잠해졌습니다. 선생님은 이어서 노아의 몸을 뒤로 돌리며 말했습니다.

"자, 이제 줍자."

4

그날 수업이 끝나고 선생님은 말없이 저를 차에 태워 어딘가로 출발했습니다. 평소 향하던 바비와는 다른 곳이었어요. 구불구불한 산길로 들어가 20분쯤 달리다 보니 숲 사이에서 음식점이 하나 나타났습니다. 오크힐이라는 이름이 한글로 적힌, 그러나 일식을 메뉴로 하는 음식점이었어요. 차에서 내리면서 선생님은 말했습니다.

"난 매운 걸 먹으면 스트레스가 풀리더라고요."

우리는 회덮밥 두 개를 주문했습니다. 음식이 나오기를 기다리는 동안 선생님이 노아 이야기를 먼저 꺼냈어요.

"다루기 힘드시죠?"

"오늘은 좀 유난했네요."

"나는 노아가 태어났을 때부터 봐왔어요. 부모도 잘 알죠. 아이 아빠가 세탁소를 하다가 사업을 확장하면서 동업자를 만나게 됐는데, 동업이 불륜이 되었거든요. 그렇게만 끝났으면 차라리 다행이었겠지만 동업자였던 여자가 노아 아빠의 사업 자금까지 어딘가에 다 끌어다 쓰고 사라져버렸어요. 이혼을 하긴 했는데 엄마에게도 노아에게도 큰 충격이었겠죠. 노아가 여덟 살 때였으니까요. 그 후로는 엄마와 외할머니가 키웠지요."

"ADHD라는 말은 사실인가요?"

"정확히 진단을 받은 건 아니에요. 내가 알기론 그래요. 로컬 의사가 ADHD일 수도 있으니 정밀 검사를 받아보라고 권했는데, 아이가 그걸 밖에서 엿들은 거죠. 그 녀석, 얼마나 명민한지 몰라요. 좋은 핑계가 될 병명을 얻은 거지. 아주 전가의 보도처럼 그걸 휘두르고 있잖아요. 지 엄마나 할머니, 친구들, 심지어는 선생님한테까지도. 자기 자식이지만 엄마는 이제 건드리지도 못하는 것 같아요. 보면 늘 휘둘리고 있어."

그때 주문한 음식이 나왔고, 우리는 조용히 회덮밥을 비벼 먹기 시작했습니다. 초고추장을 너무 많이 넣었는지 눈물이 날 것처럼 알싸했습니다. 저는 왜 일본 사람이 하는 일식집에는 회덮밥이 없는지를 궁금해하며 연거푸 물을 마셨습니다. 그리고 남은 밥을 먹는 동안 얼굴 한번 보지 못한 노아 아버지와, 그의 사업과 가정을 망쳐버린 어느 교활한 동업자와, 자신이 ADHD일지도 모른다는 의사의 의견을 엿듣고 있는 노아의 뒷모습을 상상했습니다. 선생님은 아무 말도 하지 않고 천천히 숟가락을 움직였습니다.

"커피 하실까요?"

식사를 마치자 선생님이 말했습니다. 저는 고개를 끄덕이며 이번에는 또 숲속 어디의 근사한 카페로 가게 될까 생각했습니다. 그러나 화장실에 가려는 듯 잠시 일어났던 선생님은 주방 쪽에서 뭔가를 받아 들고 금세 자리로 돌아왔습니다. 익숙한 냄새를 풍기며 종이컵 속에서 출렁이는 황금빛 음료. 믹스 커피였습니다.

"아무리 맛있는 커피를 먹어도, 난 이것만 못하더라고요."

선생님은 약간 멋쩍은 미소를 지으며 종이컵을 입에 가져다 댔습니다. 선생님 컵에 붉은색 립스틱 자국이 묻었습니다. 저는 그날 들은 이야기 중에 그 말이 가장 진실하다는 느낌을 받았습니다. 전에 선생님에게 들었던 말이 생각났습니다. 미국에 오래 산 사람은 한국에 가고 싶어 한다던. 이번에는 물어볼 용기가 생겼습니다.

"한국에 가고 싶지는 않으세요?"

선생님은 대답 대신 잠시 저를 빤히 쳐다보았습니다. 저는 실례되는 질문을 했나 싶어 속으로 당황했습니다. 물어보면 안 되는 거였을까요?

"네, 그다지."

선생님은 다시 종이컵을 입술 끝에 가져다 댔습니다. 저도 말없이 종이컵 속 뜨끈한 갈색 액체를 입술 사이로 흘려 넣었습니다. 달콤 쌉싸름한 믹스 커피의 익숙한 맛이 저에게는 마치 멀리 떨어진 고국처럼 느껴졌습니다.

5

선생님은 1976년에 미국으로 건너왔다고 했습니다. 원래는 이화여대에서 영문학을 전공했다고요. 왜 건너왔는지는 말해주지 않았지만, 저는 캐묻지 않았습니다. 말하고 싶지 않은 것 같았거든요. 홀로 낯선 땅에 도착한 선생님은 처음에는 닥치는 대로 이런저런 일을 했다고 했습니다. 음식점 서빙, 베이비시팅, 운전과 배달, 행정과 잡무, 비서 일에 이르기까지. 지금보다 훨씬 더 터프한 시대였고 그래서 자리 잡기도 어려웠다고요. 가장 오래 종사한 비서 일을 하던 중 회계를 배워야겠다고 생각했고, 그 뒤 커뮤니티 칼리지에 들어가 원래 전공과는 거리가 먼 어카운팅을 전공하고 석사까지 따면서 회계 전문가로서의 커리어를 쌓기 시작했습니다. 주로 통신사와 IT 기업 들을 옮겨 다녔고, 지역 케이블 인터넷 회사를 마지막으로 회사 생활을 마감했다고 했습니다. 거기서 받은 퇴직 패키지와 연금으로 아직은 돈 걱정 없이 생활할 수 있다고 말할 때 선생님은 어색하게 미소를 짓기도 했습니다. 이직과 이직 사이에 만난 남편과 늦은 결혼을 했고, 남편은 착한 사람이었지만 성실하거나 사업 수완이 좋지는 못했습니다. 이런저런 사업을 자주 벌였고, 돈을 빌리거나 꿔주는 일이 잦았고, 자신의 경제적 상황을 정확하게 공유하지 않았습니다. 나중에 남편이 폐암이라는 말을 듣고 선생님은 남편이 자신의 육체적 상황 역시 제대로 공유하지 않았다는 사실을 알게 되었고,

중환자실에 찾아온 낯선 여자 덕분에 정서적 상황 역시 공유되지 않았다는 걸 깨달았습니다.

"혹시…… 자제분은 없으셨나요?"

다른 가족이 보이지 않았던 뷰잉을 떠올리며 내가 묻자, 선생님은 한 번 더 저를 빤히 쳐다보았습니다. 무례한 질문만을 반복하는 사람이 된 것 같은 기분이 들어 얼굴이 조금 화끈거렸습니다.

"있었으면 했지요. 그 사람이나 저나. 아주 오랫동안."

죄송합니다,라고 말할 수밖에 없었습니다. 그러나 선생님은 고개를 저으며 말했습니다.

"아녜요. 당연히 궁금하시겠지요. 이해합니다. 여러 번 그럴 기회가 있었고, 실제로 아이를 임신하기도 했어요. 낳았다면 선생님과 비슷한 나이였을지도 모릅니다."

"언제였나요?"

저는 한 번 더 질문했고 선생님은 답을 주었습니다.

"1986년."

저와 같은 나이였습니다. 저는 존재했을 수도 있는, 태어났다면 저와 같은 나이였을 선생님의 자녀를 잠시 동안 상상했습니다.

"지금은 다행이라고 생각해요."

선생님은 종이컵을 내려놓았습니다. 컵 끝에 묻은 립스

틱 자국은 아까보다 선명해졌고, 눈을 들어 바라본 선생님 입술에는 그만큼의 생기가 사라져 있었습니다.

6

그 후 선생님과 깊은 이야기를 나눌 시간은 좀처럼 찾아오지 않았습니다. 노아도 한동안 잠잠했습니다. 평소처럼 우리는 수업을 마치면 바비스 버거 팰리스에 가서 버거와 감자튀김과 어니언링을 먹었습니다. 커피 한 잔을 더 함께 할 법도 했지만 선생님은 언제나 버거를 다 먹고 나면 저를 집 앞에 내려주고 떠났습니다. 들어가세요. 늘 같은 인사였습니다. 멀어지는 구형 S클래스의 뒷모습에서 붉은빛이 들어오는 것을 한참 동안 바라보고 있다가 사거리에서 차가 우회전을 하며 사라지면, 저는 근처 스타벅스까지 걸어가서 아메리카노를 마시곤 했습니다.

노아가 다시 한번 문제를 일으킨 것은 가을에서 겨울로 넘어가던 즈음이었습니다. 정확히는 데이라이트 세이빙 타임, 우리말로는 서머타임이 끝나는 주말이었어요. 이번에는 친구의 연필을 빌려달라고 하다가 거절당하자 노아가 소리를 지르기 시작했습니다. 그러자 친구가 한마디 했어요. 유 아 크레이지. 그 말을 듣는 순간 노아의 모드가 바뀌었습니다. 갑자기 저주의 말을 퍼붓더니 주먹을 쥐고 친구를 때리려고 했어요. 저는 달려가 노아의 팔을 붙잡았습니다. 6학년 아이, 그러니까 십대에 접어든 소년의 힘은 결코 약하지 않았습니다. 하지만 저는 밀리면 안 된다고 생각했습니다. 어떤 동물적인 본능이 작동했던 것 같아요. 물론 아이에게 폭력을 행사할 수는 없었습니다. 그렇다고 폭력을 행사하려는 아이를 그대로 보고만 있을 수도 없었습니다. 지금 생각하면 참 난감한 상황이었지만, 노아도 뒤로 물러서지 않았습니다. 우리는 한동안 두 팔을 서로 붙잡은 채 서 있었습니다. 등 뒤로 누군가 문밖으로 달려 나가는 소리가 들렸고 사진인지 동영상인지 모를 것들을 아이들이 찍는 것도 같았습니다. 노아의 눈빛은…… 어떻게 표현해야 할까요. 인간을 전혀 두려워하지 않는 상처 입은 맹수 같았습니다. 팔을 붙잡힌 아이는 발로 저를 차기 시작했습니다. 아프지 않았다면 거짓말일 거예요. 하지만 쉽게 놓아주거나 움직일 수는 없었습니다. 바로 이 순간, 바로 이곳이 유일한 기회이자 마지막 승부처라는 확신이 들었거든요. 이유는 설명할 수 없습니다. 정말 중요한 것들은 그냥 알게 된다고밖에는 말할 수 없어요. 저는 온 힘을 다해 아이의 두 팔을 잡고, 지난번처럼 선생님이 나타나기만을 기다렸습니다.

잠시 후 요란하게 문이 열리고 어른 몇이 교실로 들어왔습니다. 동료 교사들이었습니다. 그들은 저와 노아를 떼어 놓고, 분을 삭이지 못해 으르렁거리다 급기야 큰 소리로 괴성을 지르면서 교실을 뛰어다니는 노아를 붙잡느라 애를 먹었습니다. 선생님 한 분이 저에게 잠깐 밖에 나가 있는 편이 좋겠다고 말해주었습니다. 저는 교실을 빠져나와 건물 바깥으로 나갔습니다. 쌀쌀한 바람이 코끝을 스치자 정신이 들면서 등 뒤로 땀이 흐르고 있었다는 사실도 알게 되었습니다. 불타는 것처럼 붉게 물든 나무들을 멍하니 바라보았습니다. 하늘은 너무 파랗고 높아서 마치 우주 공간처럼 비현실적으로 느껴졌습니다. 선생님은 어디에도 보이지 않았습니다.

그날 무슨 정신으로 수업을 마쳤는지 모르겠습니다. 교실로 돌아가자 노아는 없었고 저는 나머지 아이들을 데리고 수업을 했습니다. 별일 없지요? 오늘 배우고 연습할 문장은 하필 그거였습니다. 별일 없지요? 아이들은 저를 따라, 정확히는 제 눈치를 보며 문장을 읽었습니다. 교재의 페이지를 넘길 때마다 제 손가락이 떨리는 게 보여서 신경이 쓰였어요. 아이들이 볼까 봐서요.

교사 회의 시간에, 아까 저더러 나가 있는 게 좋겠다고 했던 선생님이 맹 선생님 소식을 전해주었습니다. 선생님에게 가벼운 스트로크가 일어나서 병원에 가셨다고요. 교회 장로이기도 한 교장 선생님이 회의를 마치며 대표로 선생님을 위한 기도를 드렸습니다. 짧은 기도였지만 저는 제가 살아오면서 드렸던 어떤 기도보다도 진심으로, 선생님의 회복과 평안을 빌었어요. 저는 다른 선생님 차를 타고 집에 돌아왔습니다. 햄버거를 먹지 못했고, 스타벅스에도 가지 않았습니다. 선생님이 무척 걱정되었습니다.

문제는 나중에 더 커졌습니다. 다음 주에 노아 대신 노아 어머니가 학교에 찾아와 항의를 했습니다. 노아 어머니는 저를 가리키며 교사 자질이 없는 사람을 교사 자리에 앉혔다면서, 아이가 지난주 이후 불안과 우울, 심각한 공황 증상을 보이고 있으니 합당한 책임을 지라고 했습니다. 제가 합법적으로 일할 수 없는 F-1 비자를 지닌 유학생인 걸 다 알고 있다면서, IRS에 불법 고용으로 리포트하겠다고 소리쳤습니다. 많은 말을 했지만 문 뒤에서 저에게 들린 마지막 말이 가장 또렷하게 기억에 남습니다.

"아무리 사람이 없어도 저런 사람을 교사로 써서 되겠어요!"

저는 혼란스러웠습니다. 선의로 시작한 일이 이런 방식으로 망가지게 될 줄은 몰랐습니다. 정이 떨어졌달까요. 무서웠달까요. 교장 선생님과 다른 교사들이 말렸지만, 저는 결국 그해를 마지막으로 한글학교 교사를 그만두었습니다. 선생님이 있었다면 달랐을까요. 선생님이 돌아왔다면 그러지 않았을까요. 선생님 생각을 많이 했습니다. 그러나 더는 고통을 받고 싶지 않았어요. 그 아이의 눈빛이 잊히지 않았거든요. 그 엄마의 말도요.

7

교사 일을 그만둔 뒤로 교회에 나가는 일도 점점 뜸해졌습니다. 몇 달 후 한국에 먼저 들어가게 된 선배에게서 중고로 코롤라를 구입하고 난 뒤에는 아예 조금 더 멀리 떨어진 다른 교회로 옮겼습니다. 새로 나간 교회에도 한글학교가 있었고, 저에게 교사 제안도 주었지만 저는 고사했습니다.

맹 선생님 이야기는 연락하는 교사들을 통해 건너 들었습니다. 병원에 계실 때 가보고 싶었지만 절대 안정이 필요한 선생님은 면회조차도 사절했습니다. 퇴원한 후에는 저뿐만 아니라 다른 모든 이의 방문을 원치 않았고요. 함께 교회를 오래 같이 다녔던 다른 권사님이 간병인 역할을 하며 집에서 기거한다는 것 말고는 선생님의 정확한 병명이 나 상태에 대해서도 소문만 무성했습니다. 스트로크가 가볍지 않았다, 알츠하이머의 전조였다, 공황증이고 패닉 어택이다⋯⋯ 무시무시한 추측과 속단과 시나리오가 사람들의 입에서 입으로 오갔습니다. 저는 그저 두려울 뿐이었어요. 더 이상 선생님을 볼 수 없게 될까 봐.

시간은 속절없이 흘렀습니다. 학교를 다녔고 논문을 썼고 교회는 나가지 않았습니다. 주말에는 주로 한국 TV 프로그램을 보거나 소설책을 뒤적이며 빈둥거렸습니다. 가끔 한글학교에서 같이 일했던 선생님들에게 얼굴 한번 보자는 연락이 오면 선생님 생각이 나서 나가볼까 했지만, 이내 마음을 바꾸어 만나지 못할 것 같다고, 죄송하다고 했습니다. 논문은 프로포절을 쓰는 과정에서 약간의 위기가 있기는 했지만 결국 조바심친 것이 무색하게 통과되었습니다. 졸업식 전에 열린 졸업 축하 파티에서 저는 칵테일 잔을 어색하게 들고 구석에 서 있다가 한 시간도 되지 않아 먼저 자리를 빠져나왔습니다.

그리고 마침내 학위를 받고 졸업을 한 뒤, 저는 조금의 미련도 없이 한국으로 돌아왔습니다.

8

어느새 제가 한국에 돌아온 지도 3년이 지났습니다. 속절없이 흐르는 것은 미국의 시간만이 아니더군요. 뉴욕과 뉴저지보다 열네 시간 빠른 한국의 시간도 마찬가지였습니다. 강사법이 시행되었고, 저는 아무 연고도 없는 대학들에 원서를 넣어 강의 자리를 구했습니다. 그리고 학생들을 가르치기 시작했지요. 제 전공인, 외국어로서의 한국어 교육에 관해서요. 비록 한국에서지만 1년에 두 번 영어 강의도 합니다. 영어로 진행되는 수업에는 한국 학생들과 외국에서 온 유학생들이 섞여 있어요. 수업에서 영어로 대화를 주고받던 학생이 쉬는 시간에 다가와 "근데 선생님, 기말고사 날짜가 언제예요?"라고 우리말로 물어보면 이상한 기분이 들기도 합니다.

간혹 예전 한글학교 교사들이 제가 아는 아이들의 몰라보게 자란 모습을 찍어 SNS에 올릴 때, 선생님을 생각했습니다. 하지만 감히 연락할 용기를 내지는 못했지요. 어쩌면 두려웠던 건지도 모르겠습니다. 저는 무엇을 두려워했던 걸까요? 선생님의 안부일까요, 노아의 소식일까요? 아니면 저 자신의 상처일까요? 그중 무엇도 아니거나, 그것들 모두일 수도 있겠지요. 역시 잘 모르겠습니다.

하지만 저에게 남은 것이 하나 있습니다.

딱 한 번 선생님 댁에 찾아간 적이 있어요. 출국을 며칠 앞둔 어느 저녁이었지요. 맞아요, 학교에서 졸업 파티가 열렸던 날이었습니다. 어색한 미국식 파티 분위기에 적응하지 못하고 금세 밖으로 나왔는데, 그냥 집에 가자니 뭔가 아쉬운 기분이 들었습니다. 크래커 위에 치즈를 올린 카나페 같은 핑거푸드만 집어 먹은 터라 도무지 뭘 먹은 것 같지가 않았거든요. 저는 바비스 버거 팰리스 쪽으로 차를 몰았습니다. 익숙한 햄버거와 감자튀김, 어니언링까지 남김 없이 다 먹고 나서야 비로소 포만감이 찾아왔습니다.

선생님께 햄버거를 사다 드려야겠다고 생각한 건 그때였어요.

역시 이유는 모르겠습니다. 하지만 개연성이라는 걸 만들어볼까요. 우리가 늘 같이 가던 식당에 갔기 때문에 저는 선생님을 떠올릴 수밖에 없었습니다. 그리고 선생님이 늘 저에게 햄버거를 사 주었기 때문에 적어도 한 번은 제가 햄버거를 사 드려야겠다고 생각했지요. 물론 이것은 어디까지나 불충분한, 사후적인 설명에 불과할 겁니다. 저는 그냥 그런 생각을 했고, 순간 그것은 단순한 생각이 아니라 어떤 확신이나 누군가의 명령처럼 느껴졌거든요.

저는 선생님이 늘 주문하던 아메리칸 치즈버거와 어니언링 세트를 포장했습니다. 음료가 다이어트 코크로 맞게 들어갔는지도 확인했고요. 차에 돌아와 휴대폰으로 이메일 속 받은편지함을 뒤져 교사 주소록을 찾아냈습니다. 선생님 댁은 차로 10분, 햄버거가 식지 않을 정도의 거리였어요.

고즈넉한 주거 지역에 위치한 선생님 댁에 도착했을 때 저는 잠시 망설였습니다. 너무 갑작스러운 방문이기도 했고, 무례하거나 방해가 되지는 않을까 걱정도 되었죠. 햄버거를 먹을 수 없는 상태일 수도 있겠다는 생각이 뒤늦게 찾아왔습니다. 저는 길 건너편에 차를 세우고, 일단 먼저 인사를 전해보기로 했습니다. 햄버거는 조수석에 놔두었습니다.

거실에 불이 켜져 있는 2층 주택으로 다가가 문을 두드렸어요. 처음에는 대답이 없었습니다. 노크를 몇 번 반복하니 누군가가 문을 빼꼼히 열었습니다.

"무슨 일이시죠?"

처음 보는 얼굴이었습니다. 가장 먼저 든 생각은 햄버거를 두고 온 게 다행이라는 거였습니다.

"맹 선생님을 뵈러 왔는데요."

그제야 저를 미심쩍게 바라보고 있는 저 중년 여성이 아마 간병인 역할을 하고 있는 권사님일 거라는 생각이 들었습니다. 그분은 뭔가를 생각하는 듯하다 말했습니다.

"어떤 관계세요?"

어려운 질문이었습니다. 뭐라고 말해야 했었을까요. 동료? 사제? 친구? 지인? 세상에는 딱히 정의할 수 없는 관계라는 것도 있지 않습니까,라고 되묻고 싶었지만 그럴 수는 없었습니다.

"별 관계는 아닙니다만."

저는 말했습니다. 그러자 그분은 빠르게 답했습니다.

"특별한 사이 아니면 지금은 만나기 어려워요."

저는 그 말을 납득할 수 있었습니다. 정말로 우리는 특별한 사이가 아니었으니까요. 맹 선생님은 저에게 나름대로 특별한 분이었지만, 선생님이 저를 어떻게 생각했는지는 알 수 없는 거니까요. 저는 다시 한번, 햄버거를 들고 오지 않은 게 다행이라는 생각을 하며 말했습니다.

"쾌유를 빈다고 전해주세요."

간병인은 저를 한번 쳐다보고, 고개를 살짝 끄덕인 다음 문을 닫았습니다. 유리문을 닫고 안쪽 문을 열었을 때 거실이 살짝 보였는데, 거기 발이 나와 있었습니다. 수면 양말처럼 폭신해 보이는, 분홍색 발끝이었습니다. 늘 딱 떨어지는 정장을 입던 평소의 선생님과는 어울리지 않았지만 그것이 선생님의 발이라는 것을 저는 어렵지 않게 알 수 있었습니다. 순간적으로 문을 밀치고 들어가면 선생님을 만날 수 있을 것 같다는 생각이 들었습니다. 하지만 동시에 이런 생각도 들었습니다. 나를 미친 사람으로 보지 않을까? 경찰을 부르지는 않을까? 그렇게까지 들어가서 선생님에게 무슨 말을 하고 싶은 거지? 방금 들었던 간병인의 목소리가 제 어지러운 내면을 잠재웠습니다.

어떤 관계세요?

그날 저는 선생님 댁 건너편 도로에 차를 대고 날이 어두워질 때까지 차 안에 앉아 있었습니다. 선생님 몫으로 사 온 햄버거를 포장한 봉투에서 흘러나온 고소하고 기름진 냄새가 낡은 코롤라 내부를 가득 채웠어요. 저는 거실 불이 꺼지고 커튼이 닫히고 마침내 집 안 모든 불빛이 사라질 때까지 거기 앉아 있었습니다. 왜 그랬는지는 모르겠어요. 하지만 이유가 없는 일도 있지 않겠습니까. 어떤 관계도 아닌 관계가 존재하는 것처럼요.

9

이 글을 써야겠다고 생각한 건, 며칠 전 페이스북을 통해 오래전 저를 라이드해주던 집사님의 메시지를 받았기 때문입니다.

—혹시 들으셨나요?

—뭐를요?

—돌아가셨어요. 맹 선생님이요.

저는 알지 못했어요. 제가 어떻게 알았겠어요?

10

지금 제 노트북 화면에는 선생님과 제가 함께 찍은 사진이 출력되고 있습니다. 장소는 당연히 바비스 버거 팰리스입니다. 화면 밖에는 햄버거가 놓여 있어요. 썩 어울리지는 않지만 종이컵에 믹스 커피도 두 잔 타 두었습니다. 한국에는 바비스 버거가 없어서, 대신 버거킹 와퍼와 제로 콜라를 올려두었어요. 어젯밤 검색해보니 이제는 미국에도 바비스 버거 팰리스가 없더라고요. 영원할 것 같던 그 햄버거의 궁전이 사라지다니. 코로나 때문이었을까요? 코로나가 데려간 것은 선생님만이 아니었나 봐요.

몇 가지 질문이 남습니다. 선생님은 한국을 그리워하셨습니까? 오고 싶었지만 오지 못했다면 그 이유는 무엇이었습니까? 애초에 이곳을 떠난 이유는 무엇이었나요? 선생님의 태어날 뻔했던 아이에게는 어떤 일이 있었습니까? 스트로크의 이유는? 간병인과의 관계는요? 간병인은 제 추측처럼 노아의 할머니가 맞습니까? 아니, 아니, 그것보다……

선생님에게 저는 무엇이었습니까?

얇고 바스락거리는 햄버거의 포장지를 벗깁니다. 잘 익힌 패티와 양파, 토마토 냄새가 올라오네요. 이 글을 다 쓰고 나면 저는 이것을 아주 천천히 먹을 것입니다. 선생님을 생각하면서, 선생님이 저에게 준 것들과 제가 드리지 못한 것들을 헤아리면서, 번 사이의 야채와 패티처럼 어울리지 않지만 함께 들어 있는 우리의 추억들을 곱씹으면서. 급하지는 않아요. 아직 온기가 남아 있거든요.

맹 선생님, 아니 심 선생님,

저와 바비 하실까요?

나이트호크스

Nighthawks

1

타임스 스퀘어에서 열리는 새해맞이 볼 드롭 행사에 가자는 건 내 아이디어였다. 그래도 한 번쯤 가볼 만하지 않아? 미국의 보신각 타종 같은 건데. 아내는 웃음기 없는 얼굴로 싫다고 잘라 말했다. 이것만으론 좀 약한가 싶어 5번가에 새로 생긴 파인 다이닝 레스토랑까지 묶어 시티 나간 김에 같이 저녁도 먹고 공 떨어지는 것도 보는 게 어떻겠느냐고 다시 물었지만 아내는 시큰둥했다. 컨디션이 별로야. 그 말을 듣자마자 내 머릿속에서는, 니가 컨디션 좋은 날도 있어? 365일 중에서 360일 정도는 컨디션 나쁜 날 아냐? 같은 질문들이 떠올랐지만, 그걸 입에 담는 순간 싸움으로 번질 거라는 걸 경험칙으로 알고 있기 때문에 참았다. 대신 얼굴을 계속 편하게 마주할 자신은 없어서, 밖으로 나가 걸어서 20분 정도 거리의 한인 마트에서 와인과 스테이크용 고기를 사 왔다.

집에 돌아와보니 아내는 소파에 반쯤 누워 텔레비전을 보고 있었다. 정확히는 미국 방송이 아니라 유튜브로 틀어놓은 한국 예능이었다. 식탁을 세팅하거나 이미 요리를 하고 있기를 바란 건 아니지만, 적어도 한 해의 마지막 저녁을 나와 함께 의미 있게 맞을 생각이 있는 건지는 의심스러웠다. 박장대소하며 재미있게 보기라도 하면 이해할 텐데, 아내는 유치한 게임을 하며 웃고 떠드는 연예인들을 웃음참기 대결을 하는 사람처럼 그저 무표정으로 바라볼 뿐이었다.

나는 무슨 말을 하려다가 그만두고 거실 반대쪽의 키친으로 가서 사 온 고기를 꺼냈다. 올리브유와 소금, 후추로 간단한 시즈닝을 하고 먼저 아스파라거스와 양파를 구웠다. 와인을 따서 자연스럽게 공기가 통하도록 두고 식탁을 세팅했다. 이제 예열된 팬 위에 고기만 구우면 되는 상태였지만 아내는 여전히 부엌 쪽으로 모습을 드러내지 않았다. 이렇게까지 냄새를 풍기고 있는데 내가 뭐 하는지 궁금하지도 않을까? 얼마간 분한 마음이 들어 좁은 통로를 지나 거실로 가보니 아내는 아까 그 자세 그대로 소파에 앉아 있었다.

"접시라도 좀 꺼내주면 안 돼?"

아내는 초점 없는 눈으로 텔레비전 쪽을 바라보고 있었다. 시비를 걸고 싶었던 나는 곧 뭔가 이상하다는 걸 알아차렸다. 텔레비전에서는 아무 소리가 나지 않았다. 지난 블랙프라이데이에 베스트바이에서 반값에 사 온 삼성 4K 스마트 TV는 이미 꺼진 채였다.

"왜 사는 걸까?"

아내는 남이 시키는 말을 성의 없이 읊는 배우처럼 말했다.

"그냥 태어났으니 사는 걸까?"

내가 대답하지 않자 아내는 내 쪽을 바라보며 한 번 더 물었다. 난감한 질문이었다. 손끝에서 구운 양파 냄새가 올라왔다.

"죽을 순 없잖아."

나는 키친 쪽을 가리키며 덧붙였다.

"안심스테이크를 놔두고."

이번에는 아내가 희미하게 입꼬리를 올리는 게 보였다. 이제 고기 구울 거야. 빨리 와. 나는 말을 마치기도 전에 뒤돌아 키친 쪽으로 돌아왔다. 두꺼운 안심 두 덩이를 팬에 올리자 치익, 하며 기름튀기하는 소리가 났다. 투명한 뚜껑을 덮을 때 손등 위로 뜨거운 점 같은 기름방울들이 떨어졌다. 나는 애플워치에 2분 30초를 입력해두고 한쪽 면이 익기를 기다렸다.

고기를 뒤집어 반대쪽 면을 익히고 있을 때 아내가 부엌으로 건너왔다. 키친 끝에는 서너 사람이 겨우 앉을 만한 작은 다이닝 룸이 붙어 있었다. 아내는 냉장고에서 탄산수를 꺼내 유리잔과 함께 식탁으로 가져가 내게 등을 지고 앉았다. 나는 아내의 뒷모습에 대고 물었다.

"와인 마실래?"

"와인 마시면 머리 아파."

"지금도? 약 먹었어?"

"괜찮아, 지금은."

손목에 진동이 전해져왔다. 나는 다 구워진 안심 두 덩이를 나무 도마 위에 올려 식탁으로 가져갔다. 레스팅해야 하니까 잠깐 기다려. 아내에게 당부한 뒤 와인 잔에 와인을 반쯤 채워 가져갔다. 아내가 도마를 내려다보며 속삭이듯이 말했다.

"고생했네."

막상 먹으려니까 포크와 나이프가 없었다. 벌떡 일어나 가져오면 될 일이었지만 갑자기 그 순간 아내가 얄미워 보였다. 나는 최대한 감정을 억누르려 노력하면서 말했다.

"포크랑 나이프가 없네."

"그러네."

"그러네? 야, 너 진짜……"

"알았어."

아내는 탄산수를 내려놓고 일어나서 찬장을 향해 천천히 걸었다. 세상의 모든 짐을 짊어지고 있는 듯한, 나로서는 도저히 이해할 수 없는 뒷모습이었다. 나는 입안 가득 와인을 넣고 굴리며 맛과 향을 느껴보려고 노력했다. 아내는 아래쪽 서랍에 있는 포크와 나이프를 찾지 못하고 여기저기를 열어보며 헤매다가 마침내 전혀 상관없는 머리 위 찬장을 열고 뭔가를 꺼내는가 싶더니,

비명을 질렀다.

뭔가 깨지는 소리가 났다.

나는 와인을 잔에 다시 뱉었다.

아내가 주저앉았고, 나는 일어섰다.

아이보리색 타일 위에 와인보다 붉은 액체가 떨어져 고이고 있었다.

2

떨어진 건 오래된 접시였고 찢어진 건 아내의 손목이었

다. 지혈을 하기 위해 상처를 보니 어떻게 닿았는진 모르지만 왼쪽 손목 안쪽이 2센티미터 정도 벌어져 있었다. 언뜻 하얀 게 보였는데 뼈일지도 모르겠다는 생각이 들자 겨드랑이에서 땀이 났다. 아마 찬장에서 떨어진 접시가 먼저 조리대 쪽에 부딪혀 깨지면서 상처를 낸 것 같았다. 그걸 증명하듯 접시 조각 반 정도는 여전히 조리대 위에 흩어져 있었다. 놀란 아내는 조금 울었고 나는 일단 아내를 진정시켰다. 머리가 혼란스럽고 복잡했다. 한 해의 마지막 날 저녁 한 끼 망친 것은 아무것도 아니었다. 한국이라면 병원에 가면 되는데, 문제는 여기는 미국이고 우리가 의료보험이 없다는 거였다. 나는 학교를 마친 뒤 취업을 해보려 했지만 실패했고, 비자가 만료되자 한국 사람이 사장인 어학원에 등록해서 F-1 학생 비자만 면피용으로 겨우 만들어놓고 수업도 나가지 않았다. 대신 현금으로 페이를 주는 캐시 잡들을 전전했는데, 대개는 음식점 서빙이었다.

"일단 병원에 가자."

상처가 더 벌어지지 않도록 밴드를 하나 찾아 붙인 다음 내가 말했다.

"보험 없잖아."

아내는 오한을 느끼는 듯 입술을 떨었다.

"지금 그게 중요해? 빨리 뭐 하나 걸치고 나와."

아내가 옷을 찾아 입고 천천히 2층 계단을 내려오는 사이 나는 운동화를 꺾어 신고 단지 주차장으로 달렸다. 내일 당장 폐차해도 이상할 것 없는 1,500달러짜리 녹색 도요타 코롤라가 거기 있었다. 강추위 속에 며칠 방치된 탓인지 꺽꺽거리는 소리를 내는 엔진을 윽박지르듯 움직여 단지에서 도로 쪽으로 나오는 샛길 앞에 차를 댔다. 아내가 조수석 문을 몇 번이나 당겼지만 열지 못했다. 급한 마음에 내려서 문을 열어주려다가 하마터면 뒤에 오는 차와 부딪힐 뻔했다. 경적을 울리며 지나가는 검은색 트럭에서 익숙한 욕이 떨어졌다. F-유!

"잠깐만 있어봐."

나는 조수석에 아내를 앉힌 뒤 운전석으로 돌아와 구글맵을 켜고 이머전시 룸emergency room을 검색했다. 아내는 추운 듯 눈을 감고 의자에 몸을 기댔다. 히터를 켰지만 아직 차가운 바람만 나왔다. 이 차에는 좌석에 열선조차 깔려 있지 않았다. 그때 무리를 해서라도 윈터 패키지가 들어간 차를 샀어야 했는데. 나는 응급실을 찾는 눈이나 손가락과는 다른 생각을 했다. 뉴저지가 이렇게 춥고 눈이 많이 오는 곳일 줄 누가 알았어. 가든 스테이트라며. 이런 정원이 어딨어? 누가 뭐라고 하지도 않았는데 나는 스스로 대답까지 하면서 생각에 생각을 이어나갔다. 그놈의 카메라만 아니었어도. 결론은 하나였다. 그놈의 카메라만 아니었어도.

종합병원 응급실이라고 할 수 있는 곳은 두 군데였다. 해켄색대학 메디컬 센터, 그리고 홀리 네임 메디컬 센터. 이제 고민은 어디로 가야 조금 더 저렴하게 치료받을 수 있을 것인가 하는 문제였다. 긴급 상황과 병원비, 응급실에 대해서는 이미 너무 많은 괴담을 들어버렸으니까. 앰뷸런스 부르는 순간 만 달러야. 입원 몇 달 하면 수십만 달러짜리 빌이 날아와서 집안이 망한다던데? 미국 사람도 돈 없으면 집에서 직접 상처를 꿰맨다잖아. 유학생들 사이에서는 늘 사실 확인도 제대로 되지 않은 루머들이 '친구의 친구' 이야기로 둔갑해 사실인 양 떠돌았다.

"자기."

아내 목소리에 나는 조수석을 돌아보았다.

"약국으로 가. 나 아파."

3

눈은 그쳤지만 거리 곳곳에는 여전히 눈이 쌓여 있었다. 나는 한인 약국들이 밀집해 있는 포트 리 쪽으로 차를 몰았다. 지난가을 독감에 걸렸을 때도 여길 왔어야 했는데. 항생제를 먹어야 감기가 빨리 낫는다고 믿는 한국 사람들에게 미국은 녹록지 않은 땅이다. 항생제를 사려면 처방전이 필요한데, 미국 의사들은 항생제 처방을 잘 안 해주기 때문에. 하지만 몇몇 한인 약국에서는 처방전 없이도 항생제를 판다는 소문을 들은 적이 있다. 불법이지만 뭐 어때. 사람 낫는 게 먼저 아냐? 포트 리 어딘가에서 항생제를 구해 먹고 독감이 금방 나았다는 서빙 동료가 구체적인 약국 이름까지 알려줬건만 지금은 전혀 생각이 나지 않았다. 적어두기라도 할걸. 불법이라는 말에 주저하다가 시기를 놓친 나는 결국 일주일 내내 아내가 CVS에서 사 온 애드빌과 타이레놀만 먹으며 독감을 있는 그대로 다 앓았다.

하지만 지금은?

그때와 달리 약국에 가고는 있지만 불안한 마음이 드는 건 어쩔 수 없었다. 이런 열상에도 약국에 가는 게 맞을까? 상처를 소독하고 열상 밴드 같은 걸 붙이면 해결되는 수준일까? 만약 항생제도 필요하다면? 꿰매야 한다면? 조수석의 아내가 불편하게 몸을 움직이자 생각은 다른 방향으로 튀었다. 아내가 약국으로 가자는 건 병원비와 보험이 걱정돼서일까? 이제 채 5천 달러가 남지 않은 통장 잔고 때문에? 아내가 그렇게 말했다 해도, 내가 지금 약국으로 차를 몰고 있는 건 비겁한 일, 아니 잘못된 일 아닌가? 당장 병원으로 차를 돌려야 하지 않나? 수많은 생각이 눈덩이처럼 뒤엉켜 머리가 복잡했다. 15분 정도밖에 되지 않는 거리를 가는 동안 나는 신호를 몇 차례나 어기거나 놓쳤고, 급브레이크를 몇 번 밟았다. 그때마다 아내는 인상을 쓰거나 낮은 신음을 냈다.

약국들이 모여 있는 사거리에 도착했지만 얼핏 봐도 불 꺼진 곳이 많았다. 저녁 8시 17분이었다. 잠깐 앉아 있어. 비뚤게 스트리트 파킹을 하고 아내에게 말했다. 가장 잘 보이는 사거리 중앙에서 서로를 마주 보고 있는 약국 두 개는 이미 문이 닫혀 있었다. 나는 메인스트리트 안쪽으로 들어가 불 켜진 약국이 있는지 찾아보려다가 빙판길에서 미끄러졌다. 엉덩방아를 찧는 것은 겨우 면했지만 몸이 크게 휘청하면서 벽에 세게 부딪혔다. 갑자기 날이 너무 춥고 바람이 거세게 느껴졌다. 그제야 휴대폰을 꺼내 코리안 파마시 Korean pharmacy를 검색했더니 포트 리 히스토릭파크 쪽에 하나 더 있었다. 진작에 찾아볼걸. 차로 돌아가는데 오른쪽 발목이 욱신거렸다.

"없어?"

말없이 차에 타서 시동을 걸자 아내가 물었다.

"저기 앞에 있어. 바로 앞에."

아내는 잠깐 내 쪽을 바라본 뒤 다시 눈을 감고 몸을 뒤로 묻었다. 손목 위 밴드가 붉게 물들어 있었다. 허드슨강 쪽으로 직진하다가 파크 앞에서 우회전하자 불 켜진 가게가 하나 보였다. 우리가 찾던 약국이었다. 나는 서둘러 다시 차를 주차하고 아내에게 여기 있어,라고 말한 다음 뛰다시피 안으로 들어갔다. 몇 개 되지 않는 계단을 오르는데 또 발목이 시큰했다.

"찢어졌는데요, 봉합 가능한가요?"

문을 열며 내가 말하자 약사는 어서 오세요,라고 말하려다가 그만두고 나를 바라보았다. 사십대 후반쯤 되었을까. 깐깐해 보이는 안경 쓴 남자였다.

"어디가요?"

"손목이요."

"볼 수 있어요?"

"아뇨, 그게 제가 아니라……"

순간 아내가 안으로 들어왔다.

"이 사람이요."

나는 마치 아내가 들어올 것을 알고 있었던 사람처럼 말했다.

"한번 보여주세요."

아내가 약사 쪽으로 다가가 밴드를 열자 약사가 얼굴을 찡그렸다.

"이건 병원 가보셔야겠는데."

"열상 밴드 같은 걸로 안 되나요?"

"그러다 큰일 나요. 흉 지고. 상처가 깊어서 스티치해야 돼요."

아내와 눈이 마주쳤다. 나는 죄지은 사람처럼 머뭇거리다가 다시 약사에게 물었다.

"항생제 같은 것도 처방되나요?"

아내가 나를 잡아끌었고, 약사는 고개를 저었다.

"지금 언제 적 얘길 하시는 거예요."

4

아내에게 끌려 나오다시피 약국을 빠져나온 나는 다시 운전석에 앉았다. 이제 병원에 가야 했지만 그렇게 된다면 괜한 시간 낭비와 시행착오를 인정하는 꼴이 된다. 역시 아내의 말을 듣지 말았어야 했는데. 하지만 이미 벌어진 일은 어쩔 수 없다. 나는 결과를 알고 있으면서도 다시 구글에서 병원을 검색했다. 결정할 시간을 벌기 위해서였다. 해켄색대학 메디컬 센터와 홀리 네임 메디컬 센터. 어디로 가야 할까. 병원마다 차이가 클까. 어디가 더 합리적인 가격을 제시할까. 순간 또 앓는 소리가 들려 옆을 돌아보니 아내 얼굴이 창백해져가고 있었다. 조수석 창문 너머 약국에서 블라인드가 빠르게 내려갔다. 이내 'OPEN'이라고 붉게 빛나던 가게 앞 네온사인이 꺼졌다.

그게 출발 신호라도 되는 것처럼 나는 액셀을 밟았다. 선택은 해켄색대학 메디컬 센터였다. 아무래도 대학 병원이 규모나 공공성 면에서 나은 점이 있겠지. 게다가 '홀리 네임'이라는 이름에선 어딘지 종교 색이 느껴지잖아. 내비게이션에 표시된 예상 도착 시간은 9시 1분이었고 나는 조지 워싱턴 브리지 쪽으로 올라가 I-95를 타고 뉴저지 안쪽으로 들어갔다. 페달을 밟을 때마다 발목의 통증이 조금씩 더 심해지는 것 같았다.

병원 응급실에 도착한 것은 8시 59분이었다. 'EMERGENCY WALK IN'이라고 붉게 빛나는 사인 앞에 아내를 먼저 내려주고 주차할 곳을 찾았다. 빈자리를 찾는 건 미국에서는 어렵지 않은 일인데 주차장에 차들이 꽉 들어차 있었다. 연말과 응급실은 대체 무슨 관계지. 하는 수 없이 조금 먼 곳까지 가서 차를 대고 응급실로 뛰어 들어갔다.

"등록했어?"

"아니."

아내는 구석에 우두커니 서 있었다. 자기가 다친 건데 남의 일처럼 말하는 태도에 순간 화가 치밀어 올랐지만, 가까스로 참았다.

"사람이 너무 많아."

사실이었다. 연말에는 원래 이렇게 응급실도 붐비는 걸까? 주차장의 차들이 이미 이 상황을 예고하고 있었다는 걸 뒤늦게 깨달았다. 나는 가운을 입은 사람 아무에게나 다가가서 물었다.

"익스큐즈 미, 벗 하우 롱 두 위 해브 투 웨잇?"

초록 가운을 입은 흑인 여자는 무심하게 말했다.

"투 오어 스리 아우어즈, 메이비."

인종과 성별, 나이를 초월한 각양각색의 얼굴들, 대체로 어둡고 아픈 표정의 사람들이 한데 모인 백색의 공간은 지옥으로 가는 기차를 기다리는 대합실 같았다. 언제 도달할지 모르는 순서를 하염없이 기다리는 동안에도 수시로 큰 자동문이 열리고 환자 이송 카트에 새로운 사람들이 실려 들어왔다. 머리가 피투성이인 사람, 다리가 찢어진 사람, 의식이 없어 보이거나 산소마스크를 끼고 있는 사람, 아예 CPR을 하면서 들어오는 사람…… 어딘지 비현실적인 그 대합실에서 손목 끝이 조금 찢어진 아내의 상처는 아무것도 아닌 것 같았다. 아내는 이제 아프다는 말조차 하지 않고 모든 것을 초연히 바라보고 있었다. 나는 순간적으로 카메라를 가져왔으면 좋았겠다는 생각을 했고, 동시에 그 생각을 하고 있는 나 자신을 발견하고 온몸에 소름이 끼치기도 했다. 이런 곳에서 며칠 밤 사진을 찍어 연작 사진전을 열면 근사하겠다는 생각과 그런 생각을 하는 너는 미친놈이라는 생각, 그건 예술이 아니라는 생각, 아니 그거야말로 예술이라는 생각, 지금 저 장면을 찍어야 한다는 생각, 그렇다면 예술이 대체 뭐냐는 생각 들이 섞여 혼란스러운 스노볼을 굴리다가, 결국 전시회 제목을 짓는 것으로 끝났다. 뉴 이어스 이브 앳 나이트.

"다른 데로 가보자."

30분쯤 기다렸을 때 아내가 말했고, 나는 내가 의자에 앉아 졸고 있었다는 걸 알았다. 우리는 응급실을 빠져나가 주차장을 향해 걸었다. 다시 조금씩 눈이 내리기 시작했다. 차에 도착해보니 녹색 보닛 위에 얇게 눈이 쌓여 있었다.

5

해켄섹대학 메디컬 센터에서 홀리 네임 메디컬 센터까지는 3.2마일, 예상 소요 시간은 15분이었다. 밤이 깊어져갈수록 도로에 차는 적어졌다. 통증도 무뎌질 수 있을까. 액셀을 밟았지만 이상하게도 발목이 아까만큼은 아프지 않았다. 12분 만에 나는 비둘기 모양 로고가 새겨진 정문을 지나 이머전시 룸 표지판이 가리키는 쪽으로 차를 몰았다. 리조트처럼 생긴 병원 건물들 사이에 응급실 사인이 보였다. 나는 앰뷸런스 옆에 차를 세우고 아내와 함께 안으로 들어갔다.

아까 머물렀던 대기실이 복잡한 대합실 같았다면, 이곳은 평범한 가정의 거실 같았다. 바닥에는 마루가 깔려 있었고 벽을 둘러 소파와 의자가 놓여 있었다. 두세 사람 정도가 소파에 기대앉아 벽에 걸린 텔레비전을 보는 중이었다. 나는 아내를 의자에 앉히고 리셉션 데스크로 걸어갔다.

"하우 캔 아이 헬프 유?"

"마이 와이프 이즈 운디드…… 쉬 허트."

"왓 카인드 오브 운즈?"

"컷. 컷."

유리벽 너머의 가운 입은 사람에게 나는 왼쪽 손목을 들어 반대쪽 손가락으로 그어 보이며 말했다. 붉은 테 안경을 쓴 백인 여자였다. 여자는 몇 가지 인적 사항을 묻고 나서 저쪽에 앉아 기다리라고 했다.

다시 지루한 기다림이 시작됐다. 아내는 텔레비전 쪽을 바라보았다. 집에서 화면을 볼 때와 비슷한, 초점 없는 눈빛이었다. 나오고 있는 건 뉴스 화면이었는데, 볼 드롭 행사를 중계 중이었다. 가수들의 축하 공연 사이로 시민 인터뷰가 이어졌다. '2023' 모양으로 된 우스꽝스러운 안경을 쓰고, 누군가 나눠 준 것 같은 똑같은 마술사 스타일 파란색 모자를 쓴 사람들이 음악에 맞춰 몸을 흔들고 있었다. 텔레비전은 음 소거가 되어 있었기 때문에 거기 나오는 모든 장면은 기괴하게 보였다.

나는 조금 아까 말한 내 영어가 제대로 된 것인지를 생각하기 시작했다. '쉬 이즈 허트'라고 말했어야 했는데 '쉬 허트'라고 말한 것이 마음에 걸렸다. '그녀가 다쳤다'라는 뜻이었는데 '그녀가 아프게 했다'로 알아들은 건 아닐까? 그러려면 삼인칭 단수니까 '쉬 허츠'가 되어야 할 텐데? 뭐라고 들렸을지 염려가 되어 번역기에 'she hurt'를 넣었더니 의외로 간단하게 번역이 됐다. 그녀는 아팠어요. 그러고 보니 'hurt'는 현재-과거-과거분사가 모두 같은 단어였다. 하지만 스스로 한심하게 느껴지는 건 어쩔 수 없었다. 아직까지도 이런 간단한 문장 하나를 말 못 해서야. 이게 번역기까지 돌릴 일이야? 동시에 마음 한쪽에서는 반대하는 의견도 올라왔다. 그게 뭐 어때서. 난 사진 찍는 사람이지, 영어 하는 사람이 아니잖아. 문법 같은 건 집어치워. 예술가는 예술로 말하면 되는 거라고. 예술이 내 언어니까. 이런 유치한 생각이 마음을 가라앉히는 데 도움이 됐다.

컷.

그리고 생각은 마지막 단어로 옮겨갔다. 나에게 컷은 상처가 아니라 사진이었다. A컷, B컷, 베스트 컷, 워스트 컷, 컷당 단가, 컷 수…… 중고 캐논을 전전하다가 2년 전에 겨우 꿈에 그리던 라이카 M10을 중고로 샀다. 이제까지 찍은 컷 수가 백 컷밖에 안 되는 거의 새것이었다. 나에게 그걸 판 사람은 맨해튼 미드타운에서 일하는 흑인 변호사였는데, 왜 파느냐고 물었더니 두 가지 이유를 댔다. 하나는 너무 바빠서 사진 찍을 시간이 없고, 또 하나는 시간이 나더라도 카메라가 많아서 꼭 이거여야 할 필요가 없다는 거였다. 평생 원하던 카메라였는데 그걸 사서 돌아오는 지하철에서 이유 없이 허탈해졌다.

나중에 이 얘길 재즈기타로 유학하러 온 친구에게 했더니 비슷한 말을 했다. 우리도 똑같애. 직장인 밴드 기타가 젤 비싸. 막 한정판이고. 우리만 몰랐던 인생의 진리는 이런 거였다: 취미로 하는 사람들의 장비가 가장 좋다. 정작 전공자들은 돈이 없다. 라이카를 사 온 그날도 아내와 다퉜다. 가격을 솔직하게 말한 게 화근이었다. 세 달치 월세를 이 카메라에 썼다고? 아내는 내가 남의 집 아이를 데려오기라도 한 것처럼 카메라를 노려보며 말했다. 금방 벌 수 있어. 이건 내 일에 쓰는 장비잖아. 아내는 대꾸하지 않았고 내 말은 어딘지 변명처럼 들렸다. 그건 어느 정도 사실이었다. 카메라 값보다 두 배 더 나가는 만 달러짜리 줌렌즈를 같이 산 것에 대해서는 아예 말도 꺼내지 못했으니까.

계획이 없는 건 아니었다. 예술병에 걸려 생활에 관심 없던 철부지 시절은 지난 지 오래였다. 구체적인 비즈니스 모델도 있었다. 당시 한국 커플들 사이에서 유행하던 것 중 하나가 뉴욕으로 여행 겸 웨딩 사진을 찍으러 오는 거였다. 재즈기타 친구의 소개로 우연히 한 팀을 찍게 됐는데 벌이가 괜찮았다. 겨우 반나절 남짓 찍고 6백 달러라니, 이거 돈이 되겠다 싶었다. 나는 개인 프로필도 정리하고 선택할 수 있는 코스도 여럿 만들어서 홍보 이미지를 여기저기 뿌렸다. 헤드카피도 직접 썼다. '세상에서 가장 로맨틱한 도시 뉴욕에서 평생 한 번뿐인 추억을 남기세요.'

그리고 코로나가 터졌다.

"수쥐인. 쑤지인?"

초록색 가운을 입은 사람이 안쪽에서 아내 이름을 불렀다.

6

응급실 안쪽에서 우리를 기다리고 있는 건 여자 의사였다. 흑인인지 히스패닉인지 불분명했지만, 나이는 삼십대 중반쯤 되어 보였다. 바로 상처 부위를 보거나 봉합 수술을 해줄 줄 알았는데, 대신 의사는 컴퓨터를 바라보며 질문을 던졌다. 나는 휴대폰으로 번역기를 켜고 조금 떨어진 의자에 앉았다.

이름과 나이 같은 인적 사항을 묻는 말에 아내는 차분하게 답했다. 나는 대체 상처는 언제 치료해주는 것인지, 이러는 동안 상태가 더 악화되는 것은 아닌지 걱정스러웠다. 그러다 의사가 뭘 물었는데 아내가 대답하지 않았다.

“웬 워즈 유어 라스트 피리어드?”

의사가 한 번 더 물었고 그러자 아내는 나를 쳐다보았다. 나는 켜놓은 번역기 위에 떠 있는 문장을 살폈다. 마지막 생리는 언제였습니까?

“생리 언제 했냐고, 마지막으로.”

아내는 두 손가락을 펴며 투 윅스,라고 답했고 의사는 대답 대신 키보드를 두드렸다. 문진이 끝날 때까지 내가 마음속으로 가장 두려워했던 질문은 하지 않았다.

혹시 이 상처가 자살 시도와 관계 있습니까?

여자 의사는 우리를 다시 복도 끄트머리의 다른 방으로 안내하고 사라졌다. 곧 가운을 입은 백인 남자 의사가 들어왔고 그는 매우 젊어 보였다. 의사는 작게 헬로, 하고 인사를 한 뒤 곧바로 아내의 상처를 살폈다. 상처 부위를 소독하고, 국소 마취를 하고, 가는 바늘과 실로 벌어진 부위를 꼼꼼하게 꿰맸다. 그런 다음 포장된 가위를 벗겨내어 실을 자르고 곧바로 방금 사용한 실과 가위를 모두 버렸다. 마지막으로 의사는 그 위에 밴드를 붙여주었다. 아내는 이 모든 과정을 남의 일인 듯 말없이 지켜보았다.

"올 셋?"

내가 묻자 의사는 고개를 끄덕였다.

"해브 어 굿나잇."

의사가 일어서면서 말했다.

7

밖으로 나와 어떻게 해야 하는지 우왕좌왕하고 있는데 누가 아내 이름을 불렀다. 꽤 정확하게, 수진,이었다. 이번에는 가운을 입지 않은 아시안 여자였다. 그녀는 우리를 다른 방으로 인도해 앉혔다. 가운데 동그란 테이블이 있는 것으로 미루어 수술하는 방은 아닌 듯했다. 나는 그녀에게 혹시 한국인이냐고 묻고 싶었지만 그러지 못했다.

여자는 사회복지사였다. 그녀는 우리에게 보험이 있는지, 신분은 어떻게 되는지, 어디에 살고 무엇을 하는지 등을 물었다. 우리는 사정을 설명했다. 유학생이고 보험은 없어요. 경제적으로 도움이 필요한 상태고요. 여자는 고개를 끄덕이면서 우리 이야기를 들어주었다. 그리고 일단 계산서를 받게 되면, 그때부터 병원과 딜을 할 수 있다고 했다. 딜? 내가 알아들은 것이 맞는다면 여자는 이렇게 말했다. 있잖아, 아마 너희가 예상한 것보다 훨씬 더 큰 숫자가 적힌 빌을 받게 될 거야. 그때 당황하지 말고, 하나씩 너희가 면제받거나 낼 수 없는 부분을 찾아서 주장해야 해. 그러면 최종적으로 내야 하는 금액을 줄일 수 있을 거야.

당시에는 몰랐지만 결국 2주 뒤 우리 집으로 배달된 계산서에는 모두 2,217달러라는 숫자가 적혀 있었다. 병원 시설 이용비와 응급실 요금, 의사 두 사람의 인건비 같은 것들은 물론이고 그 작은 방 안에서 사용된 모든 물건의 이름과 가격이 적혀 있었다. 의사가 뜯어서 실을 한 번 자르고 버린 작은 스테인리스 가위의 가격은 27달러였다(그걸 받아 왔다면 하다못해 눈썹 다듬는 데라도 쓸 수 있지 않았을까?).

여자가 건네준 안내물 프린트를 잔뜩 들고 병원 밖으로 나오니 찬바람이 불었다. 가늘지만 여전히 눈이 내리고 있었다. 차 쪽으로 다가가는데 옆에 주차된 앰뷸런스에서 병원 제복 같은 것을 입은 직원이 내리면서 손을 흔들었다.

"노 파킹 히어!"

그 말을 들으니 갑자기 울분이 차올랐다. 뭐라고 대꾸해야 하지? 욕이라도 해야 하나? 우리도 환잔데. 위 웬트 이머전시 룸! 위 페이션트! 유 노? 이렇게라도?

"쏘리."

그때 아내가 말했고, 직원은 손가락으로 먼 곳을 가리키며 말했다.

"아웃."

8

"배고파."

병원 정문을 막 빠져나가려는데 아내가 말했다.

밤 12시가 다 되어가고 있었다. 12월 31일 밤에 여는 식당이 있을까? 차를 도로에 붙이고 잠시 멍하니 있다가 다이너를 떠올렸다. 그래, 다이너라면 있을지 모른다. 우리나

라로 치면 설렁탕집이나 김밥천국 같은 곳이니까. 내비게이션으로 검색하자 몇 개가 떴고 그중 가장 가까운 곳을 골랐다. 이름은 나이트호크스.

우리는 전에 한 번도 가보지 않은 모르는 길을 따라 달렸다. 눈 덮인 도로는 현실의 풍경 같지 않았다. 하긴, 도로만이 아니라 이 밤 전부가 그랬다. 뉴저지의 숲은 때론 미로 같아. 나는 희미하게 느껴지는 오른 발목의 통증을 건드리지 않으려 노력하며 액셀을 밟았다. 저 멀리 목적지가 보이기 시작했는데, 칠흑같이 어두운 풍경 속에 홀로 불 켜진 다이너는 감옥 같기도 했고 등대 같기도 했다.

넓은 주차장에는 듬성듬성 차가 세워져 있었다. 아내와 나는 황금색 도색이 반쯤 벗겨진 손잡이를 밀고 안으로 들어갔다. 온기와 오래된 카펫, 진한 기름 냄새가 동시에 덮쳐왔다. 벽 쪽에 자리를 잡고 앉았더니 곧 종업원이 메뉴를 가져다주었다. 나는 햄버거와 감자튀김 세트를, 아내는 치킨퀘사디아를 골랐다. 히스패닉 웨이터는 기분이 좋은지 허밍으로 계속 노래를 흥얼거렸다. 애니띵 엘스? 웨이터의 질문에 나는 다이어트 콜라를, 아내는 클램 차우더 수프를 추가했고 그가 멀어진 뒤 눈이 마주친 우리 둘은 서로를 보며 멋쩍게 웃었다.

"오늘 처음 웃은 거 알아?"

"자기도."

아내는 나를 가리켰다. 하긴 그럴 것이다. 웃고 싶었지만 웃을 기회가 없었다. 이제 모든 것이 한고비 넘긴 듯했고 갑자기 배가 미친 듯이 고팠다. 집에 두고 온 안심스테이크 생각이 났다. 레스팅을 한다고 놓아두고 썰어보지도 못했네. 미디엄 레어로 잘 구워졌을 텐데.

"「뉴욕의 방」이구나."

아내가 우리 옆에 걸린 그림을 바라보며 말했다. 응? 내가 되묻는 사이 음식이 나왔고 우리는 말없이 배를 채우기 시작했다. 햄버거가 이렇게 맛있는 음식이었나. 육즙도 풍미도, 내가 먹어본 어떤 스테이크보다 만족스러웠다. 먹는 순간만큼은 이제 못 먹게 된 안심스테이크가 생각나지 않았다. 겨우 몇 시간 굶었을 뿐인데.

"아까 무슨 말 한 거야?"

마지막 감자튀김까지 다 집어 먹은 나는 아직 퀘사디아를 먹고 있는 아내에게 물었다.

"뭐가?"

"먹기 전에 뭐라고 하지 않았어?"

아내는 잠시 생각하는 듯하더니 내 오른쪽 벽을 쳐다보았다.

"아, 그림."

"이거?"

"에드워드 호퍼. 그래서 여기 이름이 '나이트호크스'인가 보네."

전혀 알아들을 수 없는 얘기였다. 멀뚱히 바라보고 있었더니 아내가 덧붙였다.

"둘러봐. 테이블마다 그림 하나씩 있지? 그게 다 그 사람 그림이야."

"에드워드…… 뭐?"

"호퍼."

"유명해?"

아내는 대답 대신 나를 가만히 쳐다봤다. 내가 한심할 때 늘 하는 행동이었다.

기름과 참깨가 묻은 손을 씻기 위해 화장실에 가면서 나는 일부러 음식점 안을 천천히 빙 둘러 갔다. 그림들을 보기 위해서였다. 이게 그렇게 유명하단 말이지. 별로 특별해 보이지 않는, 비슷비슷하면서도 일상적인 이미지였다. 아내가 말해주지 않았다면 한 사람의 작품인지도, 그리고 그가 유명한 작가라는 사실도 몰랐을 것이다. 화장실에 도착해 초록색 물비누를 몇 번 눌러 손을 씻으며 나는 사진 학교에 다닐 때 선생이 늘 하던 말을 떠올렸다. 예술가가 된다는 것은 하나의 렌즈를 갖는 일입니다. 사진도 마찬가지예요. 세상을 바라보는 여러분만의 거리, 여러분만의 렌즈를 발견해야 합니다. 알아듣겠어요? 예술은 단렌즈예요. 줌렌즈는 악마의 발명품이라고요!

자리로 돌아오면서 나는 한 번 더 벽에 걸린 그림들을 관찰했고, 대단한 인상을 받지는 못했지만 적어도 이 그림을 그린 사람은 하나의 렌즈, 사진 학교 선생이 말했던 단렌즈를 가진 사람이라는 생각이 들었다. 늘 그렇듯 생각은 슬픈 방향으로 나아갔다. 언젠가 내 사진도 어딘가에 걸려 있을 수 있을까. 우리 집에라도 걸려 있으면 다행이지. 아내가 버리지만 않는다면.

9

"누구인 것 같아?"

자리에 돌아와 휴대폰으로 에드워드 호퍼를 검색하는데 아내가 물었다.

"뭐가?"

"저기 반대편 그림 보여? 그게 제일 유명한 그림이야. 「나이트호크스」."

"이 다이너 이름?"

"그래, 잘 봐봐. 저 중에 자긴 누구인 거 같아?"

그림 속에는 어두운 거리가 있고, 다이너처럼 보이는 음식점이 있고, 그 안에 세 명의 손님, 정확히는 등지고 앉은 한 남자와 정면으로 보이는 한 커플, 그리고 한 명의 바텐더가 있었다.

"당연히 우리야…… 커플이지."

아내는 대답하지 않았다.

"심리 테스트 같은 거야? 아니면 뭐, 저 커플이 불륜이야?"

내 농담에도 아내는 반응하지 않았다.

"난 항상 저 남자였어."

잠시 후에 아내가 말했다.

등만 보이는 저 남자? 어둠을 바라보고 있는, 아니, 뒷모습만 보여서 정확히는 어디를 바라보는 건지도 알 수 없는 저 남자? 나는 어떻게 반응해야 할지 몰라 가만히 있었다. 침묵 끝에, 화장품 가게에서 일하기 위해 그만두었던 시각디자인 공부를 계속하고 싶은 거냐고, 미국에 올 때 내가 했던 허무맹랑한 공약들을 아직 원망하고 있는 거냐고 물으려 했을 때, 멀리 바 쪽에서 커다란 함성과 박수 소리가 들렸다. 그림을 보고 있던 우리 두 사람의 시선도 그쪽을 향했다.

커다란 벽걸이 텔레비전 속에서 카운트다운과 함께 공이 내려오고 있었다.

10

다이너 전체에 시끄럽게 울려 퍼지는 프랭크 시내트라의 「뉴욕, 뉴욕」을 뒤로하고 밖으로 나왔다. 아내의 주장으로 팁을 30퍼센트나 준 게 영 찜찜했다. 주차장에는 아까보다 더 적은 차만 남아 있었다. 짙은 녹색이었던 우리 차는 쌓인 눈 덕에 거의 하얀 차처럼 보였다.

코롤라를 향해 걸어가는데 아내가 따라오지 않았다. 돌아보니 몇 걸음 뒤에서 멈춘 아내는 소금 기둥처럼 서서 방금 나온 다이너를 바라보고 있었다.

"뭐 해. 눈 많이 오는데."

내가 다가가 한쪽 팔을 잡았지만 아내는 돌아서지 않았다.

"왜 나는 안 찍어줘?"

아내는 나를 향해 몸을 돌리며 말했다.

"그 비싼 카메라로."

나는 대답 대신 손가락으로 하늘을 가리켰다. 엄지손톱

보다도 큰 함박눈이 내리고 있었다. 그러나 아내는 꼼짝하지 않았고, 결국 나는 뒷주머니에서 휴대폰을 꺼내 사진 한 장을 찍어야 했다. 너무 어두워서 노이즈가 잔뜩 낀 심령사진 같은 컷이었다. 사진을 확인하고 나서야 아내는 조수석에 올랐다.

"해피 뉴 이어."

시동을 걸며 내가 말했다. 아내는 뭔가 중얼거리는 것 같았는데, 요란한 엔진 소리 때문에 제대로 들리지 않았다. 텅 빈 도로 위에서 액셀을 밟자 발목 통증이 다시 선명해졌다. 날이 밝는 대로 약국에 가야겠어. 나는 생각했다. 아내가 라디오를 틀자 아까 들렸던 노래가 끝나가고 있었다. 이프 아이 캔 메이킷 데어, 아일 메이킷 애니웨어, 잇츠 업 투 유, 뉴욕, 뉴욕…… 우리는 차가운 히터 바람을 맞으며 식어버린 안심스테이크가 남아 있는 집 쪽으로 달렸다.

뜰 안의 별

Sunshine in the Garden

1

노크 소리가 들렸을 때 그냥 문을 열어준 건 실수였다고 늘봄은 나중에 생각했다. 엊그제 아마존에서 주문한 물건일 거라고 지레짐작한 탓이었다. 문을 열자 거기엔 옆집에 사는 중국인 가족 중 아내가 서 있었고 여자는 눈이 마주치자마자 대뜸 종이를 한 장 내밀었다.

"캔 유 사인 디스 포 미?"

여자가 내민 건 일종의 항의문이었다.

정원은 모두의 것입니다.

우리는 더 이상 공동재산이 침해되는 것을 인내할 수 없다!

나는 여기에 동의합니다:

번역기를 돌린 듯한, 그래서 꼭 자신이 쓴 것 같은 투박한 영어 문장들을 읽으며 늘봄은 난감해졌다. 일단 읽어보겠다고 하고 종이를 받아 문을 닫으려는데 여자가 한마디 더 밀어 넣었다.

"잇츠 베리 임포턴트! 위 머스트 프로텍트 아워 가든!"

2

늘봄은 그런 것에까지 신경 쓸 여력이 없었다. 이제 곧 졸업이었고 그녀는 선택해야 했다. 남을 것인지 들어갈 것인지. 목회인지, 신학인지, 둘 다 아닌지. 입학할 때는 그토록 길어 보였던 여섯 학기가 이렇게 빨리 지나가다니, 믿을 수가 없었다. 마스터 오브 디비니티. 늘봄은 몇 주 뒤 자신이 받게 될 학위의 이름을 가만히 중얼거려보았다. '목회학 석사'라는 건조한 한국어 명칭과는 다른 느낌이었다. 그 이름은 마치 신성divinity을 마스터master한 사람에게만 붙여지는 영예로운 호칭 같았다. 하지만 현실은 다르지. 늘봄은 한숨처럼 나온 마지막 문장을 날려버리려 창문을 열었다. ㅁ자로 둘러 있는 2층짜리 아파트 단지 안에는 작은 뜰

이 있었고, 그 한가운데엔 나이가 얼마인지 가늠할 수 없는 커다란 나무 한 그루가 솟아 있었다. 때마침 들려온 요란한 새소리에 늘봄은 고개를 들었다. 미세먼지 하나 없는 맑은 하늘은 곧 다가올 푸른 여름에 대한 복선 같았지만, 문제는 작가가 늘봄 자신이 아니라는 데 있었다. 하나님의 뜻은 어디에 있을까. 내가 뭘 어떻게 하길 원하시는 걸까. 알 수 없는 일이었다. 어쨌든 여름이 되면 모든 게 결정되어 있겠지. 다시 머리가 복잡해지려고 해서 늘봄은 아까 여자가 주고 간 종이를 찾아 읽어보았다. 정원이 여기 사는 입주민들을 위한 것은 맞다. 그런데 공동재산이 침해된다니?

다행인지 불행인지 이 질문에 대한 답은 길게 고민할 필요가 없었다. 중국인 여자가 매일같이 문을 두드렸기 때문이다. 집에 없는 척하면 간단히 피할 수 있었지만 늘봄은 이웃에게 친절해야 한다는 강박과 묘한 호기심을 이기지 못하고 물었다. 이게 무슨 뜻인데요?

여자는 늘봄이 관심을 보였다고 생각했는지 반색하며 사연을 늘어놓았다. 작년 가을 생각 안 나요? 정원 한쪽에 이상한 집 같은 게 생겼었잖아요. 늘봄은 애써 기억을 더듬어보았지만 생각이 나지 않았다. 잘 모르겠다고 말하자 여자는 눈을 크게 뜨며 과장된 몸짓을 했다. 오 마이 가쉬, 그걸 기억 못 한다고요? 천과 나뭇가지로 덮인 그 끔찍한 불법 구조물을? 그제야 늘봄은 어떤 장면을 기억해냈다. 하얀 천으로 둘러싸인, 샤워 부스 크기 정도의 공간과 그 위를 덮어놓은 잔나뭇가지들, 그리고 이름 모를 어떤 새가 거기 우아하게 날아와 앉던 순간을. 정원의 다른 나무들이 울긋불긋하게 물들어 있을 때였으니까 아마도 가을이었을 것이다.

그런데 그게 왜요? 늘봄이 묻자 여자는 이사 올 때 이후로 한 번도 다시 꺼내본 적 없는 입주민 규칙을 흔들며 손가락으로 문서 어딘가를 가리켰다. 늘봄은 소리 내어 그 부분을 읽었다.

더 가든 빌롱스 투 에브리원. 플리즈 테이크 굿 케어 오브 잇.

3

수요 예배가 끝나고 담임 목사가 늘봄을 목사실로 불렀다.

"요즘 많이 힘들지?"

계피차 두 잔을 내려놓으며 목사가 말했다. 늘봄은 소심하게 고개를 끄덕이며 유난히 힘들었던 오늘 찬양 인도를 떠올렸다. 신학대학원에 와서 한 달도 되지 않아 이곳 사역이 결정되고, 바로 찬양 인도를 하기 시작했으니 벌써 3년째였다. 한 주에 두 번, 혹은 세 번씩 찬양 인도를 했지만 오늘처럼 많이 울었던 적은 없었다. 거친 파도 날 향해 와도, 주와 함께 날아오르리. 수천 번도 넘게 불렀던 가사를 제대로 부르지 못하고 흐느꼈다. 폭풍 가운데 나의 영혼, 잠잠하게 주를 보리라,로 이어지는 다음 가사에서는 거의 통곡을 했다. 앞줄에 앉아 있던 성도 하나가 보다 못해 무대로 올라와 손수건을 건네줄 정도였다. 왜 그랬을까? 예배 시간 내내 늘봄은 생각했지만 뚜렷한 답은 찾을 수 없었다. 이유를 알 수 없는 그 불안이 어쩌면 바로 그 이유였는지도 모르겠다고, 그저 희미하게 짐작할 뿐이었다.

"지난번에 내가 얘기한 건 생각해봤어?"

목사는 부드러운 목소리로 물었다. 대학원 졸업 후 교회 스태프로 계속 일해보는 게 어떻겠느냐는 제의였다. 어떻게든 미국에서 자리를 잡고 싶은 사람에게는 매력적일 수밖에 없는 이야기였지만, 몇 가지 이유 때문에 늘봄은 쉽게 마음을 정하지 못하고 있었다. 하나는 영주권을 받기 전까지 법적으로 일종의 위장 취업 비슷한 편법을 써야 한다는 것. 또 하나는 목회를 하는 것이 정말로 자신이 원하는 것인지 여전히 잘 모르겠다는 것.

한국에서 4년제 신학대학을 나오고, 수도권 여러 교회에서 신학생과 전도사 생활을 하고, 다시 미국으로 유학까지 와서 대학원을 졸업하려는 차에 아직도 그런 고민을 한다는 것이 때론 늘봄도 잘 믿기지 않았다. 신학대학을 다닐 때는 학교 내에 팽배한 패거리주의와 세속주의, 가부장적 압력 같은 것들이 싫었다. 신학교 중에서는 그나마 자유로운 학풍을 자랑한다고 하는 곳이었는데도 결정적인 순간에는 별로 다를 게 없었다. 동기와 선후배 사이에는 공공연하게 성골, 진골, 육두품 같은 말이 떠돌았다. 아버지가 목사면 성골, 장로면 진골, 평신도면 육두품. 부모가 무교이거나 심지어 다른 종교라면 해골. 이런 계급 구분법은 날이 갈수록 정교해지고 다양해져서, 나중에는 아버지가 목사라도 개척교회 목사면 해골, 부모가 모두 번듯한 목회자 집안 출신이어야 성골, 부모가 무교여도 장인어른이 대형 교회 목사면 진골, 이런 식으로 업데이트가 되곤 했다. 갈수록 신자 수가 줄고 기독교의 위세와 인기가 떨어지면서 신학생 입장에서 '좋은 일자리'는 줄어든 반면 신학대학의 정원은 이미 크게 늘어나버렸기 때문에, 결과적으로 경쟁은 더 치열해졌다. 교회는 특별한 능력(찬양 인도, 영상 편집, 악기 연주, 언변, 외모, 1종 운전면허)을 갖춘 남성 목회자를 선호했다. 예비 목회자인 신학생들은 대형 교회, 즉 합리적인 시스템과 많은 교인과 널찍한 주차장이 있는 교회를 원했다. 개척교회나 소규모 교회, 들어가면 모든 종류의 잡일을 다 해야 하고 고생할 것이 뻔한 곳에는 가고 싶지 않아 했다. 어찌 보면 당연한 일이었다. 이 판에서도 좋은 일자리는 신분과 성별과 능력에 따라 결정됐다.

늘봄은 해골인 데다 여자였기 때문에 자신의 장래가 밝지 않으리라는 걸 알았다. 그렇다고 불교인 부모님에게 이제 와 교회를 나가라고 한다든가, 일부러 부모가 대형 교회 목사인 신학생을 찾아 억지로 결혼이라도 할 수는 없는 노릇이었다. 학부 졸업 후 이곳저곳에서 전도사를 전전하던 늘봄이 찾은 대안은 미국이었다. 심지어 한국에서는 여자가 목사가 된다는 것을 법적으로나 심리적으로 받아들이지 못하는 교단과 교인도 있었기 때문에, 이런 분위기 속에서는 도저히……

"박 전도사, 내 말 듣고 있어?"

눈을 들어보니 담임 목사가 늘봄을 바라보고 있었다.

"아, 그게 아직……"

놀란 늘봄은 반 정도 남은 계피차를 얼른 입에 가져다 댔다. 맵고 알싸한 맛에 살짝 눈물이 고였다.

"신학은 신을 의심하는 일이지만, 목회는 신을 대신하는 일이야. 귀한 거라고."

담임 목사는 잔을 내려놓으며 말했다. 밖에서 관리 집사가 교회 불을 끄며 돌아다니고 있었다.

4

"2주 안에 결정해서 알려줘. 알겠지?"

늘봄을 배웅하며 담임 목사는 말했다. 엔진오일 갈 때를 한참 넘긴 은색 시빅을 몰고 집으로 돌아오며 늘봄은 생각했다. 목사님에게도 걱정이라는 게 있을까? 오십대에 막 접어들었다고는 믿기지 않는 젊고 건강한 육체에, 설교와 행정 모두 뛰어나다는 평판, 단정하고 따뜻하며 지적인 사모님, 각각 장학금을 받고 아이비리그에 진학한 두 아이, 2천 명에 가까운 교인이 모이는 교회까지. 언젠가 이민 교회 신도 수는 곱하기 10을 해야 한다는 속설을 들은 적이 있다. 뉴욕과 뉴저지 지역을 통틀어도 크기에서나 수준에서나 시스템에서나 이 교회는 분명 대형 교회였다. 담임 목사는 한국식 편견 없이 있는 그대로 늘봄을 보아주었고, 부하 직원보다는 동역자로 대해주었으며, 단점보다는 장점을 활용하려고 했다. 하지만 늘 아주 작고 사소한 것들이 늘봄에게는 자갈처럼 걸렸고, 시간이 지나자 그것은 누구에게도 털어놓을 수 없는 바위가 되어 마음을 짓눌렀다. 항상 고통에 대해서 말하지만 정작 자신은 고통과 멀리 떨어져 있는 것 같은 모습이나, 누구에게든 결코 화를 내거나 짜증 내는 모습을 보이지 않는 것, 삶에서나 신앙에서 절대로 실패하지 않을 것 같은 자신감과 완벽함을 보이는 태도 같은 것 들이 그랬다. 담임 목사는 그림자가 없는 사람 같았고 그 그림자 없음이 늘봄은 때로 두려웠다. 심지어 지금처럼 합법과 불법 사이의 편법으로 늘봄을 구제하려고 하는 일도 마찬가지였다. 담임 목사의 선한 의도를 의심하는 것은 아니었지만 늘봄은 심지어 그게 자신을 위한 일이라고 해도 내키지 않았다. 남들이 들으면 대체 뭐가 문제냐고, 복에 겨워 웃기는 소리를 한다고 욕을 먹을지도 몰랐다.

"넌 그게 문제야."

다음 날 저녁, 늘봄을 저녁 식사에 초대한 전전이 유리잔에 맥주를 따르며 말했다. 전전은 늘봄의 신학교 동기였는데, 성이 전 씨여서 전 전도사였고 늘봄은 다들 줄여 부르는 대로 그를 '전전'이라고 불렀다. 남들에게는 늘봄도 '박전'이듯이. 현직인데도 늘 전직인 것 같은 전 전도사 인사드립니다. 반갑습니다! 어느 자리에서든 전전은 늘 똑같은 인사말을 했고 늘봄은 제발 그것 좀 그만하라고 말리는 데

지쳐 이제는 그러거나 말거나 했다.

“카레 맛있네. 지은 씨는 안 드세요?”

늘봄은 화제를 돌려 물었다. 칭얼거리는 아기를 안고 땀을 흘리며 식탁 근처를 왔다 갔다 하고 있는 전전의 아내가 신경 쓰였다.

“다이어트 중이라서요.”

아내가 말하자 전전이 카레를 크게 한 순갈 뜨며 덧붙였다.

“애 20킬로 넘게 쪘잖아.”

그러자 아내가 한 손으로 전전의 등짝을 세게 쳤고 한마디 하려던 늘봄은 덕분에 카레에만 집중할 수 있었다.

“어차피 10인분쯤 해놨으니까 한 사흘은 계속 먹어야 할 거야.”

전전은 변명하듯 말했다.

식사를 마치고 아기가 일찍 잠자리에 들고 나서야 셋은 대화다운 대화를 나눌 수 있었다. 전전은 어딘가에서 위스키를 꺼내 와서 마시기 시작했고 거기에는 다이어트 중이라던 아내도 동참했다. 술 대신 네스프레소를 몇 캡슐째 마시면서 늘봄은 졸업과 교회와 목회에 관한 고민을 이야기했다. 전전은 담임이 그런 제안을 하는데 왜 그걸 망설이고 있느냐고 힐난하듯 말했다. 늘봄도 전전의 말이 틀리지 않다는 걸 머리로는 알고 있었다. 어느샌가 전전의 아내가 냄비 가득 짜파게티를 끓여 왔다.

"근데 넌 결혼 안 해?"

식탁 조명 아래서 바라본 전전의 눈빛은 조금 흐릿해져 있었다. 결혼이라니. 지금 너처럼 이렇게 살라는 말이니? 아무도 행복해 보이지 않는 폭탄 맞은 집 안에서 교인들 몰래 술이나 마시면서? 니가 하는 목회가 아내와 아이의 삶을 저당 잡을 가치가 있어? 늘봄은 떠오르는 생각 대신 늘 하던 대답을 했다.

"생각 없는 거 알잖아."

순간 전전이 아내를 한 번 쳐다보더니, 목소리를 낮췄다.

"있잖아, 내가 너 진짜 걱정돼서 하는 말인데……"

하지 마. 그거 물어보지 마. 늘봄은 속으로 말했다.

"너 혹시, 레즈 뭐 그런 건 아니지?"

5

집으로 돌아오면서 늘봄은 전전의 마지막 말을 곱씹었다. 레즈 뭐 그런 거 아니지? 늘봄도 할 수만 있다면 속 시원히 말하고 싶었다. 그래, 나 레즈비언이야. 몰랐어? 촌스럽게 진짜. 니가 술 처마시는 건 되고 내가 여자 좋아하는 건 안 되냐? 하지만 그럴 수가 없었다. 늘봄은 자기가 누구인지 확실하게 말할 자신이 없었다. 자신의 정체성을 자신있고 명확하게 밝히는 사람들을 보면 부러운 동시에 낯설었다. 내가 누구인지 모른다는 것, 이쪽도 저쪽도 아니라는 것이 부끄러운 일처럼 느껴졌다. 나는 누굴까? 나는 뭘까? 그게 십대 이후 늘봄을 끊임없이 괴롭혀온 질문이었다.

남자를 보고 설렌 적은 없었다. 그렇다고 여자에게 끌리는 것도 아니었다. 살면서 문득 늘봄은 자신이 좋아했던 사람들을 곰곰이 돌이켜보기도 했다. 그들에게 느낀 것이 단순히 인간적인 호감인지, 아니면 성적 이끌림인지. 초등학교 때 짝꿍, 중학교 학원 선생님, 대학 때 다니던 교회의 찬양 인도자⋯⋯ 안 보면 보고 싶고, 만나면 마음이 푸근해지고, 대화를 나누면 무슨 이야기든 할 수 있을 것 같은 사람들. 가장 최근에는 담임 목사의 사모가 그랬다. 하지만 그게 사랑일까? 내 성 정체성을 정의할 수 있을 정도의 끌림일까? 늘봄은 아니라고 생각했다.

그녀에게 고백해오는 남자들도 있었다. 하지만 가장 성욕이 없어 보였던 남자조차도 사귀는 기간이 길어지면 늘봄에게 다른 것을 원했고 그것이 채워지지 않았을 때 실망했다. 자신을 사랑하지 않는 거냐며 울기도 했고 늘봄의 정체성을 넘겨짚으며("너 혹시……") 속였느냐고 화를 내기도 했다. 최근에야 늘봄은 자신의 성향이 무성욕자에 가장 가깝다고 결론 내렸다. 타인에게 성적 이끌림을 느끼지 못하거나 성생활에 관심이 없는 것. 에이섹슈얼. 무성욕자도 퀴어에 포함된다는 것을 알았을 때는 조금 두려웠다. 퀴어라는 단어는 교회 안에서 사용하기에 너무 위험하게 느껴졌기 때문이다. 10여 년 전 처음 LGBT라는 단어를 보았을 때만 해도 늘봄은 그게 LG에서 만든 블루투스 기술 같은 건 줄 알았다. 이제 그 안에서 자신을 설명할 수 있는 정체성의 이름을 찾아갈수록 늘봄은 공포스러웠다. 자신의 무지가, 자신의 정체가, 급기야는 자신의 존재가.

미국에 오기 전에 늘봄은 레즈비언 목사들이 목회하는 교단과 교회에 관한 소문을 들었고 막연히 현지에 가면 그런 교회에 갈 수도 있겠다고 생각했다. 하지만 와서는 생각이 바뀌었다. 자신이 속한 신학교와 교단 안에서 겪은 현실의 벽이 견고하기도 했지만 비단 그것 때문은 아니었다. 늘봄은 드러내고 싶지 않았다. 스스로도 확신할 수 없는 정체성을 하나로 정해 공표하고 거기에 매여 살아가고 싶지 않았다. 아무에게나 자신을 재단하고 손가락질할 기회를 주고 싶지 않았다. 이미 자신과 비슷한 많은 사람이 정체성을 숨기고 결혼하여 성관계를 거부하거나 피하다가 결국은 섹스리스 부부가 되거나 이혼한다는 사실을 늘봄은 잘 알고 있었다. 하지만 늘봄에게는 결혼하지 않을 권리가 있고, 그것은 아무리 다른 사람이 목회하려면 결혼 먼저 해야지, 같은 이야기를 한다고 해도 빼앗을 수 없는 것이었다.

이제 늘봄이 원하는 것은 평범한 목회자가 되어 평범한 교회에서 평범한 사역을 하는 것이다. 특별한 일이 없는 한 결혼하지 않은 채로. 뒤에서 누군가 수군거릴지도 모르지만 늘봄에게는 그들이 '뒤에서' 수군거리기만 한다면 문제될 게 없었다. 다만 한 가지 질문은 남았다. 스스로에게 던지는 질문이었다. 비겁한가? 늘봄은 잠이 오지 않는 밤이면 자주 자신에게 물었다. 비겁한가, 나는? 나 자신에게?

주차장에 차를 세우고 정원을 가로질러 집 앞에 도착했을 때, 현관 도어 매트 아래에는 편지 크기로 접힌 종이가 한 장 깔려 있었다. 늘봄은 종이를 펼쳐서 가로등에 비추어 보았다. 이번에는 '슈퍼'라고 불리는 관리인 명의의 편지였다.

입주민 회의 공고

돌아오는 토요일 저녁 7시에 중앙 정원에서

입주민 회의가 열릴 예정입니다.

모두 참석해주시기 바랍니다.

올 더 베스트,
애덤
슈퍼인텐던트

6

금요일에는 마지막 학기의 마지막 수업이 있었다. '다양성과 믿음'이라는 제목의 강의였는데 정작 수업은 책 한 권을 단조롭게 따라 읽는 것에 불과했다. 교수는 간단한 셀레브레이션을 할 예정이니 각자 마실 것과 먹을 것을 들고 오라고 했다. 아침에 집을 나서기 전 늘봄은 냉장고를 열어보고 잠시 고민했다. 들어 있는 것이라고는 콜라 몇 캔과 다 시어버린 김치, 오래된 냉동 피자뿐이었다. 찬장을 뒤져보니 한인 마트에서 산 둥굴레차가 있어 그거라도 챙겼다. 언젠가 아빠가 좋아했던 생각이 나서 사놓은 것인데 이제 보니 비닐을 뜯지도 않았다.

수업 시간을 15분쯤 넘겨 교실에 들어가자 이미 책상 몇 개를 붙인 테이블 위에 학생들이 가져온 음료와 간식거리들이 가득했다. 대부분은 와인이나 샴페인, 맥주, 탄산음료였고 빵, 쿠키, 케이크도 있었다. 늘봄은 가방 속 둥굴레차를 꺼내놓기가 어딘지 부끄러워 가만히 있었다. 수업은 싱겁게 끝났고 교수는 기분 좋은 얼굴로 샴페인을 땄다.

"헤이, 널-범."

사사건건 귀찮게 굴던 남자 동기 하나가 샴페인이 든 종이컵을 건네며 다가왔다. 이 학교에 들어오면서 늘봄은 자신의 이름을 부르는 아이들에게 마음속으로 점수를 매겨왔다. 파이브. 세븐. 에잇 포인트 파이브. 이제까지 나인 이상을 받은 사람은 없었다. 그들에겐 땅처럼 평평한 모음 'ㅡ'를 발음하는 게 불가능해 보였다. 컵을 건네받으며 늘봄은 속으로 생각했다. 넌 식스.

근데 네 이름 뜻이 뭐야? 아시안들은 이름마다 뜻이 있다며. 동기는 한동안 수업 이야기를 하더니 물었다. 네가 그렇게 생각하는 것 자체가 오리엔탈리즘이라고는 생각 안 해봤니? 늘봄은 되묻고 싶었지만, 실제로는 잠깐 컵을 홀짝인 다음 답했다.

"올웨이즈 스프링."

와우. 동기는 과장된 몸짓으로 반응하더니 주변에 있는 학생들을 불러 모아 늘봄의 이름 뜻이 얼마나 대단한지 떠들었다. 취기가 오른 것도 아닌데 늘봄의 얼굴이 붉어졌다. 한국에서 목회자 이름 같지 않다며 놀림받던 기억이 떠올랐다. 야, 주보에 목사 이름이 '박늘봄'이면 어디 그 교회가 영발이 있어 보이겠니? 자신은 악의 없는 농담만 한다던 교수의 얼굴을 늘봄은 아직 선명하게 기억하고 있었다. 사람들이 주위로 몰려들수록 늘봄은 그때처럼 어딘가로 숨고 싶었다. 누군가 늘봄에게 네가 직접 지은 이름이냐고 물었고, 늘봄은 마시던 컵과 함께 대답을 남겨두고 교실을 서둘러 빠져나왔다.

"노, 잇츠 마이…… 파더."

집에 돌아온 늘봄은 한국에 전화를 걸었다. 신호음을 들으면서 마지막으로 전화했던 게 언제였는지를 헤아렸다. 2주 정도 되지 않았나? 생각하고 있을 때 엄마가 전화를 받았다. 여보세요. 목소리는 작고 낮았다.

"뭐 그냥 생각나서…… 아빤 괜찮아?"

늘봄은 왜 전화했느냐는 엄마의 말에 변명하듯 답했다. 그냥 그렇지 뭐. 더 나빠질 것도 좋아질 것도 없고. 누워 있는 사람이 뭐 달라질 게 있니. 짧은 통화를 마치며 엄마는 덧붙였다. 니 앞가림만 잘하고 살아. 검게 물든 휴대폰 화면을 바라보며 늘봄은 엄마가 자신에게 평생 차가운 사람이었다는 걸 상기했다. 지금이라고 해서 특별히 더 차가운 것도 아니었다. 그러나 늘봄은 어디선가 귓속으로 파고든 찬바람에 컴컴한 내장이 떨리는 것을 느꼈다.

7

그날 밤 늘봄은 다 떨어진 물과 먹거리를 사기 위해 월마트에 갔다. 한적한 매장에서 장을 보고 나와 카트를 밀어 주차장으로 가는데, 멀리 익숙한 차 한 대가 보였다. 중고 시빅을 사기 전 늘 늘봄을 태워주던 신 집사의 금색 렉서스였다. 신 집사는 젊은 편이었지만 결혼을 빨리 한 덕에 아이들이 벌써 중고등부에 다니고 있었다. 늘봄이 인도하는 찬양팀에서 건반을 치는 그녀는 늘봄과 개인적으로 아주 가까운 교회 멤버 중 하나였다. 우아하면서도 화려한 구석이 있었는데, 한국에서 음대를 졸업하고 남편을 만나 결혼한 뒤 주재원으로 미국에 왔다가 정착한 케이스였다. 반가운 마음에 렉서스를 향해 카트 방향을 돌리려는 순간, 반대쪽 스타벅스에서 커피를 들고 나오는 신 집사가 보였다. 손을 흔들어 그녀를 부르려던 늘봄은 주머니 속 휴대폰 진동을 느끼고 잠시 망설였다. 그사이 그녀가 운전석 문을 열었고, 차에 실내등이 들어왔고, 그제야 늘봄은 조수석에 누군가가 앉아 있다는 사실을 알게 됐다. 신 집사는 앉기도 전에 손을 뻗어 조수석을 향해 커피를 건넸다.

담임 목사였다.

갑자기 늘봄의 심장이 뛰기 시작했다. 왜지? 어떻게 된 상황이지? 일단 뒤로 돌아서서 휴대폰을 확인했다. 전화를 건 사람은 사모였다. 늘봄은 더욱더 난감해졌다. 누군가 몰래카메라를 찍고 있는 게 아닐까? 이 모든 일이 한꺼번에 일어나고 있다는 사실이 이해가 되지 않았다. 왜? 어째서? 늘봄은 후드를 뒤집어쓰고 카트를 밀기 시작했다. 처음엔 소리가 나지 않게 조심조심 가다가, 너무 천천히 밀면 오히려 눈에 띌 것 같아 속도를 높였다. 잘못한 것도 없는데 행여 그들에게 자기가 여기 있다는 것을 들킬까 봐 몹시 두려웠다. 마침내 주차장 대각선 반대쪽에 있는 시빅에 도착해 비닐봉지에 든 물건들을 뒷좌석에 아무렇게나 던져두고 늘봄은 운전석에 몸을 구겨 넣었다. 다행히 렉서스는 그대로 있었고 아무도 내린 것 같지 않았다. 등 뒤로 식은 땀 몇 줄기가 차갑게 흘러내렸다. 내팽개친 카트만 지면의 경사를 따라 아주 천천히 밀려갔다.

사진을 찍어야 하나? 사모님에게 알릴까? 그 사진이 뭘 증명할 수 있다고?

휴대폰을 손에 쥐고 늘봄은 고민했다. 날이 완전히 어두워졌지만 렉서스는 건물에서 나오는 야간 조명을 받아 황금색 별처럼 빛나고 있었다. 차를 몰아 주차장을 먼저 빠져나갈까도 생각했지만 그보다는 여기서 계속 지켜보는 게 좋을 것 같았다. 호흡이 가라앉은 뒤 늘봄은 부재중 전화에

찍혀 있는 사모에게 전화를 걸었다.

“전도사님, 통화 괜찮아요?”

여느 때처럼 다정한 사모의 목소리를 듣자 갑자기 이유도 없이 눈물이 쏟아질 것 같았다. 늘봄은 울음을 애써 참으며 통화를 이어갔다. 목사님한테 얘기 들었어요. 졸업 앞두고 얼마나 마음이 심란할까. 이해해요. 우리야 박 전도사님 같은 분하고 계속 같이 갈 수 있으면 너무 큰 복이지. 우리 교회에 얼마나 보물 같은 존재인데. 그렇지만 절대로 교회 먼저 생각하지는 마요. 전도사님 본인에게 가장 좋은 선택을 하세요. 잘 모르겠다고? 기도하셔야죠. 나도 목사님도 기도하고 있으니까, 곧 길을 보여주실 거예요. 전도사님이 어떤 선택을 하든 난 그걸 지지할 거고요. 알죠? 사모는 늘봄의 복잡한 마음을 다 알고 있다는 듯 부드럽게 말했다. 통화 내내 거의 듣고만 있던 늘봄은 마지막에야 겨우 한마디를 뱉었다.

“사모님은 정말 좋은 분이세요.”

그러자 사모는 잠시 말을 멈추었다가, 조금 낮은 목소리로 말했다.

“정말 좋은 사람이란 건 없어요. 그냥 애써 사랑하는 사람이 있는 거지.”

저 멀리 렉서스 뒤로 빨간 등이 들어왔다. 늘봄은 자기도 모르게 몸을 숙였다.

"알죠? 내가 우리 박 전도사님 얼마나 사랑하는지."

사모가 말했다.

8

새소리에 일어나보니 정오가 훌쩍 지나 있었다. 늘봄은 어제 입었던 후드 티를 그대로 입고 소파에 누워 잤다는 사실을 깨달았다. 몸을 일으키자 허리가 뻐근했다. 바로 옆 커피 테이블 위에는 먹다 만 냉동 피자와 콜라 캔이 널브러져 있었고 공기 중에는 불쾌한 음식 냄새가 희미하게 떠돌았다. 겨우 소파를 벗어난 늘봄은 환기를 하기 위해 창문을 열고 정원을 내려다보았다. 중국인 가족이 자기 집 앞쪽 정원에 작은 튜브 풀을 설치한 게 보였고, 아이가 그 안에서 놀고 있었다. 부부는 낚시 의자 같은 접이식 의자에 앉아 각자 휴대폰으로 뭔가를 보는 중이었다.

배가 고파서인지 소화가 안 되어서인지 속이 쓰렸다. 늘봄은 행여 그들과 눈이 마주칠까 봐 얼른 돌아서서 부엌으로 갔다. 시리얼에 대충 우유를 부어서 먹다가 식탁 밑에 떨어져 있는 종이를 발견했다. 맞다, 오늘 회의가 있다고 했지. 처음에는 당연히 가지 않을 생각이었다. 내가 거기 왜? 집주인도 아닌데. 늘봄은 같이 사는 이웃에게 크게 관심이 없었고, 문제 될 행동을 하는 사람이나 문제를 삼는 사람이나 모두 피곤할 뿐이라고 생각했다. 서로에게 신경을 덜 쓰면 쉽게 해결될 일이었다.

공고문을 쓰레기통에 버리려는데 밖에서 아이가 물을 첨벙이며 소리를 질렀다. 중국어로 꾸짖는 소리, 대거리하는 소리 같은 것이 한동안 이어졌다. 힘차게 문을 두드리던 여자의 얼굴이 떠올랐다. 만약 오늘 회의에 참석하지 않는다면 앞으로 두고두고 피곤해질 수도 있겠다는 생각에 이르자, 늘봄은 종이를 버리는 대신 다 먹은 접시를 싱크대에 두고 노트북 앞에 앉았다. 중국인 여자가 말했던 이상한 일이 무엇인지 알고 싶어졌다.

여자가 '천과 나뭇가지로 덮인 끔찍한 불법 구조물'이라고 묘사했던 하얀 천막집은 유대인들의 초막절 풍습과 관련이 있었다. 유대어로는 '수콧', 영어로는 '피스트 오브 터버너클스'라고 부르는 이 명절은 유대력에 의해 매년 달라지긴 하지만 대체로 9월에서 10월 사이에 지켜지는데, 이는 이스라엘 백성들이 이집트에서 탈출한 후 가나안 땅으로 들어가기 전 40년 동안 헤매며 머물렀던 광야 생활을 기억하고 감사하기 위한 절기였다. 초막절에 유대인은 '수카'

라는 이름의 작은 오두막을 지어야 하며, 여기에는 두 개 하고도 절반의 벽과 나뭇가지와 나뭇잎으로 만든 지붕이 필요하고, 이때 반드시 수카 안에서도 하늘을 볼 수 있어야만 한다. 유대인은 일주일간의 초막절을 보내며 이 안에서 기도하고 음식을 먹고 때로는 잠을 자기도 한다…… 인터넷 여기저기를 돌아다니며 초막절에 대한 설명을 찾아본 늘봄은 결국 이 모든 것을 언젠가 학부 수업에서 배운 적이 있다는 사실을 희미하게 기억해냈다. 중국인 가족의 주장대로라면 바로 이 '수카'가 공동으로 사용하는 정원의 재산권을 침해했다는 것이었다.

하지만 늘봄의 기억 속에 유대인 이웃의 얼굴은 분명하지 않았다. 이번 일이 아니었다면 그가 유대인이라는 사실조차 몰랐을 것이다. 그는 책이나 영상에서 봤던 유대인처럼 검은 모자와 검은 옷을 입지 않았고, 특이한 수염을 기르지도 않았다. 안경을 썼고 말랐다는 정도만 생각났다. 그러다 하나의 장면이 떠올랐는데, 언젠가 정원 앞에서 그와 정면으로 마주쳤던 순간이었다. 코트를 입고 있었던 기억으로 미루어보아 아마도 겨울이었을 것이다. 그때 늘봄은 교회에 가는 길이기도 했고, 계절에 맞게 "메리 크리스마스"라고 습관적으로 인사를 했는데, 그의 대답이 인상적이었다.

"위 돈트 셀레브레이트 크리스마스."

그 말을 듣고 나서의 반응은 정확하게 생각나지 않았다. 무안했던가? 불쾌했던가? 화가 났던가? 감정의 앙금 같은 건 남아 있지 않았다. 그랬다면 기억했을 것이다. 다만 그 말만 기억났다. 우린 크리스마스를 축하하지 않아. 누군가에게는 크리스마스가 명절이 아닐 수도 있다는 것을, 늘봄은 교회로 가는 길에 잠깐 생각했다.

그때 휴대폰 알람이 울렸다. 이제 진짜 교회에 가야 할 시간이었다.

9

토요일 오후마다 모이는 찬양팀 연습이었다. 다음 날인 주일 예배와 다음 주 수요 예배를 위한 찬양곡들을 연습하고, 악기를 맞춰보고, 종종 신앙적인 고백이나 일상 나눔, 중보 기도를 하기도 하는 시간. 오늘은 연습할 곡이 많아 나눔 시간을 생략하고 간단한 기도 후에 기계적인 연습에 치중했다. 베이스를 치는 친구가 자동차에 시동이 안 걸려서 조금 늦은 것 말고는 딱히 특별할 게 없었다. 신 집사는 평소처럼 필요 없는 말은 하지 않았고, 깔끔하게 준비된 연주를 했다. 이번 주 송 리스트에서 가장 중요한 곡은 찬송가를 재즈풍으로 편곡한 「저 장미꽃 위의 이슬」이었다. "저 장미꽃 위에 이슬 아직 맺혀 있는 그때에……" 1절을 부를 때까지만 해도 아무 문제가 없었는데 마지막 3절이 문제였다. "밤 깊도록 동산 안에 주와 함께 있으려 하나, 괴론 세상에 할 일 많아서 날 가라 명하신다, 주님 나와 동행을 하면서 나를 친구 삼으셨네……"를 부르다가 친구,라는 단어가 늘봄 안의 무언가를 건드렸고, 그래서 "우리 서로 받은 그 기쁨은 알 사람이 없도다" 하는 마지막 구절은 북받쳐 오르는 감정 때문에 부르지 못했다. 늘봄은 눈물로 앞이 잘 보이지 않는 와중에도 지난 수요일 너무 울어서 민폐를 끼친 자신을 다른 팀원들이 지금은 또 어떻게 바라볼까 염려했다. 다행히 이번에는 감정이 빨리 추슬러졌고 신 집사는 Ab 코드를 마칠 때 늘 사용하는 1도-4도-1도 종지를 쳤는데, 평소 그 방식을 구태의연하다고 생각했던 늘봄에게 이번 엔딩은 어떤 안도감을 주었다.

연습을 마치고 서둘러 예배당을 빠져나오다가 늘봄은 복도에서 담임 목사를 마주쳤다. 소스라치게 놀라는 늘봄에게 담임 목사는 웃으며 물었다.

"박전, 나한테 뭐 할 말 없어?"

늘봄은 대답하지 못하고 얼어붙은 채 서 있었다. 저물기 시작한 해가 만들어낸 담임 목사의 그림자가 늘봄의 발끝에 닿을 듯이 드리워졌다.

10

단지에 도착해보니 슈퍼가 나무 앞에 접이식 의자를 놓고 있었다. 못 본 척 집에 들어갈까 하다가 눈이 마주쳐버려서 어쩔 수 없이 그를 도왔다. 다가올 계절을 예고하듯 건물 사이로 불어오는 바람이 따뜻했다. 슈퍼네 집에서 키우는 큰 개 두 마리가 장애물 놀이를 하는 것처럼 의자 사이를 바쁘게 돌아다녔다. 시간이 얼추 다 되어서 늘봄은 집에 다녀올까 말까 망설이다가 마지막 놓은 의자에 앉아버렸다. 슈퍼는 땡큐, 한마디 하더니 개들을 데리고 어딘가로 사라졌다. 곧 늘봄 아랫집 백인 부부가 왔고, 옆집 2층 흑인 여자, 그 아래 중국인 부부가 나타났다. 슈퍼도 개 없이 다시 등장했다. 슈퍼는 자기 위층 세입자는 출장 중이어서 자신에게 권한을 위임했다고 설명했다. 늘 양복을 입고 다니는 인도인을 말하는 것 같았다. 정작 유대인은 오지 않았다.

동유럽 출신에 억양이 세고 키가 2미터에 가까운 슈퍼는 선 채로 계속 어디론가 전화를 걸었다. 아마 그 유대인 이웃에게 하는 것 같았다. 잔뜩 인상을 쓰던 그는 잠시 후 뭔가 깨달은 사람처럼 우리를 향해 말했다.

"메이비 히즈 사바스 이즈 낫 오버."

유대교의 안식일은 금요일 해 질 때부터 토요일 해 질 때까지. 늘봄은 오래전 수업에서 배운 것을 새삼스럽게 다시 떠올렸다. 아직 해가 지지 않았으니 어쩌면 그는 다 알고 있으면서도 집 밖으로 나오지 못하고 있을지 모른다. 안식일에 회의 참여는 안 될 일이니까. 중국인 부부가 이해되지 않는다는 제스처를 하자 옆자리에 있던 미국인 부부가 유대교 안식일에 관해 말해주었다. 늘봄은 자신이 말할 필요가 없어 다행이라고 생각했다.

붉게 물든 해가 정원에 긴 그림자를 드리웠다. 완전히 해가 지기까지는 얼마 남지 않은 것 같았다. 늘봄이 화장실에 다녀오려고 일어난 순간, 중국인 부부의 아이가 커다란 이케아 쇼핑백을 들고 나타났다.

"원트 섬 스낵, 애니바디?"

푸른색 쇼핑백 안에는 온갖 종류의 과자와 핑거푸드 들이 들어 있었다. 집에 있는 간식을 싹쓸이해서 들고 나온 것 같았다. 중국인 엄마가 잠깐 인상을 썼지만 아빠는 웃으며 아들의 등을 두드렸고, 다른 사람들은 감탄사를 내뱉으며 손뼉을 쳤다. 늘봄은 화장실에 다녀오면서 신발장 위에 놓여 있던 둥굴레차를 박스째 들고 나왔다. 종이컵과 뜨거운 물을 가득 담은 전기 주전자도 함께. 흑인 여자는 블루투스 스피커를 가지고 나와 음악을 틀었다. 재즈와 힙합, 알앤비와 보사노바가 맥락 없이 섞여 흘러나왔다. 늘봄은 사람들에게 따뜻한 차를 나눠 주고 아이에게 빨간 도리토스 한 봉지를 얻어 왔다. 둥굴레차의 구수한 맛과 나초 치즈의 느끼한 맛이 입안에서 썩 잘 어울렸다.

잇츠 게팅 다크. 나른한 음악과 두런두런한 목소리 사이로 누가 말했다. 늘봄은 하늘을 올려다보았다. 붉었던 하늘이 어느새 보랏빛과 푸른빛이 섞인 밤하늘로 변해가고 있었다. 곧 여름이 되겠구나. 늘봄은 이 봄이 가는 게 여전히 아쉽고 두려웠지만, 어제만큼은 아니었다. 누구에게나 그림자가 있다. 밤이 모든 계절에 공평하듯이. 여름이 와도 바뀌지 않는 게 있을 것이다.

"룩 앳 댓!"

아이의 목소리에 모두가 정원 가운데를 바라보았다. 거기엔 어디선가 나타난 반딧불이 한 무리가 빛을 내고 있었다. 천천히 움직이는, 작지만 분명한 발광. 미지근하게 식어가는 둥굴레차를 마시던 늘봄에게 점멸하는 반딧불이의 소화宵火는 마치 암호처럼 느껴졌다. 무의미로 가득 찬, 무엇도 알 수 없고 누구도 볼 수 없는 이 칠흑 같은 우주에 보내는 고결한 모스부호.

둥그렇게 모여 앉은 사람들 사이로 어느덧 서늘해진 바람이 지나갔다. 늘봄은 문득 지금 아빠가 자기와 함께 있다고 느꼈다. 그가 지어준 자신의 이름은 어쩌면 '올웨이즈 스프링'이 아니라 '이터널 스프링'일지도 모르겠다고. 늘봄은 텅 빈 종이컵을 반딧불이 쪽으로 뻗었다. 뒤쪽에서 문이 열리는 소리가 들렸지만 아무도 그쪽을 쳐다보지 않았다.

우리들의 파이널 컷

Our Final Cut

S#1. INT. 스튜디오/트럼프 오피스텔(낮)

조명이 켜지면 의자에 앉아 있던 여자가 눈을 찌푸린다. 이십대로 보이는 여자는 흰 셔츠 위에 남색 카디건을 걸치고 있다. 여자가 어딘가를 바라본다.

여자 지금 말하면 되나요?

목소리 네, 시작하시면 돼요.

여자는 목을 몇 번 가다듬고 말을 시작한다. 다소 긴장한 표정.

여자 안녕하세요. 저는 미국에서 온 클로이 황이라고 합니다. 지금 스물두 살이고, 미국에서 대학에 다니고 있어요. 오늘 여기 온 이유는……

목소리 잠깐만요, 잠깐만. 오디오가 왜 안 들어오지? S야, 마이크 좀 체크해봐.
배터리가 나갔나 봐요. 저거 또 말썽이네.

프레임 안으로 불쑥 누군가 들어온다. 검은 티셔츠 뒤에 선명히 새겨진 해골. 핀마이크와 본체를 들고 나간다. 뭔가를 뒤적이는 소리가 나더니 잠시 후 다시 등장해서 여자 셔츠에 마이크를 채운다.

목소리 미안한데…… 처음부터 다시 해줄 수 있어요?

▶

편집 일을 맡겠다고 한 건 실수였다. 그게 내 최종 결론이었다. 인터뷰의 첫 장면을 수도 없이 돌려보며 나는 확신했다. 그러니까 저 배터리 나간 마이크는 일종의 상징적인 사건이라고.

다큐멘터리를 만들겠다고 했다. 모인 사람은 아마추어 넷이었다. 연출 C, 조연출 S, 촬영 D, 편집 나. 우리 중 영화과나 그 비슷한 데 나온 사람은 없었다. 우리의 전공은 순서대로 경영학, 화학, 국어교육 그리고 영문학이었다. 공통점은 두 가지뿐이었다. 같은 여고 동아리 출신이고, 뒤늦게 영화판을 기웃거리고 싶어 한다는 것.

"야, 뭐 전공자만 찍으란 법 있어? 그냥 해."

연출이 말하자 조연출이 금세 지적했다.

"넌 대학도 제대로 안 나왔잖아."

연출이 두 학기 만에 학교 때려치운 걸 말하는 건가? 나는 속으로만 생각했다.

"……원래 진짜 천재들은 다 중퇴야. 바보들이나 졸업하는 거지."

우리가 바보인지 천재인지는 아직 분명하게 밝혀지지 않았지만 확실한 것도 있었다. 한 사람이 한 사람 이상의 몫을 해야만 한다는 것. 조연출은 B카메라를 맡았고 촬영은 조명도 맡았고 연출은 편집과 운전과 회계와 진행을 맡았다. 이 프로젝트에 마지막으로 합류한 나는 다행히 편집만 맡았고 편집만 잘하면 됐지만 중요한 건 편집할 줄 모른다는 거였다. 연출은 중고로 샀다는 맥북을 하나 던져주면서 프로그램 하나만 배우면 된다고 했다.

"프로그램 이름이 뭔데?"

"파이널 컷."

유튜브에는 파이널 컷을 가르쳐주는 영상이 꽤 많았지만 문외한인 나에게는 다 외계어처럼 들렸다. 짧은 영상들을 연습 삼아 계속 편집해보면서 그 외계어가 무슨 뜻인지 몸으로 알아내는 수밖에 없었다. 마침내 영상 속 설명들이 한국어처럼 들리기는커녕 외계어를 외계어로 인정하고 더 이상 이해하기를 포기했을 때쯤 연출이 상기된 표정으로 작업실에 들어왔다.

"대박이야, 대박."

"뭐가?"

"인터뷰할 사람 찾음."

사실 우리는 다큐멘터리를 만든다는 목표만 있었지 뭘 찍을지, 무슨 얘기를 할지도 정하지 못한 상태였다. 기획과 아이템 회의만 계속하다 보니 편집인데 편집을 못 한다는 내 아킬레스건조차 그저 뽀얗고 부드러운 발뒤꿈치처럼 느껴졌다. 계속 이런 상태인 것도 나쁘지 않겠는데? 내심 생각하던 차였다. 따라서 연출의 말은 경기를 준비하던 선수에게 경기가 시작되었다는 것처럼 당연한 말이었지만, 연습이 충분치 않은 선수에게는 난데없는 비보이자 부담스러운 통보이기도 했다.

"누군데?"

"우리 할머니 알지? 낙원동 슈퍼 인싸. 할머니가 친구 장례식 갔다 와서 말해준 건데, 그 손녀들이 미국에서 왔대. 며느리는 안 오고. 아빠가 몇 년 전부터 실종된 상태인데, 아빠를 찾으러 왔다는 거야. 뿌리를 찾아 나서는 여정. 며느리는 왜 안 왔을까 하는 미스터리와 서스펜스. 이거 완전 할리우드 플롯 아니냐?"

"그게 될까?"

"할머니가 말해준댔어. 전화 한 통이면 걔네랑 연……"

"아니, 이야기가 될까 말야."

"이거보다 더 죽이는 얘기가 있어? 대안 있어?"

"대안 있는 사람만 발언권 있는 거였어? 언제부터?"

"잔말 말고. 야, 너 파이널 컷 공부 다 했냐?"

"……"

말문이 막힌 나는 한동안 찾아보지 않았던 파이널 컷 강의 영상을 다시 보기로 했다. 유튜브에 들어가 보니 '나중에 볼 동영상'에 저장해놓은 것만 58개였다. 나도 모르게 한숨이 나왔다. 저걸 언제 다 본담.

S#2. INT. 스튜디오/트럼프 오피스텔(낮)

여자는 같은 의자에 다른 옷을 입고 앉아 있다. 이번에는 민트색 셔츠 속에 흰색 라운드 티셔츠.

목소리 아버지에 대해 말해줄 수 있어요?

여자 ……어, 아빠에 관한 기억이 그렇게 많지는 않아요. 우리가 한국을 떠난 건 엘레멘트리 스쿨, 메이비 세컨드 오어 서드 그레이드? 그쯤이었거든요.

목소리 애초에 왜 미국에 가신 거예요?

여자 저희 교육 때문이었다고 알고 있어요.

목소리 그럼 아버지는 미국에 같이 가지 않은 건가요?

여자 아뇨. 같이 갔어요, 처음에는. 아빠가 한두 달쯤 있었나. 처음 건너가서 집 구하고 정착하고 할 때까지요. 도움을 준 건 아니에요. 아빠 상태가 그러니까, 오히려 도움이 필요했죠. 엄마가 화를 많이 냈던 게 기억나요. 아빠 편이 되어줄 할머니도 없었고. 옆에서 하는 거 보면 진짜 화나게 하니까. 뭐, 그게 아빠 잘못은 아니죠. 장애가 있는 건데.

목소리 어떤 장애요?

여자 아빠는…… 정신지체장애인이죠. 어 멘털리 핸디캡트 퍼슨. 아, 요즘은 지적장애인이라고 해야 한다면서요. 어 퍼슨 위드 인텔렉추얼 디서빌리티. 피시한 세상이니까. 하지만 말만 바꾼다고 뭐가 달라지는지는 잘 모르겠어요…… 우리 같은 사람 입장에서는. 부르는 사람이 기분이 좀더 낫다면 그걸로 된 거죠. 아무튼 아빠는 정상적인 일상을 살기 어려운 사람이었어요. 가족들한테도 늘 짐이 됐죠. 특히 엄마한테. 아마 결혼 전에는 할머니에게 그랬겠죠. 그나마 다행인 건 할머니가 돈이 좀 있었다는 거?

목소리 기억나는 장면이나 에피소드 같은 거 있어요?

여자 처음에 잠잘 데가 없으니까 모텔 같은 데서 며칠

머물다가 급하게 집을 구했거든요. 들어가서 짐 정리하고 가구 놓고 하는데 아빠가 계속 자기 배고프다고 하면서 엄마를 졸졸 쫓아다니는 거예요. 밥 달라고. 엄마가 참다가 못 참겠는지 20달러짜리 지폐를 한 장 주면서 나가서 밥 먹고 오라고 했던 게 기억나요. 아무거나 먹고 남은 돈으로 마트 가서 물 사 오라고. 아빠 나가고 나서 금방 정리한 다음에 우리는 피자 시켜 먹었거든요. 근데 아빠가 안 오는 거예요. 저녁때까지. 마침 할머니한테 국제전화가 왔는데 아빠가 없었죠. 엄마가 처음 몇 년까지는 돈이 자기 시어머니한테서 나오니까 할머니를 제일 신경 썼거든요. 할머니는 또 촉이 좋은 분이라서 아빠가 잠깐 산책하러 나갔다고 하니까 그게 뭔 소리냐고, 외국에서 잘못되면 어떡하느냐고 나가서 찾아오라고 시켰어요. 시간이 늦어질수록 엄마도 약간 패닉처럼 됐고요. 그러다 결국 아빠를 못 찾고 911에 신고했어요. 거의 자정 다 되어서인가. 경찰이 집에 와서 리포트 받고 어쩌고 동네 사람들 나와 보고 난리가 났는데, 그때 경찰들 사이로 누가 얼굴을 쑥 내미는 거예요. 구경 나온 이웃처럼.

목소리 설마 그게?

여자 맞아요, 아빠였어요. 나중에 들어보니까 근처 던킨도너츠에서 도넛이랑 콜라를 잔뜩 사 먹고, 물어디서 사냐고 했더니 직원이 말이 안 통하니까 한인 타운에 가라고 알려줬다나 봐요. 아시아 사람이니까. 그래서 무작정 걸은 거죠. 왕복 네 시간을. 집 주소 적힌 쪽지가 없었으면 아빠는 집에 못 왔을 거예요. 뉴욕도 아니고, 지나가는 사람도 많지 않은 동네니까. 다시 집을 찾아온 게 기적이죠.

목소리 그때 기분이 어땠어요?

여자 너무 싫었어요. 우리 아빠가 그런 사람이라는 게. 그 상황이 한밤의 해프닝으로 끝나고, 경찰들이 돌아간 뒤 문을 탁 닫았는데, 아빠가 배고프다고 하면서 엄마 뒤를 또 졸졸 쫓아다니는 거예요. 하루 종일 걸었으니까 그럴 만도 하죠. 엄마가 우리 앞에서 처음 욕을 했던 게 기억나요. 이 병신 새끼를 진짜. 딱 이렇게 말했거든요. 그땐 나도 같은 마음이었던 것 같아요. 창피하고 부끄럽고. 근데 지금은 그날 밤 생각하면 마음이 쫌 그래요. 아빠 신발에 흙 묻어 있는 것 갖고도 엄마가 욕 좀 했거든요. 더럽다고. 지긋지긋하다고. 근데 그거 생각하면 가슴이 뻐근해져요. 얼마나 다리가 아팠을까. 얼마나 불안했을까. 집 못 찾을까 봐.

여자가 잠깐 울먹이며 손으로 눈가를 닦는다.

목소리 휴지 좀 갖다드려.

이번에도 검은 티셔츠를 입은 누군가가 화면 안으로 들어와 여행용 티슈를 전달한다. 여자는 작게 고맙습니다, 하고 말한다.

여자 미국은 나무로 집을 지어서 방음이 잘 안 된다는 거, 그때 처음 알았어요. 그날 밤 침대 삐걱거리는 소리하고 아빠 신음 소리 같은 게 나더니, 둘이 오래 얘기를 하더라고요. 일부러 엿들은 건 아니지만 화장실에 가려다가 엄마가 아빠한테 말하는 소리를 들었어요. "어머니가 당신 보고 싶으시대. 한국에 들어가야 해. 알았지?"

◀◀

여자를 처음 만난 건 인사동 전통찻집에서였다. 바로 옆에 스타벅스도 있는데 왜 이런 곳으로 약속을 잡았느냐고 연출에게 투덜거리고 있는데 젊은 여자 하나가 나타나 우리 쪽을 보고 알은척을 했다. 연출이 손을 번쩍 들며 말했다.

"클로이 씨?"

대추차와 오미자차를 시켜놓고 시작된 대화에서는 연출이 주로 말을 했다. 나는 가만히 듣고 있다가 가운데 놓인 인절미구이를 집어 먹었다. 찐득한 인절미는 이에 붙어 잘 떨어지지 않았다. 혀를 바쁘게 움직이느라 쥐가 날 것 같았다. 주인의 취향인지 스피커에서는 8090 옛날 노래들이 흘러나왔다. 여자는 자주 하품을 했다.

"죄송해요. 시차 적응이 안 돼서."

연출은 손을 내저었다.

"별말씀을요. 당연하죠. 그럼 오늘은 빨리 들어가시고, 조만간 저희 스튜디오 한번 오셔서 인터뷰 따고 그러면 되겠네요."

분위기가 곧 헤어질 것 같아 마지막 하나 남은 인절미를 집으려는데, 여자가 주저하며 말했다.

"혹시 페이가 있나요?"

"아…… 빼이여?"

내가 입에 인절미를 넣은 채 대답하려고 하자 연출이 나를 쿡 찔렀다.

"저희가 아직 아마추어 학생들이라서 돈이 많지는 않은데요. 최대한 맞춰드릴 수 있습니다. 얼마를 원하시는데요?"

"백만 원이요."

"백만 원이요?"

순간 정적이 흘렀다. 나는 연출의 얼굴을 살폈다. 잔뜩 모은 채 앞으로 툭 튀어나온 입술은 그가 골똘히 생각할 때 나오는 표정이었다. 침묵 사이로 머리 위 스피커에서 노래가 흘러나오기 시작했다. 언제라도 힘들고 지쳤을 때 내게 전화를 하라고. 내 손에 꼭 쥐여준 너의 전화카드 한 장을……* 어디선가 들어본 것 같은 노래였다. 나는 이 익숙함의 근원을 생각했다. 이걸 어디서 들어봤더라?

"사실 저희가 백만 원은 조금 어렵고 어떻게 50만 원이라도……"

"만약 힘드시면,"

* 꽃다지, 「전화카드 한 장」(『민들레처럼』, 1994).

연출의 말을 여자가 끊었다.

"우리 아빠 찾는 걸 도와주세요."

여자와 헤어져 연출과 함께 종로3가 역으로 걸어가는 동안 나는 아빠 생각을 했다. 나도 아빠를 찾고 싶었지. 아빠를 찾으러 가기도 했었지. 그날 밤 만약 내가 거기 들어갔더라면……

"돈을 밝힐 줄은 몰랐네."

연출이 혼잣말치고는 너무 크게 말하는 바람에 상상이 깨졌다. 나는 우리가 돈이 없어 못 주는 거지 출연자가 돈을 달라고 하는 게 돈을 밝히는 건 아니라고 생각했지만, 굳이 입 밖으로 꺼내지는 않았다.

"아빠 찾아주면 되잖아."

"그게 말처럼 쉽냐?"

연출은 도착한 지하철역 입구 앞에서 담배를 꺼내며 말했다. 나는 엉거주춤 선 채로 바람의 방향을 살폈다. 담배 연기라면 질색이었다.

"돈은 그렇다 쳐도…… 야마가 없네."

나는 연출이 내뿜는 담배 연기를 실시간으로 피하며 답했다.

"야마?"

"너 있잖아, 이거 찍으면 제목을 뭐로 지어야 할 것 같아?"

"글쎄, 아빠를 찾아서?"

"나한테 왜 그러냐 진짜."

"모르겠는데."

"그니까. 그게 야마가 없다는 거야. 뭐가 하나 딱 꽂혀야 하는데. 물건 같은 거."

연출은 나를 한번 쳐다보더니, 야 잠깐만, 하고 내 메신저백을 열어 뒤졌다.

"뭐야?"

"아니, 뭐라도 영감을 주는 게 있나 해서."

그때 가방에서 플레잉 카드가 바닥으로 떨어졌다. 연출은 담배꽁초를 던져 버리고는 카드를 집어 들며 말했다.

"야, 너 도박하냐?"

나는 어쩐지 부끄러워 카드를 급히 뺏었다. 얼굴이 너무 붉어졌을까를 염려하면서 아무 말이나 내뱉었다.

"이거, 내 토템이야."

S#3. INT. 스튜디오/트럼프 오피스텔(저녁)

같은 의자, 같은 의상. 창밖으로 조금씩 해가 지고 있다.

목소리 어머니는 어떤 사람이었나요?

여자 엄마는…… 생각하면 마음이 아픈 사람이죠. 가장 이해되지 않는 건 애초에 엄마가 왜 아빠 같은 사람과 결혼했을까 하는 거예요. 이상하게 들릴 수 있다는 거 알아요. 장애를 비하하는 것도 아니고요. 장애를 가진 사람도 결혼할 수 있죠. 장애인이 꼭 비슷한 장애인과 결혼해야만 하는 것도 아니고. 그렇지만 어떤 경우에도 결혼에는 이유가 필요한 거잖아요? 근데 엄마한테 그건 뭐였는지, 아직도 잘 모르겠어요.

목소리 남들은 다 알고 있지 않을까요?

여자 (잠시 카메라를 노려보다가) 그래요. 사람들이 어떻게 말하는지는 잘 알고 있죠. 위장 결혼이다, 남편 버렸다, 이용했다, 단물만 빼먹고 도망쳤다…… 저희 외가가 경제적으로 풍족하지 않았던 건 맞아요. 이 결혼을 대가로 할머니나 아빠가 엄마에게 어떤 걸 줬는지는 모르죠. 물어봤느냐고요? 직접 물어본 적은 없어요. 뭐랄까, 궁금하기도 하지만 그것보다 두려운 거 있잖아요. 내가 생각한 대답이 나올까 봐, 아니면 전혀 예상치 못한 진실까지 알게 될까 봐. 넌지시 돌려 물어본 적은 있지만 엄마는 그냥 웃기만 했어요. 모르죠. 엄마네는 찢어지게 가난했다고 하니까, 그냥 집에서 도망치고 싶었던 걸 수도 있고.
(숨을 크게 들이쉰다.) 그래도 오랫동안 치매를 앓던 할머니가 돌아가셨을 때 엄마는 진짜로 슬퍼하는 것 같았어요. 적어도 제가 보기에는요. 한국에 같이 오진 못했지만. 어쨌든 중요한 건 지금 아닐까요. 엄마와 아빠가 결혼한 결과로 우리가 태어난 거고, 엄마는 그걸 책임져야죠. 그동안 엄마도 고생 많이 했어요. 낯선 땅에서 우리 둘 키우느라. 아빠가 한국 돌아가고 나서 몇 년 후에 할머니가 보내주던 돈을 끊었거든요. 엄마는 자유를 찾았지만 동시에 부담도 생겼죠. 그러다 지금 새아빠를 만나서 결혼했어요. 엄마가 일하던 한국 음식점 주방장이었죠. 우리가 미들하이 다닐 때였나. 돈 문제로 많이 싸우기도 했지만 그래도 아직 같이 사세요. 서로 김밥 말면서. 5년 전에 독립해서 가게를 차렸거든요. 새아빠가 김밥 말고, 엄마

가 팔고. 현지인 단골들도 꽤 있어요. 나중에 미국 놀러 오시면 대접할게요. 참치와사비김밥이 제일 인기 많아요.

목소리 맛있겠네요. 근데 한국에는 왜 오셨어요?

여자 (잠시 빤히 연출을 응시하다가) 할머니가 돌아가셔서요.
(침묵.)
뭐 물론, 그렇다고 단지 장례식 때문에만 온 건 아니에요. 할머니가 유산을 조금 남겨주었다고 해서요.

목소리 얼마나요?

여자 꼭 말해야 해요?

목소리 불편하시면 안 하셔도 돼요. 그래도 대략적으로만.

여자 큰돈은 아니에요. 달러로 파이브 디짓. 몇천만 원쯤 될 거예요.

목소리 그 정도면 큰돈 아니에요?

여자 (목소리가 커지며) 손녀들이 미국에서 어떻게 자랐는데, 사람 목숨이 겨우 몇천이에요? 우리 인생, 엄마 인생은 누가 보상해주죠?

목소리 죄송해요. 그런 뜻은 아니었어요.

여자 (머리를 쓸어올리며) 저도 죄송해요. 할머니 얘기만 나오면 자꾸 마음이.

목소리 할머니는 어떤 분이었어요? 기억나는 장면 같은 거 있으세요?

여자 한국을 생각하면 늘 할머니 생각이 나요. 그때 같이 살던 집…… 마당이 있었어요. 낙원동에 있었다고 하니까 어디 여기 근처일 텐데. 주소는 몰라요. 단독주택이었고 집이 컸어요. 지하에 다른 가족이 세 들어 살고 있었던 게 기억나요. 가장 선명한 기억은 이거예요. 엄마랑 아빠랑 누구 생일이었나…… 우리를 공주처럼 입혀서 파티를 해주었던 것. 아랫집 살던 아이가 저를 바라보던 눈빛이 기억나요. 너무 강렬하게. 나중에 그 아이가 나한테 와서 물었어요. 나, 저 케이크 먹어봐도 돼? 그랬더니 그 애 엄마인가 아빠인가가 와서 데려가면서 미안하다, 했던 거요.

(여자, 쓴웃음을 짓는다.) 근데 웃긴 게요, 미국에서는 다른 일도 있었어요. 할머니가 돈 끊고 우리 집이 제일 어려웠을 때가 있었거든요. 어느 정도였느냐면 자가용은커녕 버스 탈 돈이 없어서 엄마랑 셋이 마트에 가서 물이랑 식료품을 배낭에 채워서 집에 돌아올 때가 있었어요. 그때 아빠랑 살던 방 세 개짜리 집의 렌트비를 못 내서 디파짓 다 까이고 쫓겨난 다음에 건너건너 아는 집 지하에 세 들어 살고 있었거든요. 월세가 8백 달러였나. 주인집 큰애가 저보다 서너 살 어렸는데 걔가 케이크 상자를 버리러 나온 거예요. 그걸 우연히 본 척하고 제가 대신 버려주겠다고 했죠. 마당 앞 길가 쓰레기통에 그냥 넣기만 하면 되는 거거든요. 미국은 분리수거 같은 거 안 하니까. 그걸 받아 들고 쓰레기통에 가서 상자째 버리면 되는 건데, 중간에 잠깐 열어봤어요. 그랬더니 케이크가

조금 남아 있는 거예요. 딸기가 올라간 초콜릿 케이크였어요. 뒤를 돌아봤는데 주인집 애가 집에 들어가더라고요. 그래서 얼른 먹었죠. 진짜 비참한 게 뭔지 아세요? 난 그렇게 먹으면 정말 맛이 없고 기분이 더러울 줄 알았는데, 아니었어요. 진짜 맛있는 거예요. 입에서 막 녹아요. 그 먹다 남은 케이크가. 저절로 콧노래가 나와서 그때 유행하던 무슨 팝을 따라 부르면서 엇박자로 발을 구르며 뒤돌아 오는데, 글쎄 창문으로 나를 보고 있는 걔랑 눈이 마주친 거예요. 그때 정말 죽고 싶었어요.

아빠를 찾으러 강원랜드 근처 모텔에 도착했을 때 엄마는 나를 들어오지 못하게 했다. 노란색 폴리스 라인 테이프가 덕지덕지 붙어 있는 문을 열고 엄마가 들어간 뒤 엄마를 기다리면서 나는 공중에 반쯤 떠 있는 아빠를 상상했다. 아빠는 어떤 줄을 사용했을까. 넥타이? 빨랫줄? 노끈? 매듭을 묶으면서 무슨 생각을 했을까. 실패하면 안 된다는 생각? 나랑 엄마 생각? 아빠의 엄마 생각? 그날 저녁에는 뭘

했을까. 텔레비전을 봤을까? 치킨 시켜 먹었을까? 좋아하던 노래를 불렀을까? 아빠의 마지막 표정이 궁금하기도 했다. 고통으로 일그러져 있는지, 엄숙하고 진지한 무표정인지, 아니면 지상의 모든 고통에서 해방된 편안한 얼굴인지. 내가 끝내 그 표정을 보지 못한 건 잘된 일일까, 후회할 일일까. 아빠는 나한테 좋은 사람은 아니었지만, 그래도 난 아빠의 얼굴이 가능하면 맨 마지막 것이기를 바랐다.

서울로 올라오는 길에 양평휴게소에 들렀다. 엄마랑 푸드코트에서 유부우동을 먹고 식후엔 야외 테이블에 앉아 갓 구운 호두과자를 먹었다. 호두과자 속 팥이 너무 뜨거워서 입천장을 데었다. 그때 엄마가 테이블 위에 뭘 올려놨다.

"이게 뭐야?"

엄마는 담배를 꺼내 물며 말했다.

"니 아빠 유품. 그거 하나 남겼다더라."

나는 지퍼락 같은 비닐봉지에 들어 있는 물건을 살펴봤다. 포커 칠 때 쓰는 플레잉 카드였다.

"그래두 딴에는 열심히 연습했나 보네."

호두과자 하나를 더 입에 넣고 우물거리며 내가 말하자, 엄마는 고개를 돌려 나를 쳐다보다가 어이가 없다는 듯 웃었다.

"호두과자 안 먹어?"

"너 다 먹어라."

"맛있는데."

나는 남아 있는 호두과자를 다 먹었고 엄마는 그사이 담배를 두 대나 더 피웠다. 나는 바람의 방향을 살펴 연기가 날아가는 반대쪽으로 몇 번씩이나 의자를 옮겼다. 어떤 아저씨가 와서 흡연 구역이 아니라고 한마디 했다가 엄마의 욕설을 듣고 깜짝 놀라 떠났다. 나는 언젠가 이런 가족 이야기를 영화나 다큐멘터리에 써먹을 수 있지 않을까 하는 생각을 하면서 휴게소에 끝없이 들어오고 나가는 차들의 행렬을 바라보았다. 그사이 해가 지고 날이 어둑해졌다.

"혹시나 해서 하는 말인데."

네번째 담배를 꺼내 든 채 엄마가 말했다.

"늬 아빠 인생을 너무 불쌍하게 보지 마. 원래 제일 순수한 사람이 제일 먼저 가는 거야."

엄마는 꺼냈던 담배를 도로 담뱃갑에 넣고 일어섰다. 나는 누가 뭐래? 하는 생각이 들었지만 입을 다물고 따라 일어섰다. 비닐봉지는 휴지통에 버리고 카드만 가방에 넣었다. 엄마 뒤를 따라 주차장 쪽으로 내려가는데 어디선가 불어온 바람이 목 근처를 휘감았다가 사라졌다. 팔뚝에 오스스 소름이 돋았다.

S#4. INT. 스튜디오/트럼프 오피스텔(밤)

창밖으로 해가 완전히 졌다. 여자는 다시 흰 셔츠.

목소리 아버지 최근 소식은 아세요?

여자 잘 몰라요. 연락 끊긴 지 오래됐거든요. 아빠가 우리한테 연락할 거란 기대는 하지도 않고요. 일상생활도 힘든 사람인데.

목소리 연락이 가능하긴 한가요?

여자 모르죠. 처음엔 한국에서 몇 번 전화가 왔다고 들은 것 같은데, 이젠 기억도 잘 안 나요. 했어도 할머니가 했겠죠. 자라면서 우리가 이사를 많이 다녀서 주소도 계속 달라졌고, 엄마도 이런저런 사정으로 전화번호를 자주 바꿔서…… (뭔가 더 말하려다가 그만둔다.)

목소리 아버지가 지금은 어디에 계실 것 같으세요?

여자　할머니 장례 치르면서 먼 친척들이나 지인들이 조언을 해줬는데, 요양 병원? 같은 데를 찾아보래요. 근데 솔직히 막막하죠. 너무 오랜만에 한국에 와서 그런지 어디서부터 어떻게 시작해야 할지 모르겠어요.

목소리 저희랑 같이 가요.

여자　네? (잠시 침묵한다.)

목소리 저희와 같이 찾아요. 도와드릴게요. 아빠 찾는 거.

여자의 눈에 물이 고인다. 카메라 익스트림 클로즈업.

목소리 아빠를 다시 만나면 뭐라고 하고 싶어요?

여자, 아무 말도 하지 못하고 흐느낀다.

▶

"여기 음악을 깔아야 돼."

연출은 스페이스 바를 눌러 영상을 멈추고 말했다.

"잔잔한 피아노 뭐 그런 거 있지? 촉촉하게 감정 고조시켜줄 수 있는 거. 넘 뻔한 거 말고."

나는 다른 게 궁금했다.

"원래 첨부터 찾아주기로 한 거 아니었어?"

"뭐가?"

"이 여자 아버지 말야."

"그렇지."

"근데 왜 처음 듣는 것처럼 해?"

"아니, 연기 좀 한 거지."

"그러기로 되어 있었던 거야?"

"야, 어떻게 다큐를 다 쌩으로 찍냐. 큰 틀에서 합의하고 가는 것도 있는 거지. 이것도 다 서사를 만들어내는 건데."

"그럼 그건 다큐가 아니잖아. 그럴 거면 영화를 찍지 왜?"

"니가 연출이야? 그럼 니가 연출을 해. 촬영 날 오지도 않아놓고."

연출은 들고 있던 머그잔을 소리 나게 책상에 내려놓으며 일어났다.

"음악 깔라고 하면 그냥 좀 깔아. 너 파이널 컷은 다 마스터했어?"

"무슨 말끝마다 파이널 컷이야. 내가 지난번에……"

"여보세요?"

내가 말을 마치기도 전에 연출은 휴대폰을 귀에 대고 밖으로 나갔다. 혼자 남겨진 나는 하려던 말을 생각했다.

……내가 지난번에 파이널 컷 때문에 얼마나 쪽팔렸는지 알아?

다큐 만드는 팀에 합류했다고 하니 친구가 한예종 영화과에 다니는 지인을 연결시켜줬다. 셋이 어색하게 돌곶이역 근처 카페에 앉아 한 시간 정도 커피를 마셨다. 주로 내가 궁금한 것들을 이것저것 물어보는 자리였다.

아 그러시구나. 영화야 누구나 만들 수 있는 거죠. 툴은 뭐 쓰세요?

파이널 컷 프로요.

아 그러시구나. 파컷이 영상 만들긴 좋죠.

영상이요?

네, 그걸로 영화 만들긴 좀 그렇잖아요.

그럼 뭘로 해야 하는데요?

저희는 다 프리미어 써요. 애펙 때문에.

한때는 나도 한예종에 가고 싶었다. 거기 가면 천재와 괴수 들이 우글우글하다고 했다. 하지만 거기 들어가려면 내가 먼저 천재든 괴수든 되어야 한다는 건 나중에야 깨달았다. 두 번을 연달아, 마지막 한 번은 한참 뒤에 떨어지고 나서는 마음을 접었다. 나는 눈앞에 멈춰 있는 화면을 한참 동안 바라보았다. Final Cut Pro X. 프로그램의 정식 명칭은 마치 이렇게 말하는 것 같았다. 파이널 컷: 너는 프로가 아님.

그때 문이 벌컥 열리더니 연출이 소리를 지르며 들어왔다.

"야, 대박. 클로이 아빠 병원 찾음!"

요양 병원을 찾아간다. 연출은 지하철에서 여자에게 계속 연기를 주문한다. 촬영에게는 제대로 찍으라고 닦달한다. 그 뒤에 봉에 기대요. 그렇지. 어둠을 응시하는 거예요. 생각하면서. 뭘 생각하느냐고요? 아버지 있잖아요, 아버지. 약냉방 칸에 타서인지 자꾸만 땀이 난다. 연출은 이따금 중요한 것이 생각났다는 듯 나를 돌아보며 말한다. 너도 가만있지 말고 고민하면서 봐. 편집점 어디서 어떻게 잡을 건지. 알겠어? 병원은 6호선 보문 역에서 도보로 15분 거리다. 땡볕에 촬영 장비를 들고 한참을 걸은 다음에야 약냉방 칸은 천국이었다는 것을 깨닫는다. 마침내 병원에 도착한 우리는 여자의 아버지를 찾는다. 가족이라고요? 병원 사무

장이라고 자신을 소개한 남자는 미심쩍은 눈으로 우리 일행을 바라본다. 이분은 돌아가셨는데. 3주 전에. 가족이 그걸 몰랐어요? 남자는 안내문을 건넨다. 거기엔 '무연고 사망자 연고자 파악 절차'라는 제목으로 일련의 절차들이 기록되어 있다. 연락도 안 돼, 우편물도 반송돼, 그럼 어쩔 수 없어요. 돌아가신 분을 우리가 받들어 모시고 있을 수는 없다니까? 우리는 여자가 준비해 간 가족관계증명서에 적힌 할머니-아버지-여자의 이름으로 남자를 설득한다. 긴 줄다리기 끝에 남자는 여자 아버지의 소지품을 내주며 한마디 한다. 그러길래 진작 좀 오시지. 가까운 카페로 자리를 옮겨 소지품을 살핀다. 옷가지와 신발, 그리고 작은 금고다. 연출은 마음이 급해 보인다. 여기서 빨리 찍자. 현장감 있게. 그러나 카페는 너무 좁고 시끄러워서 오디오 수음이 제대로 되지 않는다. 카메라와 마이크를 이리저리 옮겨보다가 급기야 카페 사장에게 여기서 촬영하시면 안 된다는 말까지 듣자 연출은 말이 빨라진다. 야, 차라리 대실을 하자. 젤 가까운 모텔이 어디야? 하지만 들어가는 모텔마다 퇴짜를 맞는다. 한 방에 두 명 이상은 못 들어가요. 촬영 안 됩니다. 거절 이유는 다양하다. 가장 구석진 곳에 있는 모텔에 들어가자 카운터에서 졸고 있던 남자가 잠이 덜 깬 목소리로 묻는다. 뭐 이상한 거 찍는 거 아니지? 다 됐고 시간만 지켜요. 네 시간 2만 5천 원.

S#5. INT. 객실/효 모텔(낮)

여자는 상기된 얼굴로 땀을 흘리고 있다. 해골 티셔츠가 여자에게 물티슈를 건네자 여자는 얼굴 곳곳을 문지른다. 오늘은 아이스크림이 그려진 핑크색 티셔츠를 입고 있다.

목소리 괜찮으세요?

여자 네.

목소리 그럼 시작할게요.

여자 네.

화면 밖에서 박수 소리가 들린다. 짝! 한 번.

목소리 오늘 어디 다녀오셨죠?

여자 요양 병원이요.

목소리 이야기 좀더 해주세요.

여자 아빠……를 찾으러 갔어요.

목소리 거기 계셨나요?

여자 (한참 침묵하다가) 아뇨. 이미 돌아가셨다고 하더라고요.

목소리 마음이 많이 안 좋으셨겠어요.

여자 뭐, 괜찮아요. 어차피 찾을 수 없을 거라고 생각하고 온 거니까요. 그래도 여기 계신 분들 덕분에 아빠가 마지막까지 있던 병원을 찾을 수 있었어요. 고맙습니다. 덕분에 아빠가 남긴 물건도 이렇게 가지고 왔고요.

목소리 하나씩 보여주실래요? 손으로 들어서. 그렇죠, 그렇게.

여자가 물건을 하나씩 들어 소개한다.

여자 이건 아빠가 입던 옷이고, 이건 모자, 이건 지팡이, 이건 신발…… 그리고 이건 뭔지 모르겠네요.

목소리 작은 금고 같은 거네요?

여자 네, 비밀번호가 있나 봐요.

목소리 중요한 물건일 것 같은데요. 뭐 생각나는 숫자 있으세요? 생일이나 개인적으로 의미 있는 거.

여자 아빠 생일…… 잘 모르는데.

여자가 가방에서 서류를 꺼내 살펴본다. 얇은 종이에는 가족관계증명서라고 적혀 있다.

여자 7월 6일이니까… 0, 7, 0, 6…… (버튼을 누른다.) 이건 아니네요.

목소리 다른 분 생일은요?

여자　엄마부터 해볼게요. 1, 2, 2, 3…… 이것도 아니에요. 할머니…… 0, 8, 1, 1…… 이것도 아니고.

목소리　계속해주세요.

(작은 목소리로) 나 화장실 좀 다녀올게. 계속 찍어.

여자　그럼 0, 3, 1, 9……

(소리가 난다.)

어?

열렸어요!

목소리, 황급히 자리로 돌아와 앉는다. 안에 다시 비닐봉지에 싸인 검은 지갑 같은 것이 있다.

목소리　뭐였어요?

여자　제 생일요.

목소리　꺼내봐요.

여자　지갑이에요……

(뚱뚱한 지갑을 이리저리 돌려보며) 돈인가?
아…… 이게 뭐죠?

여자, 앞 원형 테이블 위에 뭔가를 올려놓는다. 목소리의 손이 집어 든다.

목소리 이건 전화카든데.
(잠시 아무 말 없다가 다시 카드를 내려놓으며) 야, 일단 이거 인서트 따.

여자가 지갑 속에 가득 들어 있는 전화카드를 한두 장씩 꺼내 모두 테이블 위에 올려놓는다.

여자 굉장히 많네요. 공중전화카드…… 어떤 건 여기 영어로도 씌어져 있어요. 텔레폰 카드. 호랑이 그려진 거, 태극기 그려진 거, 종류가 다양하네요. 백 장도 넘을 것 같아요. 꽃, 새, 나비, 산, 도자기, 옛날 그림, 올림픽, 청바지, 자동차……

아무도 말을 하지 않는다.

여자　이게 다 뭐죠?

■

연출은 우리가 모두 망했다고 했다.

각자 촬영 장비와 짐을 챙기고 있는 사이 여자는 넋을 잃은 표정으로 앉아 있었다. 삼각대에서 카메라를 분리하다가 본 그 모습은 기묘할 정도였다. 뭐라고 표현해야 할까? 방향은 있지만 지향이 없는 상태. 여자는 어딘가를 바라보고 있었지만 동시에 어디에도 존재하지 않는 곳을 바라보는 사람 같았다. 누군가 조명을 끄자 여자 얼굴에 그림자가 드리워졌고, 그러자 여자는 마치 이 방에 존재하지 않는 사람처럼 느껴졌다.

턱 소리와 함께 테이블이 넘어진 건 그때였다.

삼각대를 치우던 촬영이 자신이 벌인 일에 난감한 표정을 지었다. 모텔 바닥에 전화카드 백여 장이 흩뿌려져 있었다. 여자가 천천히 몸을 숙여 카드를 줍기 시작했고 나와 연출과 촬영도 쪼그려 앉아 같이 카드를 모았다. 아주 어렸을 때 분명 만져봤을, 얇고 부드러운 전화카드의 느낌은 신용카드와도 명함과도 달라 생경했다. 연출은 모은 카드를 나에게 건넨 뒤 화장실로 들어갔고 촬영은 테이블을 다시 세운 다음 잽싸게 삼각대를 들고 밖으로 나갔다. 조연출은 벌써 나갔는지 보이지 않았다.

"카드 게임 하실래요?"

나는 테이블 위에 전화카드 뭉치를 내려놓으며 말했다. 여자가 의아한 표정으로 나를 올려다보았다. 가방에서 플레잉 카드 케이스를 꺼내 여자 맞은편에 앉은 나는 전화카드와 트럼프를 섞기 시작했다. 아빠의 노래가 생각나 흥얼거리고 싶었는데 가사가 기억나지 않았다. 첫 단어가 뭐였더라. 언제? 언젠가? 언제든지? 전화벨이 요란하게 울리기 시작했지만 우리는 일어나지 않았고 그러자 화장실에서 뛰쳐나온 연출이 전화를 받았다. 시간이 다 됐다고 말하는 모텔 주인의 목소리가 테이블까지 들렸다.

"야, 지금 뭐 해."

전화를 끊고 다가온 연출이 내 어깨에 손을 얹었지만 나는 개의치 않고 카드를 나누기 시작했다. 여자 앞에 다섯 장, 내 앞에 다섯 장. 그리고 말했다.

"시작할까요?"

슬픔의 생애

박혜진
(문학평론가)

사소한 절망

이 책의 두 군데에서 '비겁'이라는 단어와 만났다. 두 번 다 절박하리만큼 스스로에게 솔직했던 순간이었다. 한번은 성소수자로서의 정체성을 숨긴 채 살아갈 결심을 하는 어느 목회학 석사학위 소지자의 마음속에서였다. 남들처럼 평범하게 미국 교회 공동체 안에서 자리 잡는 미래를 그려볼 때 그의 속내를 불편하게 한 감정이 비겁함에 대한 두려움이었다. "비겁한가, 나는? 나 자신에게?"(「뜰 안의 별」, p. 240) 다른 한번은 깨진 접시에 손목이 찢긴 아내를 데리고 병원이 아니라 약국으로 향하던 어느 남편의 속엣말에서였다. "내가 지금 약국으로 차를 몰고 있는 건 비겁한 일,

아니 잘못된 일 아닌가?"(「나이트호크스」, p. 203) 약국 처방으로는 가능하질 않아 병원으로 이동하는 중에도 그는 조금 더 저렴하게 치료받을 수 있는 응급실을 떠올리느라 부산스러웠다. 그의 처지에 대해서라면 다음의 인용문이 더할 것도 덜할 것도 없는 자기소개서가 되어준다.

> 나는 학교를 마친 뒤 취업을 해보려 했지만 실패했고, 비자가 만료되자 한국 사람이 사장인 어학원에 등록해서 F-1 학생 비자만 면피용으로 겨우 만들어놓고 수업도 나가지 않았다. 대신 현금으로 페이를 주는 캐시 잡들을 전전했는데, 대개는 음식점 서빙이었다.
>
> —「나이트호스크」, p. 200

'과정'이라는 지옥에 사는 사람들이 있다. 그들은 학생이되 어른이고 성인이지만 아직 방황 중이다. 당연히 심리적 방황만을 말하는 게 아니다. 그들의 방황은 더 넓은 선택지를 향해 오른 유학길이지만 다른 선택으로 건너뛰지 못한 정체 상황에서 증발된 미래를 아쉬워할 수도, 놓친 과거를 그리워할 수도 없는 고립감과 낭패감에 둘러싸인 방황이다. "방향은 있지만 지향이 없는 상태"(「우리들의 파이널 컷」, p. 292)랄까. 방향과 지향이 성장의 두 조건이라면 이

들은 성장을 분실했다. 한국에서의 한계 상황들을 돌파할 수 있는 대안으로 선택한 미국은 더 이상 대안이 아님을 알게 되었고 불안정한 유학생 신분으로 마주하는 궁핍한 생활은 사람을 자꾸 비겁한 죄인으로 만든다. 꿈과 미래는 사치가 된 지 오래다. 이제 미래는 이들의 현재를 인질로 삼아 그들 자신을 희생양으로 바칠 것을 요구한다. 그들은 자존감을 바친다. 자신에 대한 확신이 없는 그들은 질문할 수밖에 없다. 나는 나 자신에게 비겁한가. 나는 비겁한 죄인인가.

「나이트호크스Nighthawks」는 미국에서 유학 생활 중인 가난한 부부의 불안한 관계와 그들이 벌인 한밤의 병원 투어에 대한 소설이다. 동시에 이 소설의 제목은 그 모든 폭풍이 지나간 뒤 요기하러 들어간 식당에 걸려 있던 호퍼의 그림 제목이기도 하다. 손에 붕대를 감은 아내는 밤의 식당을 쓸쓸하게 표현한 그림을 하염없이 바라본다. 그러고는 그 안에서 가장 외로워 보이는 한 남자의 모습에 자신을 투영한다. 뒤돌아 앉아 있는 남자의 침묵 같은 등에서 자신이 짊어진 짐이라도 본 걸까. 아니면 좀처럼 자신들에게 곁을 내어주지 않은 채 기어코 돌아앉아 있는 타국의 냉소를 본 걸까. 어쩌면 그들의 앞날을 본 걸지도 모른다. 정면을 보여주지 않는 답답한 미래. 누가 봐도 그들은 캄캄한 밤의 한가운데에 있고 생의 비릿함만이 어둠과 구분되는 확신의 조도로 그들을 비추고 있다.

사실 비겁함은 어느 순간부터 화제의 감정에서 배제되어왔다. 정체도 전체도 알 수 없는 거대한 도시에서 타인에게 결정권이 있는 취약한 인생을 살아간다는 건 비겁하지 않을 수가 없는 일이다. 누구나 다 비겁하기 때문에 누구도 타인의 비겁함을 문제 삼지 않고, 그러느라 자신의 비겁함마저 무시해버린 것이다. 그러나 비겁함을 사회의 '관심 감정'에서 누락한 결과 우리는 내면이 붕괴하기 전에 파괴의 조짐을 예견할 수 있는 중요한 징후를 놓쳐버린 꼴이 됐다. 마음이라는 벽에 금이 가기 전, 우리 일상에는 환멸이라는 징후가 나타난다. 기대와 환상이 있던 자리엔 괴롭고 공허한 심정이 놓인다. 비겁함은 괴롭고 공허한 심정의 길목이다. 문지혁은 이 환멸의 그림자를 뾰족한 연필로 스케치한다. 여기 수록된 단편소설은 제각각으로 어두운 그림자다. 간결하고 단순한 어둠의 덩어리 같지만 그 세부는 더할 수 없이 복잡하고 불안하다. 이 책의 두 군데에서 '비겁'이란 단어와 만났을 때 내가 마주한 것은 그림자의 그림자들이다. 그림자조차 되지 못한 '사소한' 절망들은 평범한 슬픔이자 보통의 슬픔처럼 생겼다. 무심코 보면 온전한 것 같지만 자세히 보면 낱낱이 부서져 있다.

헤이코리안 플롯

소설집을 관통하는 키워드는 주요 인물들이 미국에 거주하는 한국인 유학생들이라는 점이다. 한국에서는 사회문화적 상위 계층에 속하지만 미국에서 이들은 불안이라는 신분에 속한다. “가로세로 반듯한 길에서조차 길을 잃어버리는 사람”(「골드 브라스 세탁소」, p. 141)처럼 열등감과 자괴감에 시달리는 이들은 이중적인 신분을 한 몸에 지닌 채 살아간다. 아시아인으로서 내면화하게 된 위축된 자기의식, 인생의 다음 단계로 진행하지 못하는 미결정 상태에서 오는 현실과 이상의 불일치로 축적된 갈등. 공부를 마친 이후 영주권을 받고 평생 여기 살고 싶은 마음과 어려운 일은 애초에 포기하는 게 낫다는 자조적이고 현실적인 마음이 공존한다. 두 국가에 걸쳐 존재하는 이들은 이 같은 갈등의 패턴 속에서 사람을 만나고 집단에 소속되고 관계를 만들어나가지만 그 모든 시간이 자신의 성장을 담보한다는 어떤 증거도 없다. 이들은 여전히 이쪽과 저쪽 사이에서 위도 아래도 아닌 상태로 공회전을 반복한다. 성장점이 부재한 채로 성장의 가면을 쓰고 가던 길을 계속 가야 한다.

문지혁이 2020년, 2023년 출간한 ‘한국어 시리즈’는 그들에게 부재한 것이 '성장점'이라는 것을 말해준다. 『초급 한국어』(민음사, 2020)와 『중급 한국어』(민음사, 2023)는 뉴욕 유학 생활을 정리하고 한국으로 들어온 주인공이 어중간한 고스펙으로 어중간한 소설을 쓰면서 어중간한 삶을 살아가며 보편적인 궤도를 그리는 한편, 학생들에게 문학에 대해 강의하고 결혼과 출산을 경험하며 문학과 삶의 실존적 궤도를 그려간다는 플롯을 공유한다. 실존적 궤도란 물론 사랑이고, 다른 말로 하면 생의 성장점이기도 하다. 자기 안에서는 눈에 보이지 않던 성장의 단서들이 타인의 삶에 개입하는 방식을 통해서 확실해진다. 그의 한국어 시리즈는 자폐적 성장 체험 속에 갇혀 있던 한국인 유학생이 공회전하는 움직임에서 벗어나 실제로 성장해 나가는 이야기다.

그러나 여전히 많은 현실이 출구를 찾지 못한 채 갇혀 있다. 표제작이기도 한 「고잉 홈」은 그들이 겪는 혼란을 보여주는 한 편의 프롤로그다. 주인공 현은 헤이코리안 사이트에서 'AI 실험 참가자'를 모집한다는 글을 본다. 요점 사항은 다음의 세 가지다. 시카고에서 뉴욕까지 데려다준다. 차량에 탑승하고 있는 동안 질문에 답해야 한다. 대답은 2차, 3차로 가공돼 연구에 사용될 수 있다. 이에 대한 사례금으로 주어지는 금액은 5백 달러. 마침 시카고에서 뉴욕으로 돌아갈 방법이 마땅치 않던 현은 곧장 참가 의사를 밝힌다. 탑승 후 알게 된바, 이것은 AI 소설을 위한 프로젝트다. 인공신경망 알고리즘에 기존의 소설 수백 권을 학습시킨 뒤 사람의 대화를 추가 학습하는 것인데, 소설책이 문서화된 자료라면 현의 대답은 문서화되지 않은 자료인 셈이다. 한마디로 현은 인공지능이 쓰는 소설을 출력해내는 데 필요한 입력값이다. 현은 약속한 대로 질문에 따라 자신의 꿈과 미래에 대해 대답한다. 그러나 진짜 같은 그 얘기들은 대체로 사실이 아니다. 현이야말로 소설을 쓴 것이다. 자신에 대해 자신이 쓴 즉석 소설이자 스스로도 그 의도를 알 수 없는 자전소설. 그러나 즉석에서 쓴 것이기에 그 허구 속에는 진실된 서사가 있다. 그가 살고 싶어 하는 그의 이야기에는 그가 살고 있지 못한 현실이 있기 때문이다.

미국에 거주하는 한국인 유학생들이 등장하는 이 소설집에 수록된 작품들은 모두 그들이 쓴 한 편의 즉석 소설이자 자전소설이다. 나는 이러한 특성을 공유하는 문지혁 소설을 '헤이코리안 플롯'이라 이름 붙인다. 헤이코리안은 미국에 사는 재외국민과 교민 들을 위한 포털 사이트다. 1998년 뉴욕 유학생 모임을 시작으로 미주 지역 유학생 커뮤니티를 거쳐 2003년, 현재의 '헤이코리안'이라는 이름으로 거듭났다. 구인·구직에서부터 중고 거래에 이르기까지 미국에 사는 한국인이 생활 정보를 나누는 장소를 뜻하는 이 용어는 한국 이민자 1세대를 대표하는 희생과 고난의 서사 이후, 다양한 뿌리로 얽히고설킨 미국 내 한국인들의 생활 감각을 공유하는 장소로서 문지혁 소설을 가리킨다. 그 소설에는 몇 가지 특징적인 유형의 모티프가 있다.

귀환의 플롯

표제작인 「고잉 홈」에서 주인공은 자신이 거주하는 뉴욕으로 돌아갔지만 그곳은 '한국'이 될 수도 있다. 한국으로 돌아간다는 건 이상향이면서 실패이기도 하다는 점에서 모순적으로 보인다. 한국으로 돌아간 사람은 「에어 메이드 바이오그래피」에 등장하는 이호철이다. 소설 속에서 '에어 메이드 바이오그래피'라는 제목은 '홈 메이드 바이오그래피'가 될 뻔했다. '홈'이 '에어'로 바뀐 데에는 결정적인 이유가 있다. 바이오그래피를 작성한 공간이 대부분 공항이거나 비행기 안이기 때문이다. 반면 애초에 제목을 홈 메이드 바이오그래피라고 지은 데에도 합당한 이유가 있다. 이 자서전이 그들 가족에 의해 씌어진 것이고, 실제로 바이오그래피의 작성자인 화자는 자서전 주인공의 사위다. 여기까지는 우리 독자들에게도 주어진 정보를 해석한 것, 그러니까 표면적인 얘기다. 그러나 진실의 조각은 드러나지 않은 곳에 있다.

이 소설의 표면에는 "장인어른의 죽음을 향해 떠나는 아내와 나의 여정에 관한 기록"(p. 10)이 있다. 사위가 비행기에서 쓴 장인의 자서전 말이다. 한국에 있는 아버지의 목숨이 위독하다는 소식을 전해 듣게 된 아내가 화자와 함께 뉴욕발 한국행 비행기에 오르면서 이야기는 시작된다. 사위인 화자는 공항 라운지에서부터 일기인지 무엇인지, 혹은 무엇이 될지 알 수 없는 글을 쓰기 시작한다. 장인을 만나러 가는 길이 좀처럼 심상치 않아 보여서다. 때는 바야흐로 코비드19 팬데믹 시절. 이들이 한국에 도착한다 해도 2주 동안은 격리돼 있어야 하므로 격리가 끝나면 휴가가 끝나 바로 돌아가야 한다. 가는 동안 장인이 사망할지도 모르지만 말이다. 화자는 이상한 기분 속에서 무엇이 될지 모를 기록을 시작한다. 한국으로 향하는 비행기가 이륙하는 순간 화자가 느낀 기분은 자신과 아내 모두에게 해당하는 말이자 이호철에게도 예외는 아니었을 것이다.

> 살아 있는 것도 아니고 죽은 것도 아닌, 공중에 있는 것도 아니고 땅에 있는 것도 아닌, 미국도 아니고 한국도 아닌 이

시공간. 마침 기내의 조명이 꺼지고 인위적으로 만든 밤이 시작된다. 오직 비행기 안에서만 지속되는 어둠. 죽음을 향해 미끄러져 가는 기분이 든다.

—「에어 메이드 바이오그래피」, p. 12

'홈'이 '에어'로 바뀐 표면적인 이유는 외부적인 환경 변화 때문이다. 한국에 도착한 뒤에도 호텔에 격리돼 있는 바람에 제대로 인사도 못 한 채 다시 미국으로 돌아가야 하는 남편이 쓴 글을 보고, 아내는 홈 메이드가 아니라 에어 메이드라고 교정해준다. 그러나 이 자서전의 정체성이 홈이라는 정서적 공간이 아니라 에어라는 물리적 공간이 된 데에는 호철의 시선에서 바라본 다른 서사가 더 필요하다. 1942년생인 이호철은 미국 이민 1세대다. 식당 버스보이에서 시작해 이런저런 허드렛일을 하다 슈퍼마켓 가이로 정착, 딸을 입양해 일가를 이룬 이호철은 미국에 사는 한국 이민자의 한 전형처럼 보인다. 뉴저지의 한적한 동네 청과물 가게에 가면 낚시 조끼 비슷한 걸 입고 캐셔를 보는 흔한 남자. 그러나 미국에 뿌리내리기 위해 살아온 이호철은 아내가 죽고 나자 한국으로 리턴한다. 그렇게 돌아간 한국에서 병을 얻고 몸져누운 것이 호철의 서사다. 이호철은 왜 한국으로 돌아갔을까.

그에게 미국이 홈이 아니라 에어가 됐기 때문이다. 에어란 "살아 있는 것도 아니고 죽은 것도 아닌, 공중에 있는 것도 아니고 땅에 있는 것도 아닌, 미국도 아니고 한국도 아닌 이 시공간"이다. 자신이 추구한 의미 있는 삶의 전체가 미국에 있지만 다시 혼자가 되었을 때 그의 선택은 한국으로의 귀환이다. 홈은 에어의 상반된 개념이고 에어는 고정된 개념이 아니다. 부재로서만 그 존재가 증명되는 물리적 공간이 될 때 그곳이 에어다. 에어는 새로운 홈을 찾게 한다. 한때 한국이 그에게 에어였던 것처럼 지금 미국이 그에게는 에어다. 이호철의 귀환은 일생에 한 번이었지만 그의 딸에게 귀환은 꼭 한 번으로 그칠 것 같지는 않다. 홈을 찾아 움직이는 것은 홈을 두 개 이상 가진 사람들의 특권이자 에어화된 세계의 피폐를 아는 사람의 희망이기도 하다. 홈의 유동성은 이 소설이 발견한 열린 귀환의 플롯이다.

만남의 플롯

귀환만큼이나 만남에 대해서도 고유한 방식을 취한다. 「골드 브라스 세탁소」의 세탁소 주인과 「뷰잉」의 맹 선생님과의 만남이 그에 해당한다. 「골드 브라스 세탁소」는 뉴욕대 저널리즘 석사과정에 다니고 있는 '영'과 그가 김치찌개 쏟은 청바지를 들고 찾아간 '한인 세탁소' 주인의 만남에 관한 이야기다. 소설에서는 영과 두 명의 관계가 비교되며 진행된다. 그리고 그 두 명은 영의 인뎁스 인터뷰 과제를 위한 인터뷰이 후보들이다. 앞서 나가는 건 영과 수의 관계다. 수는 영이 김치찌개를 쏟은 바지의 주인이다. 여느 남녀가 그렇듯이 두 사람은 지지부진하면서도 일반적인 행로를 따라 동창에서 가까운 친구로, 애매한 연인으로 속도감 있는 변화를 겪지만 그가 많은 여학생에게 플러팅했음이 폭로되면서 그간의 '스토리'들은 죄다 사기로 판명된다. 둘만의 특별한 추억이라고 생각했던 모든 증거들이 그런 건 없었음을 증명하는 알리바이로 변한다.

그런 한편, 역할 파악이 안 된 배우처럼 낯설게 손님을 맞던 세탁소 주인과의 관계는 예상치 못한 방향으로 밀도를 올려간다. 손님이 무안할 정도로 야구 시청에 집중하고 있는가 하면 손님을 단골로 만들겠다는 생각은 추호도 없어 보일 만큼 무뚝뚝한 그를 인터뷰하는 일은 인터뷰에 대한 관점을 근본적으로 바꾸는 계기가 된다. 무심코 봤던 야구 경기가 재방송이라는 것을 알아차리기 시작하자 그가 "보스턴 레드삭스의 팬이며, 시즌이 끝난 뒤에도 레드삭스의 경기를 재방송으로 보는 사람"이라는 생각이 들고 그동안 눈여겨보지 못했던 액자 속에서 트럼펫을 연주하고 있는 주인공이 바로 세탁소 주인이라는 사실도 발견한다. 그러자 "아주 작지만 희미한 소리"(p. 148)가 들리기 시작한다. 영은 그로부터 이야기를 듣는 방식이 아니라 그의 공간에서 그의 삶의 단서라 할 만한 것들을 발견하는 데에 집중한다. 영은 그가 말하지 않는 것을 받아쓰고 그는 영이 쓰지 않는 것을 말하면서 두 사람은 각자의 해체를 거쳐 제3의 존재로 조립된다. 영은 이런 인터뷰를 "언어의 블록 쌓기"(p. 149)라고 부른다.

> 일반적인 인터뷰가 인터뷰이가 하는 말을 받아 적는 기계적 기록이라면 인뎁스 인터뷰는 일종의 스토리텔링이자 내러티브 논픽션이다. 인터뷰어와 인터뷰이 사이의 화학적 결합인 동시에 서사적 결합, 탐색에서 출발해 발견과 깨달음에 이르는 짧은 여행, 그가 하는 말과 내가 아는 그, 그가 모르는 나와 내가 아는 나를 질료로 사용하는 언어의 블록 쌓기.
>
> —「골드 브라스 세탁소」, pp. 148~49

"언어적 블록 쌓기"에 의한 만남은 너와 나의 만남과 구분되는 '우리'로서의 만남이다. 이 만남에는 질문하고 답하는 식의 구분과 위계도 없고 기대하는 대답과 예상 가능한 질문도 없다. 전형에서 벗어난 관계는 전형에서 벗어난 만남을 통해 시작된다. 이민자와 유학생 들로 이루어진 닫힌 커뮤니티에서 발명한 열린 인터뷰는 그곳에서만 유효한 방법이 아니다. 「뷰잉」에서의 만남도 "언어적 블록 쌓기"에 의한 만남이라고 해야 할 것이다. 미국 유학 시절에 만났던 맹 선생님의 부고 소식이 소환한 3년 전 기억들은 다음과 같다. 태어나서 처음으로 빈소에서 시체를 봤던 기억, 교회의 한글학교에서 교사로 일해볼 생각이 있느냐는 제안을 받아들였던 기억, ADHD가 있는 아이를 컨트롤하지 못해 어려워하고 있을 때 맹 선생님이 나타났던 기억, 선생님의 개인사와 병환, 출국 전날 딱 한 번 찾아갔을 때 봤던 (아마도 선생님의 것일 듯한) 분홍색 발끝. 이 모든 기억들은 선생님이 말해줘서 알게 된 것과 "그냥 알게"(p. 181) 된 것들의 블록 쌓기로 조립된 맹 선생님과 '나'의 스토리다. '정말 중요한 것이라면 말하지 않아도 저절로 알게 된다'는 인터뷰론은 익명의 도시에서 정당화된 표면적 관계론이 아니라 혼란스러운 정체성을 가진 채 살아가는 사람들이 타인을 규정하지 않기 위해 발전시킨 심층적 관계론이다. 규정되지 않은 타인과 만날 때 자신의 심층과도 만날 수 있다.

도피의 플롯

홈을 적극적으로 찾아가거나 독창적인 관계를 맺는 것은 지금부터 얘기할 사정에 비하면 비교적 출구가 있는 경우에 속한다. 「핑크 팰리스 러브」는 미국 동북부에 사는 유학생 부부가 결혼 1주년을 기념해 플로리다로 떠난 여행지에서 벌어진 잔혹한 판타지다. 부부가 이곳에 온 목적은 '돈 세사르'라는 유서 깊은 호텔에 오는 것이었다. 지은 지 백 년이 다 되어가는 이 호텔은 바다를 보고 서 있는 외벽 전체가 분홍빛으로 칠해져 있어 '핑크 팰리스'라는 별명으로 불렸다. 이 기묘한 건물에서 '나'는 현실인지 망상인지 구분할 수 없는 일의 주인공이 된다.

'나'는 이 호텔에서 두 가지 일을 겪는다. 하나는 집을 나설 때부터 계속된 아내와의 불편한 공기가 그 실체를 드러낸 것이다. 불안하게 이어지던 아내와의 사이는 긴장의 높낮이가 오르내리기를 반복하다 파국에 이른다. 자살한 줄 알았던 첫사랑이 살아 있다는 사실을 알게 됐고, 그 사실을 알게 된 이상 '나'와 이전 같은 관계를 유지할 수 없다는 아내의 말은 충격 그 자체다. 한편 '나'도 아내에게 털어놓지 못할 비밀의 일단락이 이 호텔에서 발각된다. 아내와 함께 있는 동안의 불편한 공기를 참을 수 없어 올라간 호텔 꼭대기 층에서 전 여자친구를 만난 것이다. 먼저 유학길에 오른 그녀와 원거리 연애 중 지금의 아내를 만나 이별을 통보했던 '나'는 당장 한국으로 오겠다던 그녀의 연락을 무시했던 죄책감을 안고 살았던 걸까. '나'는 왜 자신의 장례식에 오지 않았느냐는 전 여자친구의 말에 기억에서 지워졌던 그날의 부고 문자를 떠올리며 비로소 그녀가 이미 죽은 사람임을 깨닫는다.

두 사람이 '핑크 팰리스 러브'에서 마주한 것은 그들을 붙들고 놓아주지 않는 과거라는 망령이다. '나'도 아내도 유학에 대한 일종의 트라우마가 있다. '나'의 유학 준비 과정이 전 여자친구에 대한 일종의 오기와 질투로 얼룩졌던 것과 같이 아내 역시 첫사랑과의 이별 이후 '나'와 급하게 결혼해 미국으로 왔고 그 미국행에는 과거로부터 도망치기 위한 맹목적 선택이 섞여 있다. 그러나 두 사람 모두에게 현재는 어떤 출구도 되어주지 못한 채 과거를 불러내는 통로 역할만 성실히 수행하고 있다. 도망친 사람들은 벗어날 수 있다. 하지만 벗어난 곳에서 정착할 수는 없다. 정착하지 않는 것이 목적이었다면 도피는 다른 결말을 필요로 하지 않지만 두 사람에게는 정착할 곳이 필요하므로.

일종의 도피라는 면에서 「뜰 안의 별」의 늘봄도 이 부부와 크게 다르지 않다. 「뜰 안의 별」은 목회학 석사 졸업을 앞둔 늘봄의 "졸업과 교회와 목회에 관한 고민"(p. 236) 이야기다. 대학원 졸업 후 교회 스태프로 계속 일해보겠느냐는 담임 목사의 제안에 늘봄의 마음은 복잡하기만 하다. 한국에서 신학대학을 나오고 수도권의 여러 교회에서 신학생과 전도사 생활을 한 것도 모자라 미국으로 유학 와서 대학원까지 졸업하는 마당이지만 교회 사회에서 속하고 싶은 생각이 안 든다. 세속적 패거리주의와 세속주의, 가부장적 압력은 한국이나 미국이나 마찬가지라는 회의와 환멸 때문이다. 더욱이 신분과 성별에서 주류가 아닌 늘봄이 느끼는 소외감은 점점 커진다. 그러던 중 모범적으로만 보이던 담임 목사와 집사가 내연 관계임을 알 수 있는 광경을 목격하며 교회 공동체에 대한 환멸은 극에 달한다. 그런 한편 이웃에 사는 유대인들이 주변 사람들로부터 그들의 종교적 전통을 존중받지 못하고 있으며 기독교 중심 문화에 익숙해진 늘봄 역시 무의식중에 그들의 정체성을 무시한 일들을 되새길 기회를 갖게 된다.

기독교 공동체 안에서 비주류인 늘봄이 주류의 허위와 기만을 발견하는 사건과 자신을 포함해 이웃들로부터 그 전통을 존중받지 못하는 유대교인들을 병치시킴으로써 소설은 믿음의 본질이 어디에 있는 것인지 묻고 답한다. 늘봄의 이름을 올웨이즈 스프링always spring이라고 해석하는 건 눈에 보이는 것에서 믿음의 근거를 찾는 일이지만 이터널 스프링eternal spring으로 해석하는 건 눈에 보이지 않는 것에서 믿음의 근거를 찾는 일이다. 그 사이에는 좋은 이웃을 찾아가는 삶보다 내가 좋은 이웃이 되는 삶으로의 전환이 있다. 늘봄이 남을지 떠날지는 알 수 없지만 남든 떠나든 늘봄은 누군가의 좋은 이웃이 되고 싶을 것이다. 좋은 이웃이야말로 도시의 피난처이자 정착지다. 도피한 뒤 정착할 곳을 찾지 못한 사람은 자신이 누군가의 도피처가 되어줌으로써 간접적으로 정착할 수도 있을 것이다.

이별의 플롯

마지막으로 이별의 플롯이 있다. 가족 상실의 모티프를 공유하는 두 편의 소설을 이야기해보려고 한다. 「크리스마스 캐러셀」과 「우리들의 파이널 컷」은 각각 딸을 잃어버리고 아빠를 잃어버리는 줄거리다. 그런데 이들을 잃어버리는 데에는 모종의 자발성과 의도성이 개입한다. 「크리스마스 캐러셀」에서 열두 살 된 에밀리는 디즈니월드라는 장소에 가서 자발적으로 미아가 된다. 디즈니월드에서 버려진 후 다섯 살 때 공개 입양된 에밀리의 마음속에는 그곳에서 다시 혼자가 돼보고 싶다는 생각이 있었다. 그때와 비슷한 상황이 불러일으킬 그날의 기억으로부터 듣고 싶은 얘기가 있어서다. 사라졌다 다시 나타난 에밀리는 자신을 찾아 헤맨 '나'에게 나름의 결론을 말한다. 그때 그 장소는 자신이 버려진 곳이 아니라 다시 살게 된 곳인 줄 알게 되었다는 내용이다. "그냥…… 다시 혼자가 되어보고 싶었어. 옛날처럼"(p. 125).

이별 않고 살아갈 수 있는 인생은 없다. 그러나 이별의 순간을 무성의하게 취급하는 인생은 많이 봤다. 우선은 나부터도 그 비겁한 이별의 태도에서 자유롭지 못하다. 그래서인지도 모르겠으나, 이 소설을 여러 번 읽으며 에밀리의 태도에 반복적으로 놀랐다. 인간은 혼자가 되는 순간보다 '다시' 혼자가 되는 순간을 두려워한다. 에밀리는 자신의 삶에서 가장 어두운 순간을 연출하고 기어이 그 무대에 오르는 배우가 된다. 다시 혼자가 되어보겠다는 결심과 그 이행은 이별의 순간에 대한 가장 성실한 반복이자 다가온 만남에 대한 가장 온전한 환대다. 에밀리가 용기 있게 반복한 이별의 이야기를 듣고 에밀리를 찾아다니던 '나'의 마음에도 작고 희미한 별이 든다. 그 별 아래에서 돌아가신 엄마와 이별하고 새엄마를 환대할 수 있을 것 같다.

에밀리가 스스로 실종되었다면 「우리들의 파이널 컷」에

서 아버지의 사라짐은 베일에 싸여 있다. 딸의 눈에 지적장애인이었던 아버지와 어머니의 결혼은 평생을 두고도 이해할 수 없는 일이었다. 두 사람 사이에서 발견할 수 있는 사랑의 흔적이란 자식인 자신밖에 없었기 때문이다. 아버지가 한국으로 들어간 후 소식이 끊기고 할머니가 보내주던 돈도 끊어지면서 가족들은 가난해졌다. 죽은 할머니로부터 유산을 상속받기 위해 한국을 찾은 딸은 자신의 사연을 촬영하는 사람들의 개입으로 아버지가 있는 요양원을 알아낸다. 찾아갔을 때 아버지는 이미 사망한 후였지만 다행히 유품을 받을 수 있었고, 상자의 비밀번호는 딸의 생일이었으며, 그 안에서 백 장도 넘는 전화카드를 발견한다. 사라진 아버지의 삶은 온통 추측과 소문뿐이었지만, 그렇게 빈자리로 기억되는 아버지였지만, 그의 죽음은 정확한 비밀번호와 백 장의 전화카드로 남아 딸을 향한 사랑과 딸과의 이별을 증거한다. 이별은 사랑의 흔적이다. 가로막힌 사랑은 최선의 이별을 통해 완성될 수도 있다.

이별과 만남, 도피와 귀환의 플롯에서 보이는 보통의 슬픔에는 운명을 개척하려고 애쓰는 사람들이 마주하는 현실의 벽이 미로처럼 놓여 있다. 문지혁의 '헤이코리안 플롯'에 각인된 미로를 기억하며 유난스러운 희비극을 떠올릴 사람은 없을 것이다. 여기 이 소설들에 부서진 벽과 같은 전위적 변화는 등장하지 않는다. 대신 어지러운 미로에서 찾아낸 지름길들이 있다. 그들은 천천히 만나고 이야기로 만난다. 이별의 순간을 사랑의 순간만큼이나 삶의 중심에 놓는다. 도피 속에서 길을 잃을 땐 타인의 도피처가 되어주고 돌아가는 것을 패배라고 생각하지 않는다. 나는 이 소설의 두 군데에서 '비겁'이라는 단어를 만났다. 그 단어는 발화자들의 내면만 균열낸 것이 아니다. 우리의 내면도 같이 균열된다. 그러나 그 틈에서 새로운 길이 시작되는 것을 본다. 문지혁이 관찰하는 보통의 슬픔들은 절박한 딜레마적 상황 속에서 현실적인 용기의 틈을 찾으며 변해간다. 그 변화야말로 헤이코리안 플롯의 특징이자 문지혁 소설의 인생론이다. 읽다 보면 어느새 슬픔과 비겁에 대한 두려움은 희망과 환대를 향한 기대에 자리를 내주고 없다.

작가의 말

나오는 데 11년이 걸렸던 지난 소설집과 달리 이번 소설집의 원고는 2022년과 2023년 두 해 사이에 집중적으로 씌어졌다. 그런 만큼 소설집으로 묶이게 될 전체 모습을 상상하면서 퍼즐을 완성하는 것처럼 필요한 조각들을 한 편 한 편 만들어가는 방식으로 작업했다. 책을 읽는 이들이 각각의 이야기뿐 아니라 부분들이 모여 만드는 '빅 픽처' 속 얼굴을 발견해준다면 작가로서 더할 나위 없이 기쁠 것이다.

원래 책의 제목으로 염두에 둔 것은 '뜰 안의 별'이었고, 이 한국어 제목의 도드라짐을 위해 나머지 모든 소설에는 일부러 영어 제목을 썼다. 하지만 편집 과정에서 편집부가 다른 의견을 주었는데 그 제목이 '고잉 홈'이었다. 곰곰이 생각해보니 이 소설들은 이민자들의 이야기일 뿐 아니라 사실 모두가 집에 가는, 집에 가고 싶은, 집에 가려고 하는 이야기였다. 내 나라. 내 고향. 내 본향. 내가 떠나왔고, 그래서 반드시 돌아가야 할 곳. 여행의 진짜 목적지는 도착한 후에야 찾게 되듯, 나 역시 새로 발견한 이 제목이 마음에 든다. 내 지난 여정의 비밀한 목적지는 결국 '고잉 홈'이었던 셈이다.

흩어져 있던 모난 원고들을 한 권의 책으로 만들어준 김필균 편집자와 문학과지성사, 작품 이면의 무의미들을 모아 의미로 이름 붙여준 박혜진 평론가께 감사드린다. 나의 힘이자 백본, 부모님과 동생에게 감사한다. 내가 살아가는 매일의 세계를 완성시켜주는 아내와 두 딸에게 사랑을 전한다. 교실 안팎에서 만나는 학생이자 동료인 예술가들에게 감사한다. 말하고 가르치는 자리에 서 있지만 실은 늘 듣고 배우고 있음을 고백한다. 무엇보다 지금 이 글을 읽고 있는 독자, 아직도 문학과 소설의 희미한 목소리에 귀 기울이고 있는 당신에게 감사한다. 읽고 쓰는 일이 우리를 구원하지는 못할지라도, 어제보다 조금 더 나은 존재가 되게 하리라는 미련한 믿음을 나는 여전히 품고 있다.

가야 할 곳은 정해져 있고 거기가 어딘지는 우리 모두 알고 있다. 그러니까 그 사이에서 우리가 집이라고, 고향이라고, 본토라고 부르고 믿는 모든 곳은 결국 길의 다른 이름일 뿐이다. 우리는 모두 길 위에 서 있고, 언젠가 이 여행이 끝나면 비로소 다 같이 손을 잡고 노래를 부르며 집으로 돌아갈 것이다. 모두에게 그 여행이 너무 고되지 않기를. 해가 완전히 지기 전에 우리는 도착할 거니까.

2024년 서울,
봄을 기다리며
문지혁

수록 작품 발표 지면

에어 메이드 바이오그래피 〈비유〉 2022년 4월호

고잉 홈 『현대문학』 2022년 8월호

핑크 팰리스 러브 〈리디북스〉 우주라이크 2022년 12월

크리스마스 캐러셀 위즈덤하우스 〈위픽〉, 2023

골드 브라스 세탁소 『현대문학』 2022년 1월호

뷰잉 한국문학번역원 웹진 〈너머〉 2호(2023)

나이트호크스 『자음과모음』 2023년 봄호

뜰 안의 별 『릿터』 2023년 4/5월호

우리들의 파이널 컷 『문학사상』 2023년 7월호